創元日本SF叢書27

まるで渡り鳥のように

藤井太洋SF短編集

Like A Migratory Bird and Other Stories

藤井太洋
Taiyo Fujii

東京創元社

目次

ヴァンテアン 5
従卒トム 21
おうむの夢と操り人形 67
まるで渡り鳥のように 111
晴れあがる銀河 135
距離の嘘 173
羽を震わせて言おう、ハロー！ 239
海を流れる川の先 255
落下の果てに 269
読書家アリス 285
祖母の龍 305
解説　勝山海百合 337

LIKE A MIGRATORY BIRD
AND OTHER STORIES

by

Taiyo Fujii

2024

まるで渡り鳥のように

藤井太洋ＳＦ短編集

ヴァンテアン

小説トリッパーから「20についての短編小説」というお題をいただいたとき、まず浮かんだのは数についての作品だった。循環する剰余《あまり》で何か面白いことができないかと思っていたのだ。しかし、三日ほど考えても何も浮かばなかったし、参加する作家の中に円城塔《えんじょうとう》氏の名前を見つけたので、そちらの方面は任せることにした（思惑通り、彼は「十二面体関係」という最高の幾何学《きかがく》短編を寄稿した）。

数字そのものを諦めた私が次に思いついたのは歯の数だった。乳歯の数だ。ちょうど息子に乳歯が生えてきている頃だったからだ。しかし私は、息子の体のパーツに関係した物語をなかなか思いつけなかった。覚悟ができていなかったのかもしれない。しかしこのとき生物に目を向けたおかげで、私はデビュー以来書き続けてきた題材との接点を見つけることができた。

長さはテーマに合わせた二十枚。小さなお話だが、お気に入りの一編だ。

「なんだ、こりゃあ」

二週間のシンガポール出張から帰った室戸《むろと》太悟《だいご》はアールヌーヴォー風の鉄製エントランスゲートをくぐったところで思わず声を漏らした。免税店で買ってきたばかりの十五万円もするビジネスバッグが肩からずり落ちてコンクリートの床に転がったのにも気づかなかった。

坂の多い代官山《だいかんやま》の高低差を利用して半地下から中二階までをぶち抜いて作った自慢の3Dプリントスタジオ、〈ファブリカント〉の壁が、ここにあるはずのないものに埋め尽くされていたのだ。

野菜売り場にあるような棚と、そこにびっしりと並ぶ瓶詰めの生野菜――サラダだ。

その横では大枚をはたいて買い揃《そろ》えた四台の3Dプリンターが静かな唸《うな》り声を上げて、サラダを詰めるためのものらしい透明なボトルをレジンのプールから引き上げている。天井のレールからぶら下がる白い四台のロボットアームは、どこか見覚えのあるがさつな手つきでサラダの瓶を棚に押し込んでいるところだった。

室戸は、半ば見当がついている犯人を探して周囲を見回した。

何のためか想像もつかないサラダを大量に作り、あんな手つきをロボットに教え込むのは〈ファブリカント〉の稼ぎ頭《がしら》、田奈橋杏《たなはしあん》をおいて他にいない。そして彼女が動くとき室戸の人生は変わる。要注意だ。

山の手在住のアーティストやデザイナーのために室戸が開いた〈ファブリカント〉は、エンジニアとして雇ったMIT（マサチューセッツ工科大学）帰りの女性技術補佐員《ラボ・テクニシャン》、田奈橋のおかげで、当初の目的から全《まった》く違う場所へと姿を変えていた。

エントランスにアールヌーヴォー風の庇《ひさし》を作ってくれた素敵な女性デザイナーはもういない。眼鏡フレームを作っていた若いデザイナーも金沢《かなざわ》のデザイン研究室へ去った。田奈橋と合わない、というのだ。

彼女が嫌われていたわけではない。MIT仕込みの端正なエンジニアリングでデザイナーたちの創作活動を助けていた田奈橋は、年長のせいもあって慕われてすらいた。だが、彼女自身のプロジェクトはあまりに周囲に比べ異質すぎた。

田奈橋がここに居る目的は、個人による遺伝子工学、バイオハックだったのだ。

洒落《しゃれ》めいたアクセサリーやオブジェを作るデザイナーたちの制作を支援する傍ら、田奈橋は〈ファブリカント〉の設備を利用して、手のひらにのるほどの簡易なDNA増殖機を作り上げた。数万ドルする本物のPCR（ポリメラーゼ連鎖反応）装置に精度は劣るが、キッチンや屋外でも使えるのが売りだ。製作にかかるコストは一台あたり二十ドル。

無欲か無計画か、それとも無関心か。田奈橋はせっかく作ったそのマシンの設計データを無料配付しようとしていた。室戸は説き伏せ、少額投資サービスで資金をかき集めて製品化し、シンガポールの医療機器メーカーから売り出した。〈タイニーPCR〉と名づけられた八十ドルのマシンは、WHOや国境なき医師団が病原体や遺伝病の病因遺伝子を特定するのに必須の装備となった。

生活費代わりに田奈橋へ渡していた五十万円ほどの第三者割当増資は億を超える評価額に化け、

〝リケジョのヒロイン〟を見いだした室戸は慧眼《けいがん》を高く評価されるようになった――で、ここに至ってのサラダだ。

アジア随一のバイオハッカーは、どうやら新プロジェクトにご執心らしい。

室戸は漆黒のバイオ用作業台《ワーキングベンチ》に突っ伏しているもじゃもじゃの髪の毛に声をかけた。

「ただいま」

頭を上げ、眠そうな目をこすった田奈橋は丸フレームの眼鏡をいかにも面倒くさそうに鼻の上にちょんとのせ、室戸が昨日まで参加していたイベントの名を口にした。

「おかえり――あれ？〈シンテック〉終わったんだ」

「連絡してたと思うけど、昨日ね。パーティ終わった後、深夜の便で戻ってきた」

「急がなくても良かったのに」

「おれ、〈ファブリカント〉の所長だから。忘れてるかもしれないけど」

「何も用はないわよ」

「いや、おれのスタジオなんだけど……」

こんなやりとりが出勤するといつも繰り返される。威厳も何もあったものじゃないが、田奈橋に悪気はない。すこし傷ついた心に蓋《ふた》をして、透明なジャーが並ぶ棚を指す。

「今度はまさか、サラダ屋でも始めるつもり？」

「これがサラダに見える？」

どう見てもサラダだろ、という言葉を飲み込みながらベンチを回り込む。茹《ゆ》でた豆にパプリカ、瓶の内周に沿わせて六枚配置されたサラダ菜にトマトが層をなす。これが他にどう見えるというのか。一時期流行《はや》ったジャーサラダというやつに似ているが、野菜の間にびっしりと詰め込まれている二ミリ角ほどの黒いキューブが目を引いた。

「この黒いのは？」

「羊羹《ようかん》。駅前の――ノヌキだっけ？　そこで買ってきた」

ノ貫《へちかん》だ。人の良さそうな八代目の主人に心の中で手を合わせる。変なことに使って、ごめん。

じっくりと観察すると、並ぶボトルの底には黒いＵＳＢ端子が埋め込まれているのに気づいた。伸びたケーブルは棚の奥で束ねられて、最下段の斜めの棚に置かれた基板むき出しのサーバー機につながっていた。

「このサラダ……サーバーに接続してるね」

「サラダじゃないってば。バイオコンピューターよ」

コンピューター、コンピューター、と口の中で繰り返す。

トマトの数を算盤《そろばん》の珠《たま》に見立てて足し算でもしているのだろうか、それともボトルの内周に沿って並べられている六枚のサラダ菜が「およそ3」というゆとりな円周率を示すのか――油断はならない。ハッカーというやつは他人が車輪の再発明をすると容赦なく嗤《わら》うくせに、手ずから1＋1を作り直すような人種だ。特に田奈橋はそうだ。真面目に取り合って馬鹿を見るのはこれが初めてではない。

　なにかヒントでもないかとボトルに顔を近づけると、田奈橋が後ろから言った。

「そのボトルには、遺伝子組み換えした大腸菌が入ってるの。組み換え株は〈ユージェン〉から買った。百二十ドルよ。ヨウカンホウワカンキョウでなきゃ動かないわ」

　耳慣れない言葉が〝羊羹飽和環境〟だと気づいた室戸は、田奈橋に見えない方のこめかみを押さえて気を取り直した。なるほど、オーダーメイドした大腸菌に老舗《しにせ》の和菓子を食わせてるというわけだ。

「甘党で賢い大腸菌をつくったわけか。で、何を計算するんだい」

「微分と因数分解よ。大腸菌はそういうのが得意なの。あ、そうそう。所長、フランス語で二十一ってなんていうの？」

「二十一？　ヴァンテアンだよ」

ヴァンテアン、と口にした田奈橋は"vingt et un"というスペルを確認して、キーボードを鳴らした。

「ありがと、〈ヴァンテアニン〉に決めるわ。送信――と」

「ちょっと待て。二十一ってなんだ。なにやった」

田奈橋は眠そうな目を室戸に向け、人差し指を立てた。

「まず、ＤＮＡで作れるアミノ酸を一つ増やしたの」

「ちょ……増やしたって――」

「瓶の中の大腸菌は、リボゾームを取っ替えてあるのよ。それで、二十一個目のアミノ酸を作れるようにしたの」

頭の中で最大級のアラートが鳴った。

リボゾームは高校でも習う基本的な細胞小器官だ。記憶が正しければＤＮＡからアミノ酸、そしてタンパク質を作る細胞内の工場だ。

田奈橋は、生命のコード――ＤＮＡの働きを置き換えたのだ。

ＤＮＡはＡ（アデニン）、Ｔ（チミン）、Ｇ（グアニン）、Ｃ（シトシン）という四種類の塩基が連なった大きな分子だ。人間の場合はこれらの塩基が二十三本の染色体に分かれて合計で三十一億個並んでいる。田奈橋に言わせれば、たったの三十一億文字、データにして800メガバイト未満で人間が書けてしまうコードということになる。

A、T、G、Cのたった四種類の文字で書かれているDNAが解《ほど》けてRNAに転写されてリボゾームに送り込まれると、三文字ごとにアミノ酸が産み出される。例えば「GAA」か「GAG」と並んでいればグルタミン酸ができあがるわけだ。

四文字が三つ並ぶから、4×4×4で六十四種類の単語があるのだが、複数の単語が同じアミノ酸を作るので、成果物のアミノ酸は二十種類しかない。

四種類の文字が三文字並ぶ単語――コドンで、リボゾームはアミノ酸を作り出す。

このルールは全ての生物で共通している。

室戸はそこまでおさらいしてから口を開いた。

「その……二十一番目のアミノ酸の名前を〈ヴァンテアニン〉にしたわけだ」

「そう。これとグルタミン酸を四連鎖してくるりとねじると、論理ゲートが作れるのよ。もともと大腸菌って、微分に相当する生化学反応をやれるから、それと繋《つな》いだら、暗号解読ができることがわかったの」

見せてくれたCAD上のシミュレーションでは捩《よじ》れた塊がぐねぐねと動いて、紐《ひも》のように描かれた暗号文のDNAを飲み込み、バラバラに噛《か》み砕いていた。解読に成功すると、元の文章が書き込まれたDNAを大量増殖させて大腸菌の外に吐き出し、ホタルから取り込んだ生命発光で光るのだという。

ひとつひとつの性能は高くないと田奈橋は言った。無線LANに使うような弱い暗号でも解読に成功する大腸菌は十億分の一以下だという。だが、一つのサラダジャーで培養できる大腸菌は数兆個にのぼる。複数のボトルで計算させれば、諜報《ちょうほう》機関で使うような強い暗号でも当たりを引けるのだという。

力業だ。だが面白い。

説明を終えた田奈橋は、眼鏡を外して作業机に頭をもたせかけた。

「私は動くの確認したからもう用はないんだけど、室戸さんは売りたいでしょ」

「もちろん！」

何かの当たりを引いたのか、田奈橋の真後ろにあった瓶がホタルの輝きを瞬《また》かせた。

＊

〈ヴァンテアニン〉を用いるサラダコンピューターは〈ファブリカント〉の最大のヒット商品となった――というのは控えめな言い方だ。ｉＰＳ細胞に匹敵する日本発のバイオ発明となり、農家とサラダ用のボトルを作るメーカー、そして日本の和菓子産業を潤《うるお》した。

日本の菓子メーカーの株価と羊羹の主原料である小豆の先物相場が、投機のために乱高下するという椿事《ちんじ》もあったが、半年ほどで収まった。

それどころか、あらゆる市場から商品の本質と関係のない擾乱《じょうらん》は消え失《う》せていた。

サラダコンピューターのおかげだった。

数兆個の大腸菌を利用するサラダコンピューターはスーパー統計マシンとしても有効に働くことが判明し、証券や金融、先物のトレーダー御用達《ごようたし》の機材となった。世界中のデータセンターに収められた数億のサラダコンピューターが、それぞれ数十兆の大腸菌を用いて百分の一セントの利益を一千分の一秒の間に奪い合った結果、投機にぶれない強固な市場ができあがったのだ。Ｆ

RBの議長は、アダム・スミスが夢想した〝神の見えざる手〟はサラダコンピューターのおかげで実現したと賞賛した。

従来型のコンピューターで作る暗号は簡単にサラダコンピューターで解けてしまうため、量子コンピューターへの投資が活発になった。田奈橋と〈ファブリカント〉へは山のような感謝状とトロフィーが贈られてきた。

独力で革命的なバイオコンピューターを生み出した田奈橋には、ノーベル賞受賞も囁《ささや》かれるほどになった。田奈橋本人は栄誉どころか賞金にすら興味がないようではあったが――。

そんなある日、米国でサラダコンピューターを販売しているカリフォルニアの代理店から、室戸へ緊急の電話がかかってきた。

「――ちょっと待ってくださいよ。どういうことですか！」

『ムロトサン。たいへん申し訳ないことだが、これが私たちにできる限界だ。〈ファブリカント〉からの持ち出しがないようには努力する――いや、約束する。だが、私たちはもうサラダコンピューターを扱うことはできない。いままでありがとう』

室戸は通話が切れた後もヘッドセットをかけたまま立ち尽くしていた。

「どうしたの。顔真っ白よ」

「〈ヴァンテアニン〉の特許に、アメリカのバイオテック企業五社が無効の申し立てを行ったそうだ。多分、訴訟には勝てない」

成功を手にした後も、やはり眠そうな目の田奈橋が首を傾《かし》げた。

「無効って？」

「ジーン・コモンズ・ドクトリン。知ってるだろ」

「〝太陽の下に生まれたすべての生物は公有財産になる〟だったっけ」

「そう、それだ。〈ヴァンテアニン〉を自力で生成する大腸菌が、見つかったんだと」

「ちょっと待ってよ！」

田奈橋はワーキングベンチに拳《こぶし》を叩《たた》きつけた。

「あり得ないわ。だって、どんな生き物も二十個しかアミノ酸を作れないのよ。〈ヴァンテアニン〉はそこから外れてるじゃない。私がそうなるように作ったのよ。室戸さんは知ってるでしょ。どこよ、どこで見つかったのよ！」

「ＭＩＴの、ワイオミング・スミスランチ地下生物研究所で見つかったんだそうだ」

「そんなラボ……聞いたことない」

「そりゃそうだろう。〈ヴァンテアニン〉を作るリボゾームを見つけるために作ったラボだよ。出資元はバイオテック企業連合だ」

室戸は苦々しい思いをこらえて、言葉を押し出した。

「ウラン鉱山だった場所だ」

田奈橋が目を見開く。

「まさか……突然変異を狙って？」

「ああ。ウランから出る天然の放射線を大腸菌にあてて突然変異を起こさせて、田奈橋が作ったリボゾームができるような大腸菌に絞り込んでいったんだってよ。二千人のラボ・テクニシャンが不眠不休でＤＮＡを読んで同じものを見つけたらしい。〈ヴァンテアニン〉は自然に存在するということになった」

「……それ、ありなの？」

室戸は、ヘッドセットを外して身支度を調《ととの》えた。

「弁護士のところ行ってくる。日本だけでも守りたい」

＊

弁護士の返答はあっけないものだった。

ＴＰＰのおかげで、米国での特許判定は日本にも及ぶのだという。室戸は弁理士も呼んで二時間粘ったが、結果は変わらなかった。

ＭＩＴのラボで発見された大腸菌がつい二ヶ月前までは存在しなかったこともわかっているので、今までに受け取ったライセンス料金は返還しなくてもよいだろうというのが、唯一の慰《なぐさ》めだった。

肩を落として〈ファブリカント〉に戻った室戸が見たのは、新しいシミュレーターに複雑な３Ｄ図を呼び出している田奈橋の姿だった。青と緑に色分けされて、紐が中を通り抜けている巨大な分子の構造体だ。今なら室戸にもわかる。

「それ、リボゾームだよな。サラダコンピューターのやつ？」

質問に答えずに真剣な顔でシミュレーターに新しいパラメーターを加える田奈橋に、かねてからの疑問をぶつけてみた。

「……なあ、なんでＤＮＡをいじるんだ？」

「なんで？」

「危ないじゃないか――いや、何となくだけどさ。同じ働きをする電子回路か化学物質、田奈橋なら作れるだろ。もっと確実だと思うんだよ。ＤＮＡ使うのって、なんか迂遠《うえん》な気がするんだよ。

それに、危ない……気がするし」

田奈橋はようやくシミュレーターから顔を上げて、室戸の目を見つめてきた。

「動くからよ」

「電子回路だって動くだろう」

「私の専攻、量子コンピューターだったんだ。知ってる？　すごいお金がかかるのよ。自分で動かしたかっただけなんだけどね。1＋1を弾き出すだけでいいから」

田奈橋はワーキングベンチに並べた手製の道具――DNAシーケンサーと電気泳動装置、そして特大のジャーサラダを見つめた。

「その点バイオハックは違う。世界中の人が扱ってるから働きもよく分かってるし、ツールもたくさんある。そのおこぼれで私みたいなプライベーターが挑戦できるの。あなたが3Dプリンターを買い集めるのと同じ。作って試せるのって凄《すご》いことよ」

珍しく熱のこもった言葉に思わず聞き入ってしまう。

アメリカ留学した田奈橋は、はじめは博士号をとるなりして身を立てるつもりだったのだろう。だが、彼女は研究を補佐するテクニシャンとなった。3Dプリンターは必要のために覚えたのだろうが、そこではじめて自分が設計に向いていることに気づいたのだろう。

よくもねじ曲がらずにここまできたものだ。

「じゃあ、必然性はないわけ？」

田奈橋はそこだけ自信たっぷりに頷《うなず》いた。

「ない」

デスクに散らばるDNA分離キットに目をやった田奈橋は、力強く言った。

「ＤＮＡを使うのは、いますぐに使えるからよ。羊羹を使ったのも同じ理由。ローファット、ハイカロリーなジェルがそれしかなかったから」

室戸は納得した。そこにあるものを使う。まさにハックだ。持たざるものが挑戦する精神が田奈橋の原動力なのだろう。

「なるほどね。で、今度のリボゾームは、何ができるんだい？」

田奈橋はかぶりを振った。

「リボゾームだけど、前のとは違う。今度こそ、完全な人工物。ＤＮＡを五文字扱えるやつよ」

「え？」

「ＤＮＡを五文字にすれば５×５×５で百二十五文字。六十種類も新しいアミノ酸が作れるじゃない」

田奈橋は背後を指さした。直径一メートルほどありそうな瓶が、３Ｄプリンターから引き上げられようとしているところだった。

「もっとでかいコンピューター、そして分子プリンターよ。天然の、たった二十しかアミノ酸を作れない生物の、全ての遺伝子配列を計算させるのよ。そしてそれが〝太陽の下で〟存在できる条件をあぶりだす」

言葉を失った室戸を田奈橋は見つめた。

「世界中のバイオ特許を、ぜんぶ無効にしてやる。これから取るやつも含めてね。協力してくれるわよね」

「あ……ああ」

二〇四五年。

地球から三十万キロほど離れたラグランジュ第一ポイントには、ゆっくりと自転する巨大なガラスに封じ込められた生態系が息づいていた。かつてトマトやサラダ菜と呼ばれていた植物は、赤い豆の高糖度ペーストのジェルの中を濃度勾配に沿って動いていた。

時折ホタルの輝きを点《とも》すそれは、一人の日本人バイオハッカーによって産み出された大腸菌が生きる場を得た姿だった。理由もなく、必然性もなく、利用できるリソースをつなぎ合わせて作り上げた、生存の姿だった。

従卒トム

「従卒トム」の仕上げにかかっていたのは、初めてワールドコンに参加していたときだった。山火事の煙に包まれた会場で劉慈欣《リウ・ツーシン》の『三体』がヒューゴー賞を受賞した、第七十三回の世界SF大会《ワールドコン》、サスクワンだ。

　明治維新の知識を要するトリビュート作品という、しばらく翻訳される心配のない作品だったので、私はストーリーの骨子を知り合った人たちに話して回った。*Gene Mapper* 英語版の編集者ニック・ママタスや、「コラボレーション」の英訳版の編集者ジョン・ジョセフ・アダムス。大会で知遇を得たケン・リュウやジョー、ゲイ・ホールドマン夫妻はもちろんのこと、昼食のテーブルで一緒になった人にも伝えたりした。

　概《おおむ》ね好感触だったが、解放奴隷が白人の屍者を使役する設定に不愉快さを隠さない人もいた。家族史に残る近世の記憶を、当事者でもない日本人がひっくり返すのだから不愉快になるのも当然だ。そんな反応に出会うと私は謝罪して「あなたの言葉のおかげで『従卒トム』はいい話になると思う。英訳されたら読んでみて」と伝えて別れた。

　ワールドコンから帰る飛行機の中で、河出書房新社とのやり取りの中で、自宅で、傑作選のゲラで、そしてこの作品集に収めるための若干の改稿を経て磨き上げられた「従卒トム」は彼らにも届けられる作品に仕上がった――と思う。ぜひみなさんの目で確かめていただきたい。

雲一つない空の下、腰の高さではじけた真っ白な綿花《めんか》が、低地を蛇《へび》のようにのたうつ川まで続いていた。ゆるやかに斜面をのぼる風が、流れ水に濡《ぬ》れた葉と乾いた綿《わた》ガラの匂いを混ぜて、綿《わた》木《のき》に腰を折る七名の家族の汗を乾かしていく。

ケンタッキー州との境にほど近いテネシー州モンゴメリー郡のジョーンズ綿花農場は、収穫の匂いに包まれていた。

斜め掛けした収穫袋が半分ほど白い綿毛で埋まったのに気づいたトムは、念のためと懐中時計を確認してから腰を伸ばして〝交代〟の口笛を吹いた。

めいめいに腰を伸ばした家族はまだ軽い収穫袋を頭に載せて畑に植わるオークの大樹へ向かう。その後を追ったトムの目に、木陰《こかげ》で休憩していた別の家族たちが腰を上げ、馬車の通れる道に停《と》めてある荷車へ歩き出すのが見えた。荷車からは、空《から》の収穫袋をぶら下げたもう一つの家族が歩いてくるところだった。

ジョーンズ家の所有する三家族は、綿花摘みと集荷、そして休憩を二十分ごとに繰り返す。この短いシフト制を始めてから、十五歳になったばかりのトムの妹でも一日に二百五十ポンド（百十三キログラム）を収穫できるようになった。これは他の農場で休みなく働かされる大人の奴隷《どれい》よりも一割ほど多い収量だ。

注意深く観察すれば普通の畑より密に植わっている綿木に気づくだろう。両の手を交互に伸ばすだけで収穫できるよう、段違いに植えられている。

シフト制と綿木の段違い配置は、トムが考えて当主の息子、ネイサン・ジョーンズとともに実行している運営方法だった。

三つの家族が手順に従って動いていることに満足したトムがオークの木陰に入ろうとすると、影の濃いあたりにあるクローバーの茂みに、麦わら帽子を顔に載せた小さな男性が寝そべっていた。いびきも聞こえてくる。

ジョーンズ農場と家族の持ち主、ハリス・ジョーンズだ。

トムは昼寝している農場主に気づいて足を止めた家族を木陰へ手招いた。

「母さん、メリーにベス。陰に入って休むんだ。さあ水を飲んで。そうでないと日没前にくたばってしまうぞ。旦那《だんな》様もこのやりかたはよくご存知だ」

「そうだ、休め休め。大事だぞ」

麦わら帽子の奥から、いきなりハリスの声が聞こえた。

「旦那様、起きていらっしゃったのですか」

帽子をずらしたハリスが加齢と日焼けで三重になった瞼《まぶた》の奥から灰色の瞳《ひとみ》で日射しの中に立つ家族を順に眺め、トムのところで目をとめて笑いかけてきた。

「トムにはいずれ、ジョーンズ家の執事をやってもらうとしよう」

「ご冗談を。それより旦那様、クラークスビルからお戻りになったばかりなのでしょう。選挙はどうでしたか――いや、それよりもお部屋でお休みなさいませ。ネイサン坊ちゃんを呼びましょう」

トムは腰を屈《かが》め、手を差しのべた。

「余計なことをするな。お前とは身体《からだ》のつくりが違う」

そう言いながらも、ハリスはトムの差し出した手首を摑んで身体を起こした。元は白かったのであろう肌は日射しのせいで赤黒く変色し、潰れた水ぶくれがアバタのような痕を残している。腰は折れ曲がったままだ。今は畑に出てこないトムの父、ンガウと二人で畑を切り拓《ひら》いたときの重労働がハリスの身体を痛めつけていた。

オークの幹に寄りかかったハリスへ、妹のメリーが水筒を差し出した。

ちらりと飲み口を見たハリスは「すぐ帰る」と断り、頭の下に敷いていた包みをトムへ差し出した。油紙を紐《ひも》で十字に縛った包みには、ボストン郵便局の一ヵ月前の消印が押してあった。

「なかなか届かんな、と思っていたら郵便配達人《ポストマン》が中身に気づいて配達するのを止めていやがったんだ。そいつをぶん殴って取り返したのはネイサンだ。礼を言っとけよ」

「ネイサン坊ちゃんが？」

受け取ったトムは、包みの意外な重さに眉をひそめた。

「本だよ、本。ネイサンと話してたろう。お前と同じ名前のじいさんが出てくるらしいじゃないか」

「わたしと同じ名前の……まさか」

「さあ、開けて、喜ぶ顔を見せてくれ」

トムはポケットから折りたたみナイフを出して紐を切り、包み紙を開いた。

黒々とした〝ＣＡＢＩＮ（小屋）〟が目に飛び込む。

その単語は〝ＵＮＣＬＥ　ＴＯＭ’Ｓ（トムじいやの）〟と副題とで挟まれていた。著者名の下に〝アメリカで三十万部発行〟とある。

「旦那様」トムは著者名の上に印刷された副題〝LIFE AMONG THE LOWLY（下々《しもじも》の暮らし）〟を指で覆《おお》って言葉を選んだ。「この本のお話を……ご存知なのですか？」

「儂《わし》は字が読めん。あとで読んで聞かせてくれ。お前の家族にも聞かせてやるといい。夜はせがれに渡してやってくれ。奴も読みたいんだそうだ」

「お望みならば。ですが――」

トムは軽く顎《あご》を引く。いまや仲買人《なかがいにん》が契約書に忍び込ませたインチキを見抜けるほど読めるようになったトムだが、それはハリスのおかげだ。黒人に教えてくれる家庭教師をケンタッキーの北の街まで行って探し出し、一人息子のネイサンと机を並べて読み書きと算盤《アバカス》を学ばせてくれた。だが、今日の投票でも彼はテネシーで奴隷制存続へ賛成の票を投じているはずだ。

この本〝トムじいやの小屋〟が伝え聞く内容どおりのものならば、ハリスはいい顔をしないだろう。

躊躇《ためら》うトムへ、ハリスは首を傾《かし》げた。

「だいたいは知っとるよ。お前たち黒人にも精神《こころ》があるとかいう話だろう。そんなこたあ、見てりゃわかる。そうそう、精神といえば、今日、クラークスビルでヘンなのを見たぞ。虚《うつ》ろな目で、ふらふら歩きながら大砲を押していやがった。持ち主の言うことを聞くようだが、ぶつかりそうになっても避《よ》けもせん。ネイサンがなんとか言っていたが、知らないか」

「〝屍者《ししゃ》〟ですね。確かに、あれに精神はありません」

「食わなくてもいいらしいな。農場で使えるといいんだが」

「一体、試してみてもいいかもしれませんね。この暑さに耐えられるか、どの程度動けるのか、そしてどれぐらい保《も》つのか。そうそう、話せないらしいので旦那様に本を読んで差し上げたりはできませんよ」

それもそうだな、と笑ったハリスは、せがれと話してくれ、と言った。

「奴はうかつなところがある。数字にも弱い。助けてやってくれ」

「はい、旦那様。わたしは仕事に戻ります」

懐中時計を確認したトムは本を収穫袋の底へ押し込んで、シフトの交代を告げる口笛を吹いた。

――七年後　一八六八年四月四日　横浜港

艦首砲郭《ほうかく》の上甲板《じょうかんぱん》に立つトムが号令をかけて対応する口笛を吹くと、眼下の中央甲板で七段七列の銃剣《バヨネット》が鋼《はがね》の輝きをうねらせた。

「構《ガー》え《ド》！　突《スラ》け《スト》！」

四十九足の軍靴《ぐんか》が桜の花びらを舞わせ、鯨油《げいゆ》で磨《みが》き上げられたばかりの甲板を叩《たた》く。

幅九十フィート（二十七メートル）の中央甲板からにょっきりと生える煙突が微《かす》かに震えた気がしたが、トムの立つ上甲板の下に一門、四十九名の向こう側に換装した二門の後装式アームストロング砲を備える、排水量千四百トンの元アメリカ連合国籍の装甲砲艦、ストーンウォール号の中央甲板は微動だにしない。

東シナ海に伸びる南西諸島に砂糖プランテーションを持つ薩摩国《さつまのくに》は、潤沢《じゅんたく》な資金を見せつけるかのように横浜港に停泊するストーンウォール号の改修を済ませたところだった。新たなアームストロング砲を載せ、帆やロープをマニラから持ち込んだ新品と入れ替えてもいた。喫水《きっすい》の下に伸びる衝角《ラム》と、水上に出る構造物を覆う十五インチ防御装甲板も、まだシャツとズボンを上手《うま》く着こなせていない水兵の手によって磨き上げられていた。

一番マストから船首へ伸びる綱からは巨大な赤い旗が垂れていた。甲板から見上げても盛り上がりがわかるほどの厚みで、天皇《エンペラー》側であることを示す菊の刺繍《ししゅう》が分厚い絹布《けんぷ》に施されている。その隣にぶら下がる、四本スポークの車輪が染め抜かれた白い旗も、素材こそ綿布だが風雨にさらされることを考えると上等すぎるものだ。

ストーンウォール号とともにサンフランシスコを発《た》って太平洋を渡ってきたトムは、土壇場《どたんば》で勢いのある天皇側に身をおけた幸運に胸をなで下ろした。

船に乗り込んできた薩摩兵にもその余裕が伝わっているのか、一人の砲兵が中央甲板の奥からトムの閲兵《えっぺい》を眺めていた。

トムは見物している砲兵が、四十九名の陣から充分離れていることを確認してから、口笛を吹いて次の号令をかけた。

「右へ一歩前進《アヘッド・ライト・ア・ステップ》、左から全周へ突き《スラスト・アラウンド・フロム・レフト》！」

四十九名の兵が右足を船首方向へ踏み込み、身体を六十度刻みにひねって銃剣を突きはじめた。桜の花びらが繰り返し踏み出される軍靴で踏みつけられて、甲板にまだらな模様を染みこませていく。

突き出した銃剣が正午を過ぎたばかりの陽光でぎらりと輝き、光のうねりを作り出す。

一糸乱れぬ突きを繰り返す兵たちだが、見かけは揃《そろ》っていなかった。ブルーの合衆国陸軍《ユニオンアーミー》の制服に、今は亡き連合国軍《コンフェデレーシー》の灰色の制服が秩序なく並び、間には乗馬ブーツの騎兵や金モールの士官までもが交ざり込む。見かけで統一感がある点といえば、全員が白人であることぐらいだろう。

トムは上甲板を左右に歩き、しゃがみ、首を伸ばして突きを繰り返す兵を検《あらた》めながら、明日に予定されている江戸湾要塞攻略戦のことを考えた。

四十九名という人数に対する不満はあるが、これは考えても仕方がない。現場は常に多くの兵を求めるものだ。それよりも幕府《ショーグネイト》のサムライたちがトムの兵のようなものを見たときにどう反応するのかわからないことが不安だった。薩摩軍の士官は、制服に縫《ぬ》い止めた天皇《エンペラー》の紋章《もんしょう》を見れば幕府のサムライは尻尾《しっぽ》を巻いて逃げてしまうよと笑っていたが、そんな戯《ざ》れ言《ごと》を信用して命を落とすのはご免だった。

数年前まで火縄を使う奇妙なマスケットで武装していたサムライたちは、フランスの力を借りて近代的な軍隊に生まれ変わりつつある。トムが相対する要塞守備隊の主要火器はエンフィールド製の61年式。内戦《シビル・ウォー》でトムら黒人が持たされていた42年式のスプリングフィールド製マスケットよりも格段に殺傷力が高い新兵器だ。

ライフリングが切られた銃身は人差し指の先ほどもある大きな弾丸に回転を加えてまっすぐ飛ばし、命中した場所の肉を大きくえぐりとる。そんな61年式を持ったサムライたちの放つ一斉射は前列の七名の大腿《だいたい》を撃《う》ち抜き、腕を千切《ちぎ》りとばし、胸に大穴を穿《うが》つだろう。

だが、それで倒れるトムの兵ではない。

四十九名は赤黒い血をまき散らして前進し、次弾を装填《そうてん》するサムライたちへ銃剣を突き入れる。

十九世紀の生んだ最強の兵器、屍兵だ。

対抗するには、同じように屍者からなる部隊をぶつけて損耗《そんもう》させ合うしかない。より多くの屍兵を投入できた方が戦争に勝つ。それが米国を二分した内戦《シビル・ウォー》で生まれた常識であり、トムが三年前まで嫌というほど目にしてきた現実だ。

要塞守備隊がどれだけ近代化されていようが、白兵戦においてトムの操る屍兵を押しとどめることはできない――いや、屍兵を使っていても同じことだ。

六十万を超える死者を出し、その中の十万が屍兵となって戦場に戻った内戦《シビル・ウォー》で最前線の屍兵技師として戦ってきたトムにとって、フランス風の教育を受けた屍兵遣《つか》いなど問題ではなかった。現に、南部連合《コンフェデレーシー》を支援するために海を渡ってきたフランスの屍者遣いは、万単位の屍兵がつぶし合う内戦《シビル・ウォー》を前に尻尾を巻いて逃げ帰ったのだ。

幕府は、太平洋を渡る意志を持った屍者遣いが黒人ばかりだから敬遠したのだと聞かされていた。

確かに、たちが悪いものも多い。

異臭を放つ屍者と寝食をともにする屍兵遣いは、戦いの最前線に立つが、尊敬を集めることはほとんどない。それどころか、最後の審判で復活すべき死体を弄《もてあそ》ぶということで教会にも行けなくなる。内戦《シビル・ウォー》が終わったあとの屍者遣いは、学のない黒人が就《つ》く職業となってしまった。

白人を思うように操れるから、鞭《むち》打てるから、補修と称して腕を千切っても構わないからなどという理由でトムの所属していた屍兵大隊の門を叩くものも少なくない。もちろんその場でお引き取りいただくわけだが――トムは自分の頰《ほお》を両手で叩いた。

「散漫だぞ、集中しろ」

トムは規則正しく銃剣を突く屍兵たちを改めて見渡した。

これほど動ける屍兵部隊は世界でも珍しいだろう。

天皇から幕府を倒す命《めい》を受けた薩摩国の将軍、西郷隆盛《さいごうたかもり》は幕府が半金を支払っていなかったために持ち主も定まらぬまま横浜に足止めされていたトムが練兵する屍兵の姿を見て、江戸攻略の方法を大きく変えた。半金の一万ドルを支払ってストーンウォール号と積んできた屍兵を買い取り、トムを雇ったのだ。

二週間前のことだ。

もともとは、合衆国から買い取った二万の屍兵をただ並べて歩かせる屍兵の行進《デス・マーチ》で江戸へ踏み込み、江戸城と将軍のいる上野を力押しで攻め落とすつもりだったという。簡単で、確実な方法だ――幕府側が江戸の街を焼き払わなければ。

隆盛は初対面のトムに、七つのダイバという要塞が描かれた江戸湾の図面を拡げて、通じもしない言葉で熱っぽく江戸攻略の方法を語った。弟の西郷従道《つぐみち》が通訳に入り、トムもいくつか屍兵を用いた最新の戦術を披露した。

そうやって作り上げられた計画はこうだ。

屍兵の行進《デス・マーチ》を押し立てて江戸に攻め入る予定だった中村半次郎《なかむらはんじろう》は日の出とともに御殿山下《ごてんやました》のダイバを急襲する。ダイバのなかで唯一陸に接しているため百五十名ほどの精鋭に護《まも》られる要衝だが、図面を見たトムはすぐに弱点に気づいた。堀が浅く壁が低い。そして陸に向く砲がないのだ。障害物に当たったところで身を横たえるように仕込んだ屍兵を、ダイバに向かって歩かせるだけでいい。堀につまずいた屍兵は堀を埋める土砂に、壁に突きあたった屍兵は壁を乗り越えるための坂になる。

内戦《シビル・ウォー》で生まれた定石《じょうせき》の一つ、屍肉の階段《コープスステップ》だ。屍兵の前に、壁は役に立たない。

トムが作った方程式に壁の高さを入れれば、屍肉の階段に必要な屍兵の数は簡単に導出できる。

三階建て、五階建ての要塞攻略が当たり前だった内戦《シビル・ウォー》では厳しい計算を強いられたが、ダイバのような半端な要塞を落とすのに複雑な補正は要らない。数分で計算を終えたトムを隆盛は『マッコスゴカ』と賞賛したが、トムにとっては、そのあとで隆盛が披露した砲戦計画こそ驚くべきものだった。

御殿山下ダイバを手に入れた薩摩軍は砲台を一番台場に向け、屍者の装填手をとりつかせて砲身が焼けるのも構わずに砲弾の雨を降らせる。

ダイバ要塞の砲でダイバ要塞を攻略するのだ。

そんな作戦が可能になったのは、横に並んだダイバが砲台を向かい合わせ、侵入する外国艦を十字砲火《クロスファイア》で挟撃する江戸湾要塞の設計あればこそ。

砲撃が始まったところで川崎沖に停泊していたストーンウォール号は抜錨《ばつびょう》、最大速度で砲台のない第四台場を盾《たて》に回り込む。ストーンウォール号は重量級の砲艦ながら、舵がスクリューの後ろについているスクーナー船尾を採用しているので、素早く回頭することができる。

そうやって一番台場へ接舷して乗り込み、守備隊を制圧する。その後、一番台場の砲台は江戸の街へ向けられ、屍兵の先導する薩摩軍を援護することになる。幕府軍の近代化の象徴、ダイバ・フォートレスが江戸の街に牙《きば》をむくことの心理的な意味合いは大きい。見事な作戦だ。

トムの四十九名が行うのは、一番台場の制圧――サムライとの白兵戦だ。

制式ハーバード機関《エンジン》の白兵戦機序《ハンド・トゥ・ハンド・プロトコール》〝ブレイブ・カスター〟が駆る魂なき肉体は、濁《にご》りきった水晶体に映し出されるすべてのものを銃剣で突き通す。運の良いサムライが銃剣の槍衾《やりぶすま》をすり抜けることができたとしても、骨を砕くほどの力で振りまわす剣《サーベル》が待っている。肉体をぶつけ合う戦いで屍兵が負けるはずがない。どんなものを食べて育ったのか知らないが、サムライの多くはトムの連れてきた屍兵たちより頭一つほど背が低く、身体も薄っぺらだ。摑みあい、殴りあいでサムライが勝てるわけがない。

そこまで考えても屍兵がサムライを蹴《け》散《ち》らす様がどうしても想像できなかったトムは、甲板の奥から屍兵の教練を見物している砲兵を見つめた。

僧侶でもないというのに頭頂部まで剃《そ》り上げているせいで異様に大きく見える顔や、腫《は》れぼったい瞼の下から睨《ね》めあげてくる黒い目をトムが不気味に思っているせいか、それとも右手と右脚を同時に前に出して地面を擦《す》るように歩く、サムライ・ウォークの真価がわかっていないせいだろうか——いや、違う。

文官までが腰に下げるサーベル、〝カタナ〟へ寄せる信頼の根拠がわからないからだ。

トムにはあの武器が、実戦で使い物になるとは到底思えなかった。

二フィート半しかない刃渡りは白兵戦には短すぎるし、指を護るガードもない。薩摩兵が素振りしているところを見たトムはカタナを両手で握っていることにも驚いた。正面を向けた身体は的《まと》が大きくなるし、片手に比べてリーチも短くなる。

戦《いくさ》のなかった二百年の間に、剣技が形骸化したのだろう——そんなことを考えていたトムは、見物していた砲兵が銃剣を振る屍兵の隊列に割り込もうとしていることに気づいた。

「ソコノ者《もの》、控《ひか》エイッ！」

片言の日本語に立ち止まった砲兵は上甲板を睨めあげ、甲板を指さした。

マスケットが投げ出されていた。落としたときの衝撃のためだろうか、銃剣も外れていた。砲兵は親切にもそれを拾おうとしていたのだ。

サムライの表情は読みにくい。

トムは礼を言う前に、歯をむいて目を細め、大きな笑顔を作った。黒い巨人があのサムライのようにむっつりとしていれば怖かろう。

表情が読みにくいのはお互い様だ。

「カタジケナシ！　ダガ、無用ナリ。控エタモ」

ようやく兵は顔に笑みのようなものを浮かべ、腰のカタナに手をかけて「ヨスゴワンド」と頭を下げた。薩摩国の言葉はわかりにくいが「どういたしまして」だろうと見当はつく。

トムも同じように頭を下げた。

太い唇をすぼめて〝行動停止〟の口笛を吹くと、銃剣を突き出した姿勢で四十九名が動きを止めた。上甲板から飛び降りたトムは、彫像と化した兵が突き出す銃剣の切っ先をくぐり、隊の末尾まで歩いて落ちた銃と銃剣を拾い上げた。

マスケットを拾おうとしていた砲兵へ、英語で「止めなければ危ないんですよ。こいつら、見境がありませんから」と言うと、首を傾げた砲兵は「マッタンセ」といい、踵《きびす》を返して船室へ引っ込んだ。

銃を落とした兵は探すまでもなかった。

四十九名の中央に立つ、ひときわ立派な南部連合騎兵隊の士官服を着た屍兵だ。

モールで縁取《ふちど》られた制帽からこぼれる、もはや伸びることのない麦わら色の髪の毛とたっぷりした口髭《くちひげ》は蠟《ワックス》で整えられ、プレスのきいた軍服を身につけている。二丁拳銃のホルスターやコードバンの乗馬靴にも手入れが行き届いていて、頬には赤みまでさしていた。動いているところさえ見なければ、生者と見間違えるものもいるに違いない。

拾った銃を握らせようとしたトムは、少し考えて、となりの北軍騎兵からサーベルをとりあげて右手に握らせた。フランクな言葉遣いになるよう注意して囁《ささや》いた。

「今度は落とすなよ。用済みにしたくないんだ」

――ネイサン坊ちゃん。

二十年、農場で呼び続けた敬称つきの名前が頭の中で追いかける。

トムの持ち主であったハリス・ジョーンズの一人息子、ネイサン・ジョーンズだ。

ネイサンは命を落とした戦闘で左腕を撃ち抜かれていたため、握力が小さい。本来は軽作業にしか使えないが、トムはこの屍者を見せかけの隊長の位置に据《す》え、身なりを整えてやっていた。

ジョーンズの青灰色の瞳がぐるりと回り、首がかくりと折れた。

〝イエス・サー〟と呼気なき言葉が唇をかたどるのを、トムは慌てて掌《てのひら》で押さえた。

顔色をごまかすための油絵の具がトムの指につき、代わりに屍者本来のどす黒い肌が現れた。

トムは指についた絵の具をネイサンの頬になすりつけ、隊長にふさわしい顔色に整えてやる。

「口、開くなってば。見世物小屋には行きたくないだろ？　ハリスの旦那が悲しむよ」

再びジョーンズは頷《うなず》く動作をしてみせた。

魂のない屍者と言葉を交わすことはできないが、微かな魂の名残《なごり》をとどめるものもいる。トムら屍者遣いはそんな屍者を〝うすら死に《ヘ ィ デ ィ》〟と呼び、見つけたら屍者商人に売り飛ばす。かつてクォドルーン（四分の一だけ黒人の血を引くもの）が高く売り買いされ、慰《なぐさ》み者や見世物にされたのと同じだ。多くの〝うすら死に〟は電極に見立てた鉄の棒で首を貫かれ、面影《おもかげ》が残らないほど顔を刻まれたあと派手に縫い合わせられて〝フランケンシュタインの怪物〟として見世物小屋に出ることになる。

なぜそのような屍者が生まれてしまうのかわかっていないが、内戦《シビル・ウォー》の経験者の間では、禁じられた行為――瀕死《ひんし》の生者へネクロウェアを上書きしたためではないかという説が人気を得ていた。屍体漁り《スナッチャー》たちは弾をかいくぐって泥に埋まる死体から手足と頭の無事そうなものを運び出し、屍兵製造業者は宿営地の傍らに建てた小屋でネクロウェアをインストール。その日のうちにできあがった屍兵を軍に売って、戦場に戻していた。明け方に宿営地を出た兵が午後には屍兵として戦場を徘徊《はいかい》していたことも珍しくはなかった。生死を確かめていたようには思えない。白人の屍兵ばかりになったのも、そんな方法で再生されていたせいだ。最前線で銃砲に晒《さら》された黒人兵の、人の形を留めていない死体に用はない。

多くの兵が持っていたはずの遺言書は戦場に捨てられて、代わりに屍体漁り《あさ》りがサインした状況報告書がついてくる。

ネイサンの懐《ふところ》にねじ込んであった報告書には、ただ『一八六三年二月　ニューオリンズ郊外にて死亡』とだけ書いてあった。

生きていたネイサンと別れてから二ヵ月後の日付だ。別れた日のことは今もよく思い出す。

『トムじいやの小屋』を読み終えたネイサンが、泣きはらし、真っ赤になった目でトムを呼んだ。

合衆国軍《ユニオン》へ加わりたいと申し出た後のことだっだ。

『恨《うら》みはしないよ、トム。戦争が終わったら戻っておいで』

『よろしいのですか？』

ネイサンはハンカチで鼻をかんだ。

『ああ、構わないさ。ここは君の家でもあるんだ。家賃は入れてもらうことになるけれど』

トムはあのときの驚きを忘れない。合衆国が勝っても連合国が勝っても、自由人としてジョーンズ家で働けばいい。ネイサンはそう言ったのだ。

『戻ってくるときは、そんな口の利き方をしなくなっているかもしれないな』

『そう願っております――ネイサン坊ちゃん』

『だめじゃないか。とにかく、戻ってこい』

これが最後にネイサンと交わした会話だ。

トムが調べた連合国側の記録によれば、あの後すぐに騎兵隊として動員されたネイサンは二ヵ月後にニューオリンズで脱走したことになっていた。父、ハリスにもそう伝えられていることだろう。

ネイサンをなんとかしてテネシーの農場へ帰してやりたいというのがトムの願いだった。ストーンウォール号に乗って太平洋を渡ってきたのも、合衆国が幕府へ売ろうとしていた屍兵の中にネイサンが入っていたからだ。陸軍か薩摩国から払い下げることも考えたが、魂なき奴隷となったネイサンをハリスに会わせるわけにはいかない。第二の死を遂げさせれば廃棄物として持ち帰ることもできるかもしれないが、生前と同じ姿に整えたネイサンを手にかけることが、トムにはどうしてもできなかった。

トムはネイサンの乱れた肩モールを整えた。

「前と、同じでいいよ」

ネイサンは帽子の鍔《つば》に指を揃え、騎兵ブーツの拍車《はくしゃ》を打ち鳴らして、見事な敬礼を決めてみせた。

〝イエス・サー〟

「やめてくれ。お願いだ、坊ちゃん――」

「ミスタージョーンズ！　どうされました」

いきなりの呼びかけに、トムはびくりと身体を伸ばす。

「西郷《セゴ》ハンバ連《つ》イテキモシタ」

ゆっくりと振り返ると、船室に引き上げた先ほどの砲兵が小柄な男性を連れてきていた。トムを「ジョーンズ」と呼んだのはこの男、従道だ。

ジョーンズを名乗ることになんの躊躇《ちゅうちょ》もないトムだが、クイーンズイングリッシュの硬いアクセントで呼びかけられると、さすがに恥ずかしい。まして、その家名を継ぐべきだったネイサンに声をかけたばかりだったのだ。

トムはまだ絵の具のついている指を上着の裾で拭《ふ》いて、従道の方へ歩いた。

「ミスターサイゴウ、教練中は立ち入らないよう通達していただけませんか。お願いします。屍兵は敵と味方を区別しません。大事な兵に怪我《けが》をさせてしまいます」

「怪我ね。まあ、大丈夫だとは思いますよ」

従道は砲兵がベルトに無理矢理ねじ込んでいるカタナに目をやった。

またカタナだ――と思ったとき、砲兵と従道が出てきた扉から、大きな人影が姿を現した。天皇軍の将軍、西郷隆盛だ。江戸湾要塞攻略を現場で指揮するために、本陣をこの艦に移していたのだ。

背を伸ばして踵《かかと》を合わせたトムが敬礼しようとすると、大きな掌が振られた。

「ヨカヨカ、センセ、オイバキンスッコタナカ」

従道がすぐに「気にすることはありません、と言ってます」と通訳してくれた。

大きな目を針のように細めてにっこりと笑った隆盛は「ヨカヨカ」と繰り返しながら、彫像と化した屍者の列に割り込んでいった。

トムは西郷のすぐ横に並んで、突き出した姿勢で固まった銃剣を除《の》けて道を作ってやった。西郷は出会ったことのある日本人で唯一、トムが見下げずに目を合わせられる人物だ。従道の兄とのことだが、立っているだけで感じさせる包容力やリーダーシップは、同じ血筋のものとは思えない。

洋装の軍服を見事に着こなす隆盛は、屈強な肉体のものを集めた四十九名に違和感なく溶け込んでいた。

隆盛が一人の屍兵の顔をのぞき込んで目を細めた。

「オマンサア、ワッゼトエトコイ、ユクサオジャシタ」

言葉は全《まった》くわからないが、よく動く太い眉《まゆ》のおかげで隆盛が屍兵を気持ち悪がっていないことはわかる。すぐに従道が「遠いところからよくいらっしゃいました、と言っています」と通訳してくれた。

「屍兵にそんな言葉をいただいたのは初めてです、とお伝えください」

すぐに従道が通訳し、トムは笑顔を隆盛に向けた。

隆盛は大きな目を細め「ヨゴド」と返してきた。先の砲兵が口にした「ヨスゴワンド」のような意味だろう。頭を下げてもう一度にっこりと笑ってみせる。

日本語はさして難しくない。数千種類あるという漢字《カンジ》を覚える気はないが、ストーンウォール号と屍兵を買い付けた土佐国《とさのくに》のローニン、坂本龍馬《さかもとりようま》や岩崎弥太郎《いわさきやたろう》の教えてくれた挨拶《あいさつ》は横浜の町でも通じたし、最近は聞き取れる単語も増えてきた。だが、薩摩国の言葉は単語の切れ目すら不明なままだ。

トムの南部訛《なま》りも、内戦《シビル・ウォー》初期は北部の自由州生まれの黒人たちにさんざん馬鹿にされたものだが、薩摩の言葉は単語からして異なるのだ。

屍兵の手元に顔を近づけた隆盛が眉をひそめ「コヤ古《フ》イカ鉄砲《てっぽう》ジャラセンカ」と従道に言った。よく見ている。

屍兵に持たせている銃はライフリングの切られていないスプリングフィールド兵器廠《しょう》の42年式——内戦《シビル・ウォー》の初期、黒人部隊が持たされていた旧式の銃だ。

トムは顎に手を当てて言葉を選ぶ従道へ答えた。

「白兵戦用の屍兵にとって、銃は槍にすぎません。これでよいのです」

専用の槍を作る案もあったが、生きているときに身体に染みついた動きを使える方がよいという理由でこの旧式の銃に銃剣を付けて持たせているのだと、公式見解を伝えた。実際には金も手間もかけたくないだけだ。誰も欲しがらない42年式は腐るほどある。

従道の説明を聞いた隆盛は大きく頷いた。

「ソヨカ。リニカナット」と隆盛。「合理的《プラグマティック》ですね。さすがはアメリカだ」と従道。

屍兵の列を抜けた隆盛は振り返って、四十九名を抱くように両腕を拡げた。

「センセ、兵隊ンシハコイデタルットカ」

「先生、足りないものはありませんか」と従道。

「足りないものですか……?」とトムが宙を睨《にら》むと、隆盛の怒声が飛んだ。

「竜助《リュウスケ》！」

従道が背を伸ばす。

「曲《マ》グッナ。オイガユタンタダスユワンカ。オマンラユトナイカチゴキガスッド。ホンコシコデ一番台場《イッバンダイバ》トルットカ——」

西郷が大きな手を振り回して、船首の向こう、江戸湾を指さしながら従道に詰め寄った。一番台場へ攻め入るのにこの屍兵で足りるのかと言っていることは、トムにもわかった。人数も含めて隆盛の采配《さいはい》だと思っていたが、どうやら従道の思惑《おもわく》が入っていたようだ。

ワカイモシタ、と短く言った従道がトムに言い直した。

「将軍は、兵は充分かと聞いています」

「御殿山下ダイバと違い、一番ダイバの守備兵は多くて百名ほどと聞いています」トムは従道と隆盛の顔色をうかがいながら、ひとさし指を立てた。「平たい場所で真正面からぶつかるならば、勝ち目はありません。ですが――」

条件をつけるところと、ですが、をしっかりと区切る。ろくに意思の疎通ができない薩摩軍の指揮下で、英語のできる従道に嫌われてしまうのは避けたい。

もちろん攻略戦は成功させなければならないが、屍兵部隊の損耗は気にしていなかった。薩摩軍の屍兵は潤沢だ。ネイサンさえ無傷で残せればいい。

「見せていただいた図面によれば、要塞の通廊はそれほど広くありません。いちどきに百名がこちらに向かってくることもないでしょう」

じっとこちらの目を見ていた従道が、あからさまにほっとしたような表情を浮かべた。

「もちろん、この倍ほどいれば安心ですが、あまりに大人数ですと、兵を素早く移送することができなくなります。渡し板を落とされてしまう危険もありますので、この人数が適切かと思います。いちどに交戦する相手が同数までなら、この四十九名の屍兵が負けることはありません。そして、勝ち続けます」

従道が隆盛にトムの言ったことを伝える。

動いているところを見せてもらってもよいか、という隆盛を従道とともに上甲板へ誘い、七段七列の部隊を見下ろした。

「ご覧ください。これが、突入用の陣形です」

トムが〝再開〟の口笛を吹くと、四十九名がトムの考案していた陣形に沿って動き出す。

銃剣を引き、身体を六十度ずつひねって突き入れる。トムが指示を出すたびにその動きは複雑になっていく。

隆盛が唸《うな》り、先ほど、怪我などしないと言っていた従道もほうっと息を漏らす。

「まるで……生きているようですな」

「ご冗談を。彼らは魂を海の向こうでなくしております」

腕を組んだ隆盛が大きく頷き、トムにも意味のわかる薩摩語で言った。

「良《ヨ》カ、買イ物《モン》ジャッタ」

トムはにかりと笑顔を作った。

「ヨスゴワンド」

＊

満月を四日後に控えた月に照らされる暗い甲板で、トムは練兵の仕上げを行っていた。

西郷兄弟へ屍兵の陣形を見せたあと、操艦やアームストロング砲の訓練を行う薩摩兵に甲板を明け渡していたためだ。屍兵は光があろうがなかろうが気にしないし、気温が下がる夜の方が、激しい動きを試しやすい。

夜の教練はトムにとってもありがたいものだった。

　七名を互い違いに七列並ばせた四十九名は、昼間よりも密に立たせてあった。兵の前後の間隔は、突き出した銃剣がぎりぎり届かない四フィート。列の左右の間隔は三フィート半ほどしかないが、互い違いに並べてあるので列の左右にいる兵を誤って突いてしまうことはない。もしも兵と兵を繋《つな》ぐ線を描けば、一辺四フィートの正三角形のタイルを敷き詰めたかに見えるはずだ。

　この部隊は銃剣を突き出しながらジグザグに進み、四フィートの隙間に敵を飲み込んでは三方向から突き出す銃剣で殲滅《せんめつ》する。もしも誰かが斃《たお》れて陣形に隙間が空けば、取り囲む六名の誰かがすぐに穴を埋める。その動きはすぐに部隊全部に波及し、陣の密度が変わることはない。

　これがトムが考案した変形屍兵の行進《デス・マーチ》、三角タイル陣だ。

「ガード、スラスト！　右に回り、前進して突け！」

　昇ったばかりの四分の三月《ギボス・ムーン》が照らす甲板に、四十九本の光が波打った。

　一斉に動く屍兵の向こうで、装甲板に何かがこすれる音が聞こえた。

　何かが船に接しているのだ。おそらく小舟だろう。屍兵の動きを止めるべきか、このまま臨戦態勢で待つべきか迷ったトムの目に、舷側をよじ登ってきた人影が形をなした。

「誰か《フーズ・ゼア》！」と叫び、慌てて日本語で「ダレカ！」と言い直しながら、人影に目を凝《こ》らす。

　月光に照らされたのは剃り上げられた額《ひたい》だった。二股《ふたまた》のスカートとゆったりとしたジャケットが上質な木綿《もめん》であることがトムにはわかった。

　久しぶりに見る民族衣装のサムライだ。

　銃は携えていない。

　たっぷりとしたジャケットの袖は細い白布でたくし上げられ、肘《ひじ》から下の筋張《すじば》った筋肉がはっきりとした陰影を刻んでいた。親指の割れた白いソックスで、藁《わら》で編んだスリッパを足指で摑むように履《は》いている。

袖をたくし上げているのと同じ白い布が額にも巻かれていた。その布の額のあたりに鋼鉄の輝きを認めたトムは、それが額を護る防具だということに気づいて息を呑んだ。

戦闘態勢ということだ。

男は刺客《しかく》なのだろう。目標は薩摩国の将軍、西郷隆盛か——しかし。

「本気か？」と言葉が漏れる。

見る限り、額の小さな鉄片が男の身につけている唯一の防具なのだ。

消耗品《しょうもうひん》のように扱われていた黒人部隊にも、激しい白兵戦が予想されるときは革の手甲が支給されていたというのに、木綿の民族衣装を着たサムライは腕をむき出しにして、素手《すで》で、フィンガーガードすらついていないカタナの柄に手をかけている。

男は銃剣を構える四十九名を見渡して軽く腰を落として膝の動きでスカートを揺らし、裾でスリッパを隠した。慣れた仕草に見えたが、理由がわからない。自分で踏んでしまえるほど長いスカートはどう見ても邪魔だ。

サムライに感じていた不気味な感覚は、戦闘態勢で目の前に現れた男を観察することで消え去った。

どれだけ信頼を寄せていようが、カタナは刃渡り二フィート半のサーベルに過ぎない。

身長は五フィートを少し超えたほどか。一歩で踏み込める距離が銃剣をつけた42年式を超えることはない。スカートに躓《つまず》かず飛び込めればカタナで屍兵の腕を傷つけることはできるかもしれないが、それで終わりだ。このサムライは一人目に斬《き》りかかったところで、三方からの銃剣に貫かれる。

運が悪かったな――。

トムは上甲板から飛び降り、サムライの反対側へ走った。

「目標《ターゲット》！」

屍兵が一斉に銃剣を戻す。

トムは口笛のリズムで距離と方向を伝えた。

四十九対の眼が動く気配、続けて銃剣が一斉に男に向けられた。

「かかれ！」

男に最も近い位置に立っていた屍兵が、踏み込んで銃剣を突き出す。

「――ッ」

屍兵の向こうから孔雀《くじゃく》の鳴くような音が響いた。

サムライの断末魔だ、と思ったトムは異様なものを見た。

突き出された42年式マスケットの先端、前床《フォアエンド》から先が消えていた。

鉄の落ちる音が響く。

音の源に目をやったトムは自分の目を疑った。

銃剣をとりつけたマスケットの先端部が夜露《よつゆ》に濡れた甲板に横たわっていた。

旋盤《せんばん》で切り落としたような切り口に月の光が輝く。

目を戻したトムは屍兵の両腕がなくなっていることに、そして背に一筋の黒い線が刻まれていることに気づいた。上体がその線を境にゆっくりと回り、感情のない顔がこちらへ向く。人体の構造ではなしえないほど回ったところで、屍兵の胸から上が甲板に落下した。

ごぼりと黒い液体が噴き出したところでトムはようやく理解した。

斬られたのだ。

胴体と両腕もろともに。そして信じがたいことに銃までも、あのサムライは斬った。

上半身を失った屍兵の身体はもう一歩を踏み出そうとしてバランスを崩し、ゆっくりと倒れ込む。

空いた隙間から月光に照らされたサムライの額が見えた。

斬りかかったときよりも少し腰を落とし、伸ばした右腕で水平にカタナを支えている。

左手はカタナの鞘《さや》に添えられていた。

サムライはちらりとカタナに目を向け、唇を歪《ゆが》めた。

「ゴンスケめえ。こりゃ、とんだナマクラじゃねえか」

もしもトムに知識があれば、小指から確かめるように握る手つきでサムライが一刀流中西《なかにし》派を修めていることに気づいたかもしれない。そして本来は据え物を断つ様断《ためしぎり》の刃筋で、動く屍兵に〝一《いち》ノ胴《どう》〟を決めてのけたこと、しかもそれが鞘からの抜き打ちであったことに、そして、胴体と腕に銃までも両断したカタナの切れ味に不満を抱いていることに畏《おそ》れを抱いたことだろう。

サムライは刃を返し、ゆっくりと円を描くように動かして柄を両手で握り、身体の右側に立てた。

「山岡鉄舟《やまおかてっしゅう》、参る」

「やれ、かかれ！」

トムが言うまでもなく、屍兵は欠けた配置《スロット》を埋めるべく動きだしていた。

列の後ろから新たな屍兵が一歩を踏み出し、左右からはサムライの胴と胸に向けて銃剣が突き出される。三本の銃剣による必殺の刺突だ。

サムライは臆する様子も見せずスカートを揺らし、鋼の輝きが交差する位置へ踏み込んだ。

再び怪鳥の声が上がる。

「イェエェッ！」

月の光の弧が網膜に残り、チンという澄んだ音が続けて響いた。

もう一度、同じ光の筋が三人の屍兵を通り抜ける。今度は三本の銃、三人の屍兵を斬った――

そんな理解がトムの頭に生まれたのと同時に二本の腕が飛び、バランスを崩した屍兵の上半身が三つ、甲板に落下した。

スカートを揺らしたサムライは滑るように動き、まだ踏み込もうとしている主なき下半身を避けて屍兵の戦列に足を踏み入れた。

トムの設計した必殺の布陣、絶え間ない三方からの銃剣刺突がサムライを襲う。

だが、呼気なく突き出される銃剣は裂帛《れっぱく》の気合いに続くチンという音とともに斬り飛ばされ、返すカタナが月光を煌《きら》めかせるたびに、屍兵には第二の、永遠の死がもたらされていく。

銃を斬り、腕を飛ばし、頭を落とし、脚を転がしたサムライは滑るように歩を進め、いつしか七段七列の部隊をトムの方へ通り抜けようとしていた。

サムライとトムを遮《さえぎ》っていた最後の屍兵が銃剣を突き出すのと同時に、脳天から尻にかけてカタナの輝きが走る。屍兵の右半身は左側へ、そして左半身は右側へくるりと回り、月夜には黒くしか見えない液体をこぼして倒れ込んだ。

サムライがトムを見つめ、初めて表情らしいものを浮かべた。

その背後に帽子の金モールが揺れる。

サーベルを振りかぶったネイサンがサムライに斬りかかろうとしていた。

どんな気配を感じたか、サムライはベルトに残るカタナの鞘を左手で操り、背後から迫るネイサンの胸を突いてバランスを崩した。サムライは身を翻《ひるがえ》す。

「ネイサン坊ちゃん！」

サムライへ飛びつこうとしたトムの襟首《えりくび》が何かに引き寄せられた。

「Officer, you're getting hurt.（士官さん、ケガするぜ）」

英語？　と思った瞬間ふわりと身体が浮き、トムは流れる星空を見ていた。二つの輝きが視界の片隅をよぎる。一つは月だ。もう一つの灯《あか》りはなんだろう、と思ったところでトムは背中から甲板に叩きつけられた。

「鉄舟、そこまでだ。カタナ引いて下がりやがれ！」

トムの頭上から江戸の言葉が飛ぶ。

「兄さん、おいらは使者だ。停戦だ。屍兵を止めてくんねえか」

英語で繰り返され、目の前に白い布が振られた。

トムは〝停止〟の口笛を吹いた。

動いていた空気の流れが一瞬で止まる。彫像と化した屍兵の中にネイサンを探したトムは、サーベルを振りかぶった姿勢で固まる騎兵服を見つけた。左腕はなくなり、胸の中程まで斬り込まれてはいるが、新たな、そして決定的な死は訪れていない。

ふう、と息をついたトムへ、紙で覆われたランプが近づいた。

「どうかしたかい？」

髪を剃っていない、大きな目のサムライがのぞき込む。

「いえ、何でもありません」

「まあ立ちねえ、兄さん。受け身とれたかい？」

差し出された手にすがって立ち上がったとき、トムは自分を甲板に転がした男が意外なほど小さいことに気づいた。

「ありがとうございます」

「いいってことよ」男はトムの顔をじろりと見て続けた。「しかし、黒人に屍兵を遣わせてるって聞いたが、ほんとにそうだったんだな。ロバートの野郎、立派な国になれ、身分出自で差別すんのはよくねえと言うくせに、結局のところ汚れ仕事を黒人に押しつけてるんじゃねえか。奴隷制度がなくなったところで実質これじゃあ、殺されたリンカーンも泣いてるだろうよ」

「ロバート……ヴァン・ヴォルケンバーグ公使ですか？」

「おうよ。毎晩のように呼び出して、この軍艦の半金一万ドルを催促してきやがったのよ。けちんぼめえ」

サムライと同じ形のジャケットにランプの光がぬめりと映り、トムは小男の服が絹織物であることを知った。両の胸には金糸で三つの葵《マロウ》が刺繍されている。

西海岸の水夫言葉を話しているが、この小男は幕府の高官だ。

踵をぴしりと合わせ、「失礼しました」と言いかけたトムへ小男は言った。

「すまねえが兄ちゃん。西郷将軍《ジェネラル・サイゴウ》を呼んでくれねえか。俺は勝海舟《かつかいしゅう》。幕府《ショーグネイト》の全権を委任されてきた」

トムが口を開くまでもなく騒ぎを聞きつけた兵が走り、甲板に灯りがともされていく。

黒々とした屍兵の血液がぶちまけられた甲板には、サムライが斬り飛ばした腕と脚、胴に頭が散らかっていた。薩摩兵たちが屍兵の脇をおっかなびっくり動くのがトムにはおかしかった。

惨状を見守る薩摩兵の間に、ひときわ大きな隆盛の姿があった。

「久しぶりだねえ、西郷さん。大坂以来だったかな」

「四年ニナリモス」

勝は、屍兵の残骸を跨《また》がないように注意して隆盛の方へ歩いていった。

山岡と名乗っていたサムライは懐から出した紙でカタナを拭《ぬぐ》って、自らの行為を見渡してから、何かを拾い上げて勝についていった。

「駿府《すんぷ》に鉄舟をやったんだが、間が悪かったみたいだな。おとつい、江戸の藩邸においてきた手紙は読んでくれたかい？」

隆盛が傍らの従道を振り返る。従道は知らない、と首を振った。

「しゃあねえな。頼みがあってよ。明日の江戸攻撃、止《や》めにしてくんねえか」

隆盛が深く頭を下げ、船室へ向かう方を大きな腕で指し示した。

「勝ハン、ソン言葉バマッテモシタ」

西郷についていこうとした勝は、思い出したかのように振り返った。

「兄ちゃん、あとで話そうや」

＊

南部連合軍《グレー》の右腕に、合衆国軍《ブルー》の左腕、どちらのものかわからない左手に胴、右脚――トムは甲板に散乱する四肢を拾い集めていた。

片付けは船の兵にやらせればよいと隆盛は言ってくれたが、素人《しろうと》におっかなびっくり触られて、傷口が台無しにされるのはご免だった。

斬られた骨を鉄片と針金で繋いで血管を縫い合わせれば、屍者は軽作業ができるほどには恢復《かいふく》する。木くずや泥を縫い込んだところで屍者の肉が壊死《えし》していくことはないが、異物を挟み込んだ筋肉は元の力を戻せない。気持ちの良いものではないし、なにより筋力の低下が無視できない。

合衆国の白兵戦用兵法と屍兵維持管理手続きには、トムがそうやって現場で見いだした方法と考察がいくつも記載されている。北部の自由州で育った屍兵遣いたちの中には、そうやって現場にいたがるトムを、殺されても従順さを失わなかったトムじいやのようだと笑うものも少なくなかった。

だが、なんと言われようが自分で手を動かしている方が楽だった。

それに屍兵としては二級品のネイサンを目の届くところにおいておくには、現場を自分のものにしておく必要があるのだ。

甲板に並べた腕と脚を見渡したトムはため息をついた。袖口にモールのある騎兵服の腕――ネイサンの左腕がどうしても見当たらない。斬られた左舷中央は、騒ぎの後で薩摩兵が大勢歩いていた場所だ。

「まずいな……」とつぶやいたトムは、ネイサンに繋がるような腕がないかと並べた左腕を見直して、肘の少し下で斬り落とされた腕に目を止めた。前床《フォアエンド》を支える形のまま固まっている手首のせいで、切り口が上を向いていた。

その切り口に、中天にかかる月が映り込んでいた。

まるで鏡だ。

トムはカタナの切れ味と、理屈を越えた剣技に身震いした。

使い手の名前は、確か、山岡鉄舟。

トムよりも頭一つ低い身長の彼は、四フィートのリーチがある槍衾《やりぶすま》にするりと入り込み、二フィートよりほんの少し長いだけのカタナで屍者の腕や胴、脚――そして信じがたいことに、鋼鉄の銃身ごとマスケットを両断してのけた。

それも一度や二度ではない。

甲板に自分の脚で立っている屍兵は十八名しかいない。脚がなくなったために座らせている屍兵が五名。二十六名は首か胸か胴を両断され、二度目の、確実な死を迎えていた。

立っている屍兵にも無傷のものは少ない。

トムは中央に立たせておいたネイサンを見直した。

胸の中央に達していたカタナ傷は既に縫い合わせ、艦の補修用タールで覆ってある。血に汚れた騎兵服も洗って着せ直してあるので、夜のうちに左腕を繋いでやれば、戦闘で傷を負ったことを隠して手元に置いておけるはずだ。

もう一度捜そう、と中央砲郭に歩き出したトムへ、巻き舌の英語が投げかけられた。

「ひょっとすると、こいつかい?」

振り返ると、前方の船室入り口に立った勝が、山岡の捧げ持つ布の包みへ顎をしゃくっていた。

駆け寄ったトムが包みを受け取り、ゆるく結ばれた布の端を解《ほど》くと、騎兵の制服から伸びた手が、何かを摑もうとする形のままで手首のところで折れ曲がり、ぶらりと垂れ下がった。

トムは切り口が傷んでいないことを確かめてから、切り口を下に手桶《ておけ》の水に浸した。

「ありがとうございます。助かります」

「礼はこいつに言いねえ」

山岡へ顎をしゃくった勝が小さなパイプへ小指の先ほど刻み煙草《たばこ》を詰めながら言うと、山岡は

「だいぶん端折《はしょ》っちゃいませんか」と口を挟んだ。

勝は紙のランプに細くよじった紙を差し込んで、パイプの煙草に火を移し、一息、大きく吸いこんで「細《こま》っけえことはいいんだよ」と煙を吹き付けた。

やりとりは半分ぐらいしかわからないが、トムは声をあげて笑ってしまう。

「山岡さんが何か仰《おっしゃ》っていたのですね」

「まあね……っと、英語で伝わるかねえ。騎兵の兄さんの腕を落としたのは、こいつの三十二合目《ターン》だそうだ。中西派《ナカニシ・スタイル》の秘奥義《シークレット・ハンド》、水鏡《ミラードウォーター》なんだと。切り口はまさに鏡のようになっているはずだ――って、ほれみろ、鉄の字。兄ちゃん目えぱちくりさせてんじゃねえか」

「……いえ、意味はわかります。そうではなく、山岡さんは斬った数やその方法を覚えているのですか?」

勝の通訳を聞いた山岡は笑みを浮かべ、足の運びや、手の位置、目の置きどころも記憶しているというようなことを日本語で言って通訳を待った。

勝は掌で転がしていた火種《ひだね》を新しい煙草に移した。

「だとよ《ヒーセズソー》」

「これだ。ちゃんと訳してくださいよ」

ぼやいた山岡へ勝は顔をしかめてみせる。

「手抜きじゃねえよ。この兄さん、簡単な言葉なら通じてるんだよ、な」

トムはにかりと笑って頷いてみせた。

「半分ホド。腕ノコト、カタジケナイ。カタナトサムライ、ミゴトナリ」

「ほれみろ」

勝はパイプを手すりにぶつけ、火種を海に落とした。

「改めて、カイシュウ・カツってんだ。カツが氏《うじ》さ。よろしくな」

トムは従道に聞かされた勝の位《くらい》を思い出して慌てて背筋を伸ばし、踵を合わせて敬礼した。

「失礼しました。お目にかかれて光栄です。海軍卿勝閣下《ネイバルロード・カツ・エクセレンシー》」

「エクセレン……てなんだい。ミスターで頼まア。お前《めえ》さんは？」

「合衆国陸軍第五十四連隊、屍兵分隊技官、トム・ジョーンズ伍長《ごちょう》。トムで構いません」

「トムの字《ティーズ・フォー・トム》か。お話やなんかで聞く名前だな。小屋の話がなかったか？」

文法が間違っているが、滑《なめ》らかな語り口とよく動く表情のおかげで意図は通じた。

傍らの山岡も「改めて、山岡鉄舟と申す」と言い、微かに顎を引いた。

山岡の額に鉄片のついた布はなく、乗り込んできたときに紐でたくし上げていたジャケットの袖もおりていた。戦闘態勢ではない。だが、鉄を両断してみせた腕がほとんど見えないことが今のトムには怖かった。床に届くほどの長いスカートも銃剣をくぐり抜けた足捌《あしさば》きを見せないためのものなのだ。

そう納得していると、ゆるりと身体を伸ばした山岡がトムに頭を下げた。

「あいすまぬことをした」

戸惑《とまど》ったトムに勝までも頭を下げた。

「すまねえ、斬らせすぎた」勝は両の手指を揃えて顔の前に立てた。「おいらが悪かったんだよ。アメリカの屍兵に山岡のやっとうがどの程度通じるのか知りたくて、止めるのが遅れちまったんだ。すまん」

「やっとう――この国のカタナと剣技ですか。あれは大変なものですね。これほどの数の屍兵が白兵戦で倒された例はなかったはずです。サムライは傭兵《ようへい》として世界中で活躍できるでしょう。屍兵《デス・マーチ》の行進だって止められます」

「嬉しいことというじゃないの。でもさ、そんなに腕っこきはいねえんだ。普通のサムライなら三方から銃剣で突かれりゃ串刺しさ」

勝はにんまりと笑い、山岡に顎をしゃくった。

「鉄の字は江戸で十指に入るぐれえの使い手だ。幕府の役人だと二番手だあね」

「一番は？」

「俺さ」

首をそびやかした勝にトムは思わず声を立てて笑ってしまう。

勝もいたずらが決まった子供のように笑う。

「トムの字の兵隊こそ、てえしたもんだよ」

勝が甲板に立つ屍兵を見渡した。

「鉄の字があんなに切羽詰《せっぱつ》まるのを初めて見たぜ。斬ったそばから次の兵隊さんが出てくる。その間にも、周りから槍が突き出されてくるんだ。あの連携は凄《すさ》まじかったな」

決められた仕事しかできないという屍兵に、あれほど複雑な白兵戦ができるとは思わなかったと勝は続け、トムの脇にそそと寄って耳打ちした。

「なあ、ちょいと見せてくれねえか」

「え？」

「いいだろうが。どうせ幕府は今日で終わりなんだ」

トムは胸ほどの高さから見上げる勝の顔を見つめた。

「停戦合意は……上手くいかなかったのですか？」

勝は肩を揺すってにんまりと笑った。

「停戦じゃねえよ。降参だ。江戸城を明け渡して将軍は謹慎《きんしん》。その代わりに明日の江戸攻めをやめてもらったんだ。おいらも鉄の字も早晩お役ご免さ。お前さんも明日の仕事はなくなった。な、いいだろ？」

トムは頷き、行動開始の口笛を吹いた。銃剣を持たせずに、五名、四名の列をつくって互い違いに並べる。

すぐに勝が言った。

「互い違いにしたのはなんでだい？」

トムは部隊の中に入って、両腕を拡げた。

「すべての兵を、等間隔に並べるためです。屍兵は敵味方を区別しません。ですから互いに銃剣が刺さらないギリギリの距離をとっているのです」

上から見れば正三角形を並べたように見えるはずだ、とトムは補って、六十度ずつ回転しながら突くアクションを始めさせた。

「そして、一人が配置から欠けたときには、周りの兵が埋めていきます」

トムは片腕で不格好に銃剣を突くまねをしているネイサンに近寄って、彼にだけ聞こえるように〝停止〟の口笛を吹いた。彫像のように動きを止めたネイサンの胸を抱き、戦列から外してやる。

すぐに右斜め後ろの屍兵がネイサンの欠けたスロットを埋める。その動きが部隊全部に伝わっていく。

勝と山岡はその動きを見て何か話しはじめ、ややあって勝がトムに言った。

「てえしたもんだ」

「ありがとうございます。数百、数千の屍兵が常に使えるならば屍兵の行進《デス・マーチ》が最上の策ですが、数十名しかいないときには、この三角タイル陣がいいと思っています。わたしが考えたのですけど」

「ほう、そりゃすごいや。どうすりゃこんなこと思いつくんだい」

初めての質問にトムは戸惑った。

内戦《シビル・ウォー》では何度も使い戦果をあげた陣形だが、指揮官も仲間の屍兵遣いも三角タイル陣そのものには興味を向けてくれなかった。まして、どこから思いついたのかなどと聞いてくれるような人はいなかったのだ。

「どこから――」

勝の言葉を繰り返して首を巡らせたトムの目が、ネイサンの、ハリスと同じ青灰色の瞳で留まった。雲一つない空の下に広がる農場が蘇《よみがえ》る。

あそこだ。

綿花を効率よく収穫するために、ジョーンズ農場の持ち物であった三家族が疲労しないような手順をろうそくの下で考えていた。仲買人の残した契約書を条項ごとにバラバラにして、字の読めないハリスを騙《だま》したインチキを探し当てた。嫌がるネイサンをつかまえて綿木の配置を話し合った。あの日々が、トムに手順を考える癖《くせ》をつけた。

現場を愛する心もそこで得たものだ。

「なあトムの字よ」という勝の言葉でトムは我に返った。

「ああゆうのを算法《アルゴリズム》っつうんだろ。この兵隊さんたち、一人一人はああしてこう、こうきたらああ、繰り返し、みたいな簡単な手続きをこなすだけなんだろうが、まるで生きてるみたいだぜ」

「え――ええ。そうです。小さな手続きの集まりです」

「何度も言うが、てえしたもんだ、特に最後のアレだ。トムの字を護るために飛び出してきた騎兵さんには驚かされたぜ」

慌ててトムは言った。

「彼、いや、これは銃剣が持てないので、サーベルを持たせていただけです」

「彼でいいじゃねえか」

勝はネイサンの近くへ歩き、伸び上がって肩をぽんと叩いた。

「おいらには、この騎兵さんが自分の意志で動いたように見えたんだ。だから山岡の斬る手を止めさせた。生きてる兵隊さんを殺しちゃあ、交渉が成り立たねえからな」

山岡がぐるりとネイサンの周りを歩いて、勝になにやら耳打ちした。

「気づいてたよ」と山岡に言った勝は、トムに向き直った。「なあトムの字よ。この騎兵さん、大事にしてんだな」

返事を迷ったトムに勝は続けた。

「ぴしーっと折り目の付いたズボンに脂《あぶら》ひいたブーツ、一人だけ綺麗な服着てさ。おっと、髭も蠟《ろう》で固めてお化粧までしてらあ。左腕はもともと、白兵戦なんかできないほど弱かったんじゃあねえのかい？　さっき斬った傷もこの騎兵さんだけ縫い合わせてあるんだってな。あ、こりゃ鉄の字が言ってることだが――」

放っておくといつまでも話し続けていそうな勝を遮り、トムは頷いた。

「わたしの持ち主だった方です」

勝が片方の眉を上げ、開こうとした口をゆっくりと閉じた。

続ける言葉に迷ったトムの目に、桶に浸けたネイサンの左腕が見えた。山岡に摑みかかろうとした形のまま固まった手が、ぶらりと桶の縁《へり》から垂れている。

この腕を繋ぎ、見かけだけの屍兵に戻すことはできる。そしていつか動かなくなったとき、この身体を、父ハリスのもとへ運んでやろう――そう考えていたことが急に現実味を失った。

これからどれだけ、トムはネイサンを目の届くところにおいておけるだろう。

白兵戦に耐えないことが薩摩国の誰かに知れれば、ネイサンは二級品の屍兵の集まる屍兵の行《デス・マー》進《チ》専用の部隊へ追いやられる。

トムが繫ぐ左腕は他の屍兵と肩を寄せ合うことで再びもげ、バランスを崩して転ぶネイサンは、後ろから歩いてくる屍兵に踏みつぶされる。すぐにただの肉の塊となってしまうだろう。

「勝さん」

「なんでえ」

「先ほど、幕府が降参したと仰いましたね。まだ屍兵を使う戦闘はありそうですか？」

勝は唇を歪《ゆが》め、ジャケットの袖に差し入れた腕を組んだ。それから頭一つ高いトムの顔を、そしてネイサンの虚ろな顔を交互に見上げた。

それから、うんうん、と頷いた勝は意外なこと口にした。

「お前さん、帰りねえ」

「え？」

勝は湾の奥に月明かりでうっすら白く見える帯、江戸の町へ顎をしゃくった。

「おいらは今日、幕府と引き替えに江戸の百五十万人を助けただけだ。不満分子はまだ日本中に散らばってる。そいつらの掃討《そうとう》と、新しい政府ができた後の一騒ぎ、収まるまで十年はかかるかもしれん」

勝はトムを舷側の手すりへ誘い、小声で言った。

「そんとき西郷の下にいるのはまずいぜえ」

「そうでしょうか。立派な人物に見えますが」

「立派立派、そりゃもう立派だ。だが、立派なだけだ。龍馬知ってるだろ。奴が西郷についてこう言ってたんだ。鐘《ベル》だとよ」

トムが首を傾げると、勝はパイプの火皿で手すりを叩いた。

「でかく叩けばよく響く、が、中身はがらんどうだ」

洋装に身を固め、洋式の軍隊を率いる西郷ら天皇方の主要なメンバーはもともと、正統な王である天皇を蔑《ないがし》ろにして外国と手を結ぶ幕府を倒し、王政国家を取り戻してもう一度鎖国するために寄り集まったのだという。

「それが見ろよ。薩摩と長州はアメリカやイギリスと手を組んで、天皇にはちょいと脇にいてもらうつもりで新政府の構想を描いてる。つまりは幕府の方針と同じってことだ。幕府なんか要らねえんじゃねえかと西郷に吹き込んだのは何を隠そう俺なんだがね、まさかこんなにでかい祭りになるとは思ってなかったよ――あとな」

勝はさらに声をひそめた。

「去年、変な奴がパリからやってきてな、ちょいと変わった屍者の技術が入っちまったんだよ。まだ成果は出てねえが――」

小さくなる勝の声をよく聞こうとトムは腰を屈めたが、それを見た勝は外国人のように肩をすくめ、トムから一歩離れた。

「とにかく屍兵や屍者はこの国でもありふれたもんになる、そうなりゃあんたもお払い箱さ。帰るなら今のうちだぜ」

勝は甲板で動き続けている屍兵の集団を見つめ、痛ましそうに首を振った。

「だいたいさ、こんないびつな技が長く続くわきゃあねえ。蒸気とか電気とか電信とか、そんな技術の時代が必ず来る。そのときにあんたの算法のセンスは活《い》きるはずだぜ。せっかく自由人になったんだ。アメリカでやんなよ」

米国公使のロバート・ヴァン・ヴォルケンバーグに口利きぐらいしてやるぜ、と勝は結んだ。

ネイサンをおいてはいけない――そう言いかけ、人に言うようなことではないと言葉を飲み込んだところで気づいた。

そうではない。ネイサンはもう死んでいるのだ。

この後、サムライたちの戦いに巻き込まれて屍兵の行進《デス・マーチ》の部隊に交ぜられてしまえば、骨すら残るまい。

そうでなければ横浜の屍者商人に売り飛ばされ、〝怪物〟にされてしまう。

ネイサンが止まるまでそばで見ていよう。そう思って日本にまで来たのだが、実際に動かなくなるネイサンをトムが見ることはない。

そんな当たり前のことがようやく心に浸透してきた。

トムが、ネイサンを連れて帰れるようにするしかないのだ。

「勝さん、江戸に……死体保存技師《エンバーマー》はいますか？」

「いねえな」と言って勝はトムを見上げた。それから微動だにせず立ち尽くすネイサンをしばし眺めてから不意に口を開いた。

「故郷《くに》はどこだい」

「テネシーです。ご存知ですか」とトムが応《こた》えると、勝は「テネシー、聞いたことあるぞ」と懐から出した手で宙になにやら描いてから言った。

「ケンタッキーの南だったかな。ここからだと太平洋の船旅込みでひと月ってところか。塩漬けだと保つかどうか、ってところだな」

「勝さん――」

わかってるって、と勝はトムを遮った。

「首切り役人の山田浅右衛門《やまだあさえもん》てのが江戸城の西、平川門を出たあたりに住んでる。でけえ屋敷だからすぐ見つかるだろう。紹介してやるよ。事情を話せば食客《しょっかく》の蘭方医《らんぽうい》が処理してくれるだろうさ――おい鉄の字、手紙だ手紙」

うなずいた山岡は懐から、カタナを拭くのに使った紙の束と壺《つぼ》をぶら下げた細い筒を取り出した。

筒から筆を抜いた山岡は穂先を壺のインクに浸し、片手で支えた紙の束へ向けて構えた。背をぴんと伸ばし、ゆるく伸ばした指先で筆を構える佇《たたず》まいが美しい。見とれていると、勝はトムには聞き取れない言葉で話しはじめた。

山岡は肘から先だけを動かして、ひと繋がりになった見事なカリグラフィで勝の言葉を書き留めていく。躊躇いなく動く山岡の筆の動きを見つめていると、山岡は「異人さんに見られると、照れますねえ」とつぶやいた。

二つの手紙が書き上がり、受け取った勝は頷いて、文書の最後に美しい飾り文字でサインして折りたたんだ。

「こっちは浅右衛門、こっちがロバートだ」と言った勝は折り方の異なる二つの手紙をトムへ渡した。

「万次郎でも呼び出して読んでもらえや。ホトケさんとトムの字をアメリカに送るよう申し添えてある。まだ数日は幕府の威光も消えねえだろうよ」

「ありがとうございます」

トムは手紙を懐に入れ、口笛で屍兵を止めた。

「もう一つ、お願いしてもよろしいでしょうか」

勝は「わかってらあ。言いなさんな」と手を振り、空を仰いだ。

「月も綺麗だ。鉄の字よ、スパッと綺麗にやっとくれ」

山岡は頷いてカタナに手をかけたが、柄に目をやってから、申し訳なさそうに勝に頭を下げた。どうやら山岡は自身のカタナを担保に金を借りていたため、今日は友人から借りたカタナを携えてきたようだ。トムに死を覚悟させたカタナを山岡はナマクラ——粗悪品という意味だろう——と呼んでいた。

苦笑いした勝がほらよ、と紐を解いてカタナを差し出すと、押し頂くように受け取った山岡は、トムの手桶に人差し指をいれて湿《しめ》し、柄の根元あたりに押しつけた。

「今のは？」とトム。

「目釘《めくぎ》を締めてるんだ。カタナの刃を固定するのは竹の釘でな、濡らすと強くなるんだ。すっぽ抜けたら怖《こえ》えからな——やかましい、鉄舟。手入れなんてする暇がおいらのどこにあるっていうんでえ」

思わず噴き出したトムへ勝が言った。

「よかったよ、笑ってくれて。じゃあいいかい？　そうだ、この兄さんの名前聞いとこうか」

「ジョーンズ、ネイサン・ジョーンズ。アメリカ連合国第四騎兵隊、大尉です」

懐から細い布を出した山岡は端を咥《くわ》え、ひゅるりと腕を通す。夜風をはらんでいたジャケットの袖がその一動作で脇にたくし込まれ、この船に乗り込んできたときと同じ、戦士の装いに変わった。

勝もジャケットの襟をピシリと伸ばす。

「アメリカ連合国第四騎兵隊大尉、ネイサン・ジョーンズ。汝《なんじ》は太平洋東岸の国をひとかたならぬありようで訪れ、友であるトムを護り、戦い、死した。月の美しい夜であった」

こんなもんでいいかい、と聞いてきた勝へトムはうなずいた。

「よい言葉を戴きました。ありがとうございます」

トムがそれ以上言葉を発しないでいると、山岡はネイサンの左側に音も立てずに回り込み、目を伏せ、深く頭を下げた。

山岡は腰から少し抜いた鞘を握る親指でカタナの鍔を押した。

ふわりと被《かぶ》せた右手の小指から順に柄を握り直す。

ふうと息を吐きながら、山岡はカタナを抜く。

瑕《きず》一つないカタナが月光に輝いた。

まるで水で作った鋼のようだ。

そうトムが思ったとき。

「――ッ！」
裂帛《れっぱく》の気合いとともに、半月の輝きが弧を描いた。
山岡がカタナを振ってねばついた血を甲板に振り飛ばす。
斜めに断ち切られたネイサンの首がゆっくりと滑り落ちてくる。
トムはその頭を抱え、抱きしめた。
帰りましょう。
からからに乾いた小麦色の髪の毛から、微かに収穫の香りが立ちのぼった。

おうむの夢と操り人形

電子書籍からデビューしたというご縁のおかげで、アマゾン社からは、Kindle Singlesが始まった二〇一五年からオリジナル短編の執筆を依頼されていた。プロットはすぐに書きあがったのだが、育児と日本ＳＦ作家クラブの会長職の両立という慣れない生活を送っていたために、完成までにまる三年ほどかかってしまった短編だ。

本作は「脳」がなくても知能を感じさせてくれるシステムというテーマに基づいた作品だ。このアイディアを私は気に入っていて、商業誌デビュー作の「コラボレーション」や人工知能アンソロジーに寄稿した「第二内戦」、二〇一六年版の年刊日本ＳＦ傑作選で表題作にとりあげていただいた「行き先は特異点」など、幾度となく物語の主題に据えている。

「おうむの夢と操り人形」は最も直接的にそのテーマに迫った作品だ。生成ＡＩに合わせてごくわずかな改稿を施した。お楽しみいただければ幸いだ。

「もっとしゃんとしなさいよ！」

キュッというモーターの音に続いて、飛美神奈《ひびかんな》の尖《とが》った声がリビングに響く。私が夕食の皿を食洗機に入れる手を止めると、それを見越していたかのように彼女は声をかけてきた。

「山科《やましな》さん、どうしてパドルってこんなななの」

「こんなって？」

反射的に返したあとで、質問の意味がわかった。

またやってしまった。

一呼吸おけばちゃんと答えられるのに、相手の言葉をそのまま返してしまうのは悪い癖だ。私への興味が消える前に「聞いてるよ」というサインをなんとか出そうとして、あるいはグズだと感じさせないために、私はつい人の言葉をおうむ返ししてしまう。

だけど相手はシェアハウスで五年も同居している飛美だ。いまさら格好をつける必要もないし、同居人というステータスを変えたいと思っているわけでもない。

それでもおうむ返ししてしまったのは、飛美の正面に立つ子供ほどの大きさの白いロボット、パドルのせいだ。

東京オリンピック開催の声が聞こえてきた二〇一五年、国内第三位のシェアをもつ携帯電話会社のＳＢ《スプリントブリュー》がカリスマ経営者の後押しで発売したパドルは、二年前にパラリンピックが終わる頃まで東京のあちらこちらで、外国人を相手にしている姿を見かけたが、特に用事もなくなった今は、システム会社の倉庫に山積みになっている。

ファストフードチェーンやスーパーマーケット、携帯電話会社のロゴをつけたパドルを、ＩＴがらみの業界にいる人間なら格安で手に入れられる状態になっていた。

私の場合は五万円だった。

エンジニア仲間から送られてきた、がっくりとうなだれたポーズをするパドルの写真を見る限り、傷もなく、底面の全方向車輪《オムニホイール》も綺麗なものだった。屋内で使われていたのだろう。ちょうど私は、広告代理店のシステム構築を終えたばかりだった。次の会社に行くまで二ヶ月ある。遊ぶのにちょうどいい、ということで言い値を払って中古のパドルを送ってもらったのだ。

幸い、住んでいる場所に余裕はある。

下北沢《しもきたざわ》の駅から歩いて五分ほどの住宅街に建つこのシェアハウスは、五人の大人が暮らすために建てられている。三十畳のリビングと五つの寝室を持つ大きな一戸建てに暮らしているのは、私と飛美の二人だけだ。オフィス椅子ほどの底面積《フットプリント》を持つロボットが歩き回っていても狭苦しくはならない。

だが、人の形をしたものの存在感は私の想像を超えていた。

充電中の、くずおれそうなポーズをしているパドルはそうでもなかったが、充電を終えて背筋をしゃんと伸ばしたパドルは、私の視線を引きつけた。彼ないしは彼女が放つ存在感は、なかなか無視できるものではない。

ぼんやりとした影が差すだけでも、パドルが「いる」ことがわかる。

まずいなあ、と思いながら夕食を準備していた私は、勝手に住人を増やしたことを飛美にどう言い訳しようか考えていたわけだ。その時の引け目がまだ残っているらしい。

帰宅した飛美の反応は、私のどんな予想とも違っていた。

ブリーフケースからＭａｃＢｏｏｋを取り出した彼女は私に「遊んでいい？」と聞くなり、ソファに置いておいたＵＳＢストレージから管理ツールをインストールしてしまったのだ。

スーツ姿のままひとしきりなにかを確かめたあとで部屋着のスウェットに着替えた飛美は、どうやらパドルに小芝居を教え込もうとして、そこで気に入らないことがあったらしい。飛美はＭａｃＢｏｏｋの向こうから私を睨《にら》んでいた。コンタクトレンズを外して大ぶりなメガネをかけているので、視線がひときわ怖く感じられる。

普段はしないように気をつけている私のおうむ返しは、彼女の怒りに油を注いでいるはずだ。

「わかってるでしょ。いいから見てて、これよ」

飛美は、長い親指をしならせてＭａｃＢｏｏｋのキーを叩《たた》いた。おそらく、パドルの振り付けを再生・停止するためのスペースキーだ。予想は当たったらしく、一瞬の間をおいてパドルが胸に手を当てて腰を折り、胸元のスピーカーから合成音声で「お帰りなさいご主人様」という声を鳴らした。

執事風のお辞儀だ。

なんと、目の上半分のＬＥＤを消して、目を伏せるような効果まで演出していた。この短い時間で飛美はかなりパドルを使い込んだらしい。パドルの黒い瞳《ひとみ》はすり鉢状に凹《へこ》んだ白目の中央に固定されていて、まぶたはない。まばたきのようなことをさせたければ、白目に仕込まれたＬＥＤを点滅させるしかないのだ。

「何を仕込んでるかと思えば、お辞儀かあ。そんなふうに出迎えてほしければ、次の会社に入るまでにやってあげるよ」

「山科さんが？　やめてよ」

私の声を認識したパドルが身体をこちらに向けようとすると、飛美はもう一度スペースキーを叩いてパドルにお辞儀をさせた。動作は悪くない。

「いいじゃない。よく仕込んだね」

「そうね。オリンピック前に使ったときより、ツールが良くなってるみたい。動きも滑らかだし、声も自然になったね。でもさ、ピシッとしないのよ」

「止まらないんだよね」

「そうよ、ピシッとしてくれない。どうして？」

「パドルの肘《ひじ》と指を曲げ伸ばししているケーブルが、伸び縮みするせいだよ」

飛美は深呼吸をしてから「保《たもつ》さあ」と口を開いた。

彼女が私を名字ではなく、名前で呼ぶのはよくない兆候だ。呼び捨てのときはまだいい。「保《たも》っちゃん」と呼ばれたら逃げ出したほうがいい。五年も同じ屋根の下で暮らしていればそれぐらいのことはわかるようになってくる。

「ごめん。言いたいことはわかる。飛美さんが聞きたいのは、どうしてこんなふうに、伸び縮みするようなケーブルで引っ張る設計にしたのかってことだよね」

飛美は頷《うなず》いた。

パドルの腕を動かすモーターは、人間だと力こぶの出る上腕二頭筋の位置に内蔵されている。このモーターがケーブルを巻き取ることで、肘と指を曲げるのだ。

肘を伸ばしたり、指をまっすぐに伸ばす時はただモーターが巻き取ったケーブルを離す。それだけだ。あとは肘の関節のバネが肘を伸ばしてくれる。手指にはバネすら仕込まれていない。まっすぐに一体成型されたプラスチックが元の形に復元する力だけで、指を伸ばす。

呆《あき》れるほど低コストな設計だ。

手の指も独立しては動かない。一本のケーブルを引っ張ると、巧妙に仕込まれた滑車が小指から順番に曲げていく。グーとパーはできる。握り込む途中で人差し指と中指を残せばチョキになるからジャンケンはできるが、ＯＫサインを出すことはできない。

このパドルの腕の設計を知った時、私は感動してしまった。これに腕のひねりを入れても、必要なモーターは三つだけだ。関節ごとにモーターを持つ日本製のロボットや、油圧を用いたアメリカ製の人型ロボットに比べれば、格段に安く作れる。

なぜか日本人は関節ごとにモーターをつけたがる。本職のロボット設計者はそうでもないのだろうが、イラスト投稿サイトに掲載されているロボットでは、例外なく肘関節や肩に、モーターだと思われる部品が描かれる。

面白いのはアメリカ人だ。彼らが作るロボットは必ずと言っていいほど油圧になる。心臓部に強力なエンジンとコンプレッサーを置き、張り巡らされた動力パイプが高圧のオイル越しに力を伝える。だから肘や足首の関節に余計な膨らみはない。設計図にはただパイプとピストンが描かれるだけだ。

パドルはそのどちらとも異なる設計思想に基づいて作られていた。

パドルの開発・販売元は日本の携帯電話会社のＳＢだが、もともとはフランス人のラファエル・ド・ヌーというロボット工学者が、個人的に作っていたものだ。ブログで写真を見たことがあるが、パリのマレ地区にあるラファエルのアトリエには、操り人形のコレクションが吊り下げられていた。

　低価格で安全なロボットを、とSBから要望されたラファエルが、操り人形に着想を得て低出力のモーターとケーブルで人っぽく動くパドルを設計したのは間違いない。天才の仕事だ。だが、設計の根幹にある弱さまではカバーできなかった。その設計が飛美を苛立《いらだ》たせて、私を困らせているというわけだ。

　飛美は唇を尖らせた。

「仕組みはわかるよ。指の内側に見えてるこの白いケーブルで、指を曲げてるんでしょ。肘も、肩もそうだよね」

「そうだよ。両方ともケーブルで引っ張ってる」

「でもさでもさ、このケーブルって布製だよ。どうして金属のワイヤーを使わないの？」

　厳密にいえば金属のワイヤーが布に織り込まれているが、飛美の言うとおりだ。この設計に気づいた時、私はエンジニアとしてラファエルに嫉妬してしまった。

　例えば、と言って僕はパドルの肘関節の内側に人差し指を置いた。

「今、パドルが肘を曲げたらどうなると思う？」

「ええと――あ、そうか。曲がりきれないんだ」

「そうなんだ。パドルは私の指を押しつぶすほどの力で肘を曲げられない。そういう安全対策なんだよ。もしも伸縮性のないワイヤーを使っていたら、圧力センサーを組み込んで、異物が挟まった時には動作を止めなければいけないけど、子供がいる場所にそんなロボットを野放しにするわけにはいかないし」

なかった。

「あ、じゃあ……」

飛美が目を丸くする。同じことに気づいたのかどうかはわからないが、私は言わずにはいられなかった。

「この安全設計のおかげで、パドルはなにも持てない。この腕は、身振り手振りのためだけに用意されてるんだよ。音声の入力を受け付けて、言葉か、胸のタブレットの表示か、腕の振り付けで返答するコンピューターなんだ」

「なるほどねー」

飛美はパドルの、人を怪我《けが》させることができないように作られた小さな手の指を開かせた。

「つまり、人の形をしたスマートスピーカーってことだ」

「そういうこと。スピーカーと違って動き回るし、声を出す前でも人間を認識してくれるけどね。だからお帰りなさいを言わせるのは、パドルに似あった使い方だ。個人識別もできるから、飛美さんだったら『ヒビカンナさま、お帰りなさいませ』って言わせようか」

「いいよ、名前は。あ！」

「どうしたの」

「パドルの名前、どうしようか。つけると情が移っちゃうけど」

私は苦笑した。

友人が送ってきた、パドルの集積所の写真を思い出したのだ。

狭い倉庫で、くずおれようとするかのように上半身を折って手をだらんと前にぶら下げているパドルがひしめき合っていた。もちろん、捨てられたことに絶望したパドルが自発的にそんな姿勢をとっているわけではない。

もうだめだ、と言わんばかりのパドルのポーズは、設計者のラファエル・ド・ヌーが定めた電源オフの時の基本ポーズなのだ。倉庫の写真を見た時、私は会ったことのないラファエルの人柄に触れた気がした。彼は、電源が入っていないパドルがかわいそうに見えるように設計したのだ。ロボットへの愛情ゆえか、それとも人の感情を操ろうとするひん曲がった性根《しょうね》ゆえか。とにかくその手には乗るものか。

私はしばらく考えてから首を横に振った。

「やっぱり〝パドル〟のままでいいよ。ところで、飛美さんはどこでパドルを使ったの？」

「携帯屋さん。確かパドルが発売されたばっかりの頃だったかな。SBの公式ショップに見せかけるためにって、社長が買い込んだのを触った。次はネット証券のアイファンド。受付に置くっていうから、胸に表示するパワポと、話しかけるためのお辞儀モーションを作った。そんな感じであと何回かは使ってる」

「なるほど、それで慣れてたんだ」

「まあね。でも、オリンピックの後は見かけなかったよ。久しぶりに触ってみたら、うちで作ってるロボットのヒントになるかと思ったんだけど」

「ロボット？」

いま彼女が勤務しているヤムテックは、フードビジネス向けのIT機器を販売している会社だ。レストランのテーブルに置くタブレットや、オーダーを取るための端末、カフェ屋台向けのレジやなんかが主力製品だ。

ロボット開発なんてやっていただろうか、と首をかしげた私に、飛美は写真を表示したスマートフォンをかざした。

「言わなかったっけ。配膳ロボットよ。こいつをなんとかしろ、って言われてるの」

「なんとか?」

「またやった。おうむ返し」

飛美が顔をしかめる。

「ごめん。でも、それって飛美さんがやる仕事?」

事業であるはずのロボットを「なんとかする」のは、飛美の仕事ではないはずだ。

飛美は、投資家がベンチャー企業に送り込んだ総務のプロフェッショナルだ。

億単位の投資をもらって右往左往している起業家たちにオフィスを探してやり、電話とネットをひいて労働基準法を教え、弁護士と税理士をつけてやり、コピー機と給水機を手配する。目まぐるしく姿を変えていくスタートアップに三ヶ月から半年ほど寄り添う飛美は、成長した総務スタッフを残して次のベンチャー企業へ向かう。

彼女自身は、会社の立ち上げに携わる自分自身の仕事を〝起業サポーター〟と呼んでいる。

実は、私もコンピューターの分野で似たような仕事をしている。いまどきの起業家はＩＴに通じているし、経営陣にスター開発者のＣＴＯ（最高技術責任者）を招いていたりもするから、自社のＩＴ基盤ぐらい外部の手を借りなくても作り上げる力を持っている。だが、それは起業家の仕事ではない。二億円の投資を二百億円にしなければならない起業家たちには、無線ＬＡＮの設定やコンピューターの調達、サーバーのレンタルのような、誰がやっても同じ結果になる基本インフラの整備なんかに拘《こだわ》っている暇はないのだ。

数ヶ月で素人《しろうと》集団を会社に仕立て上げる飛美や、ありとあらゆるＩＴ基盤を一通り整備できる私の給与は安くない。そして事業や起業家に対する忠誠心もない。

そんな飛美が配膳ロボットを「なんとかする」べく悩んでいることが意外だった。

「何か問題でもあったの？」

　飛美は唇を笑う形にしてみせた。目は笑ってない。

「つい最近、ヤムテックが東北の会社を買ったんだけど、デューデリジェンス（投資先評価・調査）からこのロボットが漏れてたのよ。使えないなら、損切りしなきゃいけないの」

「名前は？」

「ワゴット」

「ださいなあ。どれぐらいかかってるの？」

「五百台作ってて、持ち出しで二千万円かかってる」

「それで全部ならじゅうぶん安いじゃない。帳簿に眠らせておいたら？」

「公金なのよ。東北大の先生が科研費ぶっこんでたの。ロボット自体は捨ててもいいけど、帳簿はちゃんとカタをつけないと」

「あはは。じゃあ、最後まで面倒見なきゃいけないわけだ」

　私は飛美のかざしたスマートフォンを受け取って写真と動画をざっと眺めた。

　配膳ロボットのワゴットは、パドルのように人間の形をしているわけではない。大人の腰ほどの高さにある天板に料理を載せて、付属するタブレットでオーダーを選択すると、テーブルに向かってレストランの中を走っていく、自走式の台車だ。

　映像を見る限りでは、出来は良さそうだった。自前のセンサーに加えて、店内のあちらこちらに取り付けたカメラとも連動するらしく、出会い頭にぶつかることもないというし、狭いパントリーを考慮してパドルと同じ全方向車輪《オムニホイール》を使っているから方向転換もその場でできる。設計の筋も悪くない。

人間を個人レベルで認識できる機能を搭載しているので、フルサービスのレストランでは、ホールスタッフの後をついていって料理を運ぶこともできるという。混雑するフードコートの中で危なげなく料理を運ぶワゴットの姿に、私は軽く感動をおぼえた。

「悪くないじゃない。そのままヤムテックでいただいちゃえば。クライアントにフードコートもあるんでしょ」

「私もそう思ったんだけど、どうしてだかスタッフやお客さんとぶつかりそうになるらしいの。クレームが多いんだって」

「実際にぶつかったことは？」

飛美は首を横に振った。何重にも施された衝突回避機能のおかげで、実際に衝突して怪我をさせたり、料理を撒《ま》き散らしたりしたことはないという。実店舗で二百台ほどが三ヶ月ほど稼働していて客にぶつかったことがないというのだから、人間のスタッフよりもよほど優秀だ。

「心理的な問題だな。実際にはぶつかってないのに、ぶつかりそうだ、と思われてるんだ」

これは難しい。店内を勝手に動き回る箱でしかないワゴットを、社会の一員として認識されるように工夫しなければならないということだ。

「せめてどの方向に進んでるのか、パッと見てわかればいいのに」

「パドルみたいにね」

言った私は、何か重要なヒントを得た気がした。

飛美もパドルを見つめていた。同じ答えにたどり着いたらしい。大きなメガネの向こうで、目が輝いていた。

「……ねえ、山科さん。このパドル、いくらで買ったんだっけ？」

「五万円だけど——あ！」

「五百台全部とペアを組ませるだけのパドルが必要になるの。山科さんのお友達、それぐらいの在庫持ってる？」

私が頷くと、飛美はＭａｃＢｏｏｋのキーボードを猛然と叩き始めた。

鉛筆よりも重いものが持てないパドルだが、実務に向かないという思い込みは間違いだった。パドルにできる最大の仕事は、そこにいる、という存在感を放つことだ。

配膳に向かうワゴットをパドルに先導させる。このアイディアを、ヤムテックの経営陣はすぐに受け入れた。

ついでに私も、ヤムテックに雇われることになった。

＊

パドルが動くときのキュッという音でデスクから顔をあげると、ブリーフケースとタブレットを脇に携えた飛美が、開けっ放しのドアを中指の背でノックしていた。

「ちょっと時間もらってもいい？」

私がいいよと返事をする前に、隣で起動したパドルがスリッパのような足音を立てて飛美を出迎えるために動きだす。口元のスピーカーから響いたのは、市販のパドルとは異なる、人の声と聞き分けることができないほど滑《なめ》らかな合成音声だった。

「飛美さん、いらっしゃいませ」

胸を斜めに横切るオレンジ色のラインと、腰にシルク印刷されたヤムテックのロゴを除けば、見かけは全《まった》く変わらないし、中身もほとんど変更していないが、いま飛美を出迎えたのはヤムテックが別注したモデル、パドルⅡ《ツー》だ。

CPUのコア数はオリジナルの四つから十六個に増えていて、プログラムの載るメモリと記憶装置も、業務用PCに匹敵する三十二ギガバイトRAMと、二テラバイトの高速SSDを搭載している。通信機能も最新の5G《ファイブジー》通信と百GHz帯域の無線通信規格、IEEE802・11nxに対応し、フル充電した時の稼働時間も六時間に延びている。

こんなにパワフルな中身にしたくはなかったのだが、SBロボティクスの説明してくれたところによると、二〇一五年にオリジナルのパドルが出荷された時に調達できたCPUやメモリ、バッテリーが用意できなくなっていたため、入手可能な部品で組み立て直したら自然と性能が上がってしまったということらしい。少なくとも、合成音声は滑らかになった。

私たちがSBロボティクスに要望したのは、これとは別の仕様だった。

一つ目は、胸に固定されていたタブレットを変更できるようにすることだ。

この仕様変更はSBロボティクスにとって予想の範囲内だったらしく、すぐに対応してくれた。パドルが発売された当時のタブレットはオリンピックの頃にはすでに時代遅れになっていて、評判が悪かったからだ。

もう一つが足音再生専用スピーカーだった。ヤムテックに納品されたパドルⅡは全方向車輪《オムニホイール》を動かすモーターと外部環境に連動して、ペタペタ、スタスタ、パタパタ、トントンと小さな足音をたてられるようになった。ぶつかっても大事にならないように設計されていたパドルだが、足音を鳴らすようになってからは、子供もぶつからなくなったのだ。

基本性能の向上とタブレットの変更、そして足音の三つを携えたパドルⅡとワゴットのセットは、売れに売れた。

この四ヶ月でヤムテックがフードコートとショッピングモールに納品したワゴットとパドルⅡのセット総数は二万台に達しようとしていた。胸に鮮やかなオレンジ色のラインを引いたパドルⅡを見ないショッピングモールの方が珍しいぐらいだ。ほとんどがセルフサービスの店舗からの注文だったが、人間のスタッフの仕事を奪うわけでもないあたりが、導入のハードルを下げてもいたのだろう。

人型ロボットの役割を再定義したヤムテックには投資が殺到し、発案者の飛美は総務のプロから、ロボット事業部の担当役員へと抜擢《ばってき》されていた。

ヤムテックをレストラン用のアプリ開発会社だと思うものはいなくなり、会社に持ち込まれる全ての案件が、パドルに関連したものに変わっていた。そのほとんどは、産業用ロボットの相棒としてパドルを提供してほしいというものだった。電動車椅子の先導に警備用ロボットの相棒、駅などの施設で使う自走式の掃除機の警備スタッフだ。

ドラム缶にタイヤをつけたようなロボットでも、すぐ傍に愛嬌《あいきょう》のあるパドルが立っていれば安心できるということらしい。

本家のSBロボティクスもパドルに関する案件はヤムテックを紹介するようになっていたが、そんな案件の数々を淡々と片付けていく飛美は、ヤムテックの取締役会を構成する投資家グループから高く評価されるようになっていた。

私は技術フェローとしてパドルの能力を高める仕事を任されていたが、業務時間のほとんどは、客先からの提案をどうこなすか、飛美と二人で考えることに費やしていた。

今日もそのつもりなのだろう。パドルの頭を撫でた飛美は、愛知県に本拠を置く、日本最大の自動車メーカーの封筒を応接用のソファテーブルに置いた。

「メール読んだ？　ダミー運転手の件」

私はデスクから立ち上がって、飛美の近くで何かを待っているパドルに命じた。

「パドル、コーヒーを持ってきて」

「わかりました」と答えたパドルは、足音を鳴らして部屋を出ていった。

私は飛美に席を勧めて、向かい側に座った。

「まだ読んでないけど、どうしたの」

「年末までに、上半身だけのパドルを二十万台ぐらい欲しいんだって」

「二十万台」

飛美の口にした数字をおうむ返ししてから、私は「大丈夫」と続けた。

「その数だとSBからの購入じゃなくてライセンス生産になるね。深圳《シェンチエン》の工場に用意するよう伝えておこう。年末なら余裕を持って対応できるよ」

飛美がふっと息を吐いて笑った。

「山科さん、反射的にボール返ししてから考える癖は注意したほうがいいよ」

「あ、またやってた」私は頭をかいてから言った。「そういえば、上半身だけのパドルを何に使うの」

「自動運転車の運転席に座らせるんだって。トラックとか、バスとか、タクシーとか。制服も一緒に作らなきゃならないんだけど」

「そっちも間に合うよ。でも、そのアイディアって――」

言いかけたところで飛美が遮《さえぎ》り、封筒から見覚えのある提案書を抜き出した。

「そう。もとは山科さんに作ってもらった提案書。いつの間にか、あっちの技術開発本部が自力で考えたアイディアってことになってたよ。怒っとく？　訴訟してもいいよ」

提案書をざっと眺めた私は首を横に振った。

「いいや、このまま受けよう。弱小ベンチャーから提案するより、天下の自動車メーカーがその気になってるほうがいい。それに、儲《もう》かるし」

「そう言ってもらえると助かるな。初期費用だけで六百二十億、保守で月に八十億の売り上げよ」

「そりゃすごい」

私が提案書を読んでいると、パドルが湯気の立つ紙コップを二つ載せたワゴットを引き連れてやってきた。給湯室まで行って戻ってきたにしては早いが、これにはタネがある。このパドルは、給湯室で待機していた別の機体だ。

私が自分のオフィスにいたパドルにかけた声は《コーヒーのオーダー》というクエリーに変換され、この部屋を目的地に設定してオフィスで稼働している全てのパドルに届く。当然、部屋にいる人数もパドルのカメラで数え上げている。

二杯のコーヒーを六階の十五番オフィスに持っていくように、というオーダーを受けたパドルたちの中で、コーヒーに最も近い給湯室に待機しているパドルが反応する。近くを立ち歩いている社員に、コーヒーを二つ注いでワゴットに載せるよう依頼して、目的地である私のオフィスへやってきたというわけだ。私のオフィスを出ていったパドルは、そのまま充電用の部屋に入って待機の列に並ぶ。

手品のようなものだが、これはヤムテックを訪れるクライアントたちに、見かけと実際のオペレーションをずらすことで、ロボットを適確に扱えるようにするための教育メソッドでもあった。

迅速なホスピタリティに感動した客が、パドルの入れ替えというタネを知れば、人間のようには動けないパドルへの期待度を減らすことができる。

パドルが複雑な仕事をこなせるよう調整するよりも、外部環境を整えて、仕事を簡単・確実な形にしていくことの方がずっと大切だ。

「ありがとう」と言いながら、ソファ用にトレイの位置を低くしているワゴットからコーヒーを受け取ると、パドルは飛美が仕込んだお辞儀を披露した。

「どういたしまして」

「いいえ。ありがとう」

飛美はパドルの頭を撫でる。

「パドル、ありがとう。飛美さんとお話しできる?」

パドルは飛美の顔を一瞬だけ見つめてから切り出した。

「飛美取締役は、お食事はもうお済みですか」

「何のいたずら?」と飛美。

「簡単な対話エンジンを作ってみたんだ。試してみてよ。食事はもう済んだ?」

話しかけられた時、すぐに相手の言っていることに反応したふりができれば、パドルの活躍の場はもっと広がるはずだというのが、飛美と私の持論だった。音声を文章に変換し、言い方や表情から話し手の感情を取得できるパドルだが、話し手としては問題を抱えている。

脚本に沿って話すことしかできないのだ。

基本性能の向上したパドルは、極めて高速に人間の発言からキーワードを抽出できるようになったし、発話の中にプログラムで選び出した単語を差し込んで、自然に読み上げてくれるようにもなった。状況を限定しさえすれば、脚本に基づいたやりとりに不自然さは感じない。

いらっしゃいませ、どのようなご用件でしょうか、こちらの画面をご覧ください、わからないことがあればスタッフへ連絡いたします、しばらくお待ちください、駐車券はお持ちですか。

だが、ありとあらゆるシチュエーションのために脚本を書くことは不可能だ。

私は空き時間を利用して、パドルに対話させる方法を模索していたが、今までに試みた方法はどれもお話にならなかった。ＳＮＳ用に作られた人工知能エンジンなども試してみたが、事業者の与えるシナリオに、自然な反応をさし挟むのがむずかしい。本腰を入れてどこかの大学と研究開発すればいいのかもしれないが、方向性すら見えない状態では、相手の研究に金を出すだけで終わってしまう。

そこで、私は全く別のアプローチを試みることにしてみた。

「食事ね。残念、もう済ませたの」

飛美が言い終えた瞬間、パドルは絶妙のタイミングで言った。

「そうですか。食事はどうでしたか?」

「向かいのウェンディーズで済ませた。ハンバーガーよ」

「なるほど、ウェンディーズのハンバーガーですか。いかがでしたか?」

「まあまあよ」

「そうですか。まあまあでしたか。いいところはありましたか?」

「レタスは良かったかな」

「なるほど。レタスですか。レタスはお好きなんですか?」

「そうね。野菜は好き。一度サンフランシスコでハンバーガーを食べたことあるんだけど、野菜がすごく美味しかったな。日本でもあんな甘みのあるレタスが作れるのね」

「サンフランシスコがお好きなんですか？」

「ええ」

「そうですか。どういうところがお好きなんですか？」

「ええと……」

そこで口ごもった飛美は、顔の横で手を振った。ヤムテックのパドルは、バイバイのジェスチャーを受け取ると会話を終了するように設定されている。この機能は飛美が思いついて、私が実装したものだ。

上半身を左右に揺らしたパドルは、クゥー、という残念そうな音を鳴らしてから言った。

「飛美取締役。こんど、サンフランシスコのお話を聞かせてください。それでは、またお話ししましょう」

パドルは三十センチほど後じさりしてから、ワゴットを引き連れて部屋を出ていった。

「どう？」

「……驚いた」

「どれでもいいからオフィスのパドルをつかまえて、さっきの話なんだけどって聞いてみてよ。サンフランシスコの話を続けようとするよ。適当な写真を共有フォルダの公開フォルダに入れておけば、パドルはその写真について質問してくる。この間のサンフランシスコ出張の写真を入れておけば、ゴールデンゲートブリッジがお好きなんですか、って聞いてくるだろうな」

「一体、パドルに何を仕込んだの？」

「おうむ返し」

飛美はぶんと首を振った。

「さっきのはそんなレベルじゃないって。わたし、だれかサポートの人がチャットで入力してるんだと思ったもん。人工知能系《AI》?」

飛美の声に期待がにじむ。人工知能と呼べる技術を使って今の会話を実現しているならば、十、いや百億円単位の投資が決まるからだ。ベンチャーの起業サポートをしてきた私と飛美は、流行《バズ》り言葉《ワード》の力をよく知っている。

私は首を横に振った。

「残念だけど違う。今のは古典的なプログラムだ」

「でもパドル、ちゃんと会話してたよ。反応もすごく早かった」

「話したのは飛美さんだ。パドルは話を聞いて、キーワードについて質問しただけだよ」

私は指を折りながら言った。

「いかがでしたか、いいところはありましたか、お好きなんですか、どういうところがお好きなんですか——そんな質問のフレーズだけたっぷり突っ込んでおいて、キーワードの、場所とか商品とか人名とかっていう属性に応じて、質問を選ぶだけだよ。重視したのは、飛美さんも気づいたスピードだ。サーバーに質問をアップしてから回答を作る待ち時間をどうしても消したかった」

「どうやってるの?」

「聞いた言葉をずっとサーバーにアップし続ける。相手が喋《しゃべ》るのをやめたら、その時までにサーバーから返ってきていたキーワードの属性について質問するんだ。『サンフランシスコはお好きですか?』って」

「最後まで話を聞いてないってこと?」

「そうだよ。人間だってそうでしょ」私は胸に手を当てて、身を乗り出した。「少なくとも、私はそうだよ。よく飛美さんに怒られてるじゃない。適当に返事するなって」

「そう、だけど……」

「適当なタイミングで相槌《あいづち》を打って、出てきた単語について質問する。人間の方が話せばいいんだ。パドルには話したいことなんてないからね。ボールが飛び始めればずっとラリーを続けることができる」

何か言おうとしていた飛美は、ソファに腰を落ち着けてから顎《あご》に手を当てて黙り込んだ。私の話したことと、先ほどパドルと交わした対話について考えているのだろう。

パドルとワゴットが運んできたコーヒーカップから、もう湯気は立っていなかった。

「いま――」

ようやく飛美が口を開いた。

「病院から問い合わせが来ているの」

「病院？」

「そう。本当はパドルと関係ない話なんだけどね。ワゴットの方なの。介護士について料理や薬を運ぶことができるかっていう問い合わせなんだけど」

「介護士って言ったよね」

飛美の頰に緊張が走る。

「ごめん、ちゃんと言うね。認知症患者向けのステイ型ホームよ」

「認知症か」と私は口にしていた。「つまり飛美さんは、さっきのパドルのおうむ返しで、利用者の話し相手が務まるかどうかを考えていたのか」

「おうむ返しのレベルは超えてると思うけど」

「いいのかな」

「え？」と言いながら、飛美が首をかしげる。

だけどその仕草にはほんのわずかの遅れがあった。飛美も、私が気づいた問題に引っかかっているのだ。

「あのおうむ返しは、よくできてると自分でも思う」

言葉にしてはっきりとわかった。

パドルは何時間でも話を聞き続けて、散漫な話にちりばめられたキーワードを何万語でも記憶することができる。いま、私が組んだ雑なおうむ返しプログラムですら、登場頻度の高い単語について、問いかける機能がついている。

『サルスベリがお好きなんですね』

隣接して登場するキーワードを会話に組み込むことも可能だ。

『サルスベリとナミさんの話を聞かせてください』

なんだったかねえ、と宙をぼんやり見つめられても、でもパドルは落胆も、焦りもしない。何時間でも続く、絶対に途切れない集中力で患者に向き合い、反応のある単語を試すだろう。

『ナミさんがお好きなんですね』

何かのはずみで、望んだ答えを返すことができれば心は動く。下手をすると、症状の進行を遅らせることすらできるかもしれない。悪いことではないはずだ。だが――。

「パドルに心はない。でも、話し相手となればきっと勘違いしてしまう。それはいいの？　壁に向かって話すのと同じだよ」

「問題はあるよね。じゃあ、施設の人たちに仕組みを見せないのが正しいと思う？　いずれ、そのお話し機能はパドルに搭載されるでしょ。その時に施設から問い合わせがあったら、倫理的に問題があるからあなたたちには売れません、とは言えないよね」

「それもそうか」

二人で黙り込んでしまうと、開きっぱなしの扉の向こうでスリッパの足音が通り過ぎていった。それが何度か続いた時に、飛美が口を開いた。

「わたしたちが、そのうしろめたさを忘れなければいい気がする」

「悪くないね。グーグルと同じだ」

インターネットと名付けられた電子空間に広がっていたあらゆる可能性を「検索」という一面性で塗りつぶしたあの企業は、Don't be evil――邪悪になるなという社是を持っていた。あの言葉は、あらゆるインターネット関係者に影響を与えていた気がする。

「どうだろう。パドルと話すことの意味を製品の名前にしない？」

「いいね。例えば？」

「パロットーク（おうむ返し）だ。パドルに心はない。それを忘れないようにしよう」

決まり、と言った飛美は席を立ってオフィスを出ていった。

私の願いはすぐに裏切られることになった。

＊

プレゼンテーションは興味深い開発の現場になった。

パドルと向き合った五名の患者は、ベッド脇に立つ白いロボットに話しかけようとしなかったのだ。この当然とも思える反応を解決したのは、小柄な介護士だった。

介護士はパドルをヘルパーステーションに待機させた。二十分ほど待ったあと、コールに応じて部屋に向かう介護士に、パドルはついていった。そのパドルに、呼び出した利用者が話しかけたのだ。

「遅かったのねえ」

「お待たせしました、吉住《よしずみ》さん」とパドルは返して介護士の脇に立った。「どんなご用件ですか?」

「あなたはだあれ?」

「シファルと申します」

ヒンディー語でゼロ番目という意味だ。この介護施設にはインドからやってきている介護士が多かったので、パドルにはヒンディー語の番号をつけてみた。

「シファルさん。初めまして」

おうむ返しが始まる。

「初めまして。きれいなお花ですね。ひまわりですか、タンポポですか?」

パドルが壁にかかる絵に手を差し伸べた。カメラを通して見えたものを形態認識し、その単語を口にしただけのことだ。

「どちらにも見えるわねえ」と利用者は笑みを浮かべる。「タンポポのつもりで描いたんだけど」

「タンポポはお好きなんですか?」

「ええ。とても」

「タンポポの何がお好きなんですか?」

「春のお花でしょう――」

利用者は夕食までの二時間、ずっとパドルと話し続けた。その姿を興味深そうに見ていた利用者の一人もまた、介護士を呼び出して、ついてきたパドルと話を始めた。それぞれに対して異なる対話が生まれていく。

私は、パドルをヘルパーステーションから出動させた介護士に質問した。

「どうして、ベッド脇で待機しているとうまくいかなかったんでしょう」

「介護士はずっとベッドの脇に立ってたりしませんからね。ステーションから向かうんです。同じようにしてみたらどうかと思ったんですが――」介護士は苦笑しながら、パドルと話す利用者たちを見やった。「わたしたちとパドルの区別がついていない方もいらっしゃるかもしれませんが。いいでしょう」

「いい?」

「まず二十台、貸していただけますか。二ヶ月使ってから、本採用するかどうかを検討します」

その介護士はパドルの導入を検討する介護士チームの長だった。

ワゴットとともに、試験的に導入されたパドルは利用者たちにすぐに受け入れられた。

名札がわりにヒンディー語の名前をタブレットに表示していたのをやめて、介護士と同じチューリップ形の名札に変えてからは、ますます親しまれるようになったらしい。利用者たちは、全く同じはずの後ろ姿や足音の違いを聞き分けて、どのパドルがやってきたのかわかるようになったのだという。

順調に進むと思われていたが、当然といえば当然の問題に突き当たった。

ロボットを受け入れない利用者が一定数いることがわかったのだ。

制服を着せても、動きをいくら調整してもダメだった。パドルがやってきたらただ用件を伝えるだけ、というものから、積極的に無視するもの、物を投げつけるような暴力を振るうものまで、反応は様々だったが、とにかく利用者全員がパドルを受け入れたわけではなかった。

仕方がない、と思っていた私と飛美は、再び施設に呼び出された。

「受け入れ問題が解消しました」と介護士のチーフは言い、飛美と私をパドルのテスト稼働フロアに連れていった。

「パドルに馴染《なじ》めない方の多くは、ロボットを相手にすることが嫌だったんですね」

頬を紅潮させて語る介護士の言葉に、私は嫌なものを感じた。

「でも、テレビ電話ならいいんじゃないかっていうのは、素晴らしい発想でした」

通された部屋で、患者たちはパドルの胸についているタブレットに話しかけていた。

画面に映し出されていたのは、利用者の家族の顔写真を貼り付けたアバターだった。アバターたちは、私がパドルに仕込んだ相槌を打つ仕草で、利用者たちに頷いていた。

パドルはただ立っているだけだ。

よく作りあげたものだ。

私たちはパロットトークの調整をするために開発ツールを利用者に貸し出しているが、ここまで本格的な3Dアバターを作ってくるとは思わなかった。確かにアバターはユーチューバー用の安物ではあるし、モーションも、キレの悪いパドル用のものと同じだ。顔に貼り付けている家族の顔写真も画像処理されていないもので、不自然な陰影が目立つ。

だが、効果は絶大だった。

「なるほど、3Dアバターですか」

私の口は勝手に動きだした。

「私も、パロットークの対話エージェントに３Ｄアバターを使おうと思ったことはあったんですよ。３Ｄアバターなら人間と同じように表情もつけられるし、何よりテストが安くなる。アバターなら、パドルの制限から外れていろんな場所に持ち込める。無味乾燥なパロットークの出力にも感情が込められる。家族の写真を使うのは効果的ですね。家からテレビ電話をかけてきた、と思い込む人もいるでしょう。お孫さんと話しているつもりになれば、いくらでも時間を使うでしょうね」

声に棘《とげ》が混じっていく。相手は顧客だ。なんとかしようと、私は介護士から身体をそむけて、深呼吸した。

「ごめんなさい。興奮してしまって。でも、これでいいんですか？　話してるつもりになってしまって、勘違いして――」

「保っちゃん」飛美が私を遮った。「場所変えよ。二人で話そう」

「まさか――」

怒りがこみ上げる。アバターは飛美が作らせたのだ。

私はアバターを浮かべたパドルに指を突きつけた。

「何をやったかわかってる？　言ったよね、パドルには心がないことを忘れないって。あれはよくないよ。家族と話してるつもりになってるじゃないか！」

「だから、場所変えようって」

「いいや」と言ったが、気がつくと介護士たちは私と飛美を遠巻きにしていた。

助けを求めていると思われたのか、一台のパドルが近寄ってこようとしていた。飛美はバイバイのジェスチャーでこちらに向かってこようとしていたパドルを止めてから、下に降りている、と言って廊下へ出ていった。

残された私は、部屋に連れてきてくれた介護士に謝罪してから、飛美の後を追おうとして、一台のパドルが浮かべているアバターに目を留めた。どうやら、家族の写真が提供されなかったらしいそのアバターには、飛美の顔が映し出されていた。

株主総会の時の顔で、飛美が相槌を打ち、笑い、「山下《やました》さん、うどんがお好きなんですね」とおうむ返しをしていた。

どうやって廊下へ出て、エレベーターに乗ったのか覚えていないが、私は一階のカフェの前を通り抜けて、中庭に出ていた。

飛美はそこで待っていた。

「君がいた。アバターのプリセットに、君の顔を使ったな」

飛美は頷いた。

「出荷するときは別の顔にする」

「頼むよ。で、どうしてアバターなんか使ったの」

「差をつけたくなかったのよ」

「差ってなんだよ」

「パドルに対応してくれた利用者と、そうでない人の差。この施設は、パドルを使う部屋と、使わない部屋に分けようとしてたの」

「なるほど。パドルに任せて介護を放置しようとしていたってわけか」

「逆よ！」

飛美は拳《こぶし》を握りしめていた。

「パドルを受け入れた入所者に手厚くしよう、って計画。パドルがいると身心ともに状態がよくなったのよ。介護内容のレベルも上がったの。繰り言に付き合わなくて良くなった介護士さんたちが他のことに時間を割《さ》けるようになったからかもしれないし、利用者さんたちが安定したせいかもしれない。調べないとわからないけどね。それで、差をつけようとしてた」

「……ロボットと話せる利用者を選別するというわけか」

「そう。そんなことで線が引かれるのって、おかしいと思わない？」

「だからって、家族の顔をつけたアバターで騙《だま》していいわけがない」

唇を引き結んで俯《うつむ》いた飛美に、私は言った。

「いまさら引き返せない」

ヤムテックが手を引くこと自体は可能だ。

だけど一度手に入れたものを人は手放せない。

そしてパロットトークは、一度きりのアイデアではない。誰かが再発明してもおかしくないものだ。たまたま私は、パドルというロボットがたくさんある職場でそのヒントにたどり着いた。だけど、次に作る人は私が作ったパロットトークを見るだけで、コードが書ける。

私に言えることは一つしかなかった。

「この施設から手を引かないで。最後まで面倒を見るんだよ。私は、パドルを受け入れてくれる人が増えるように、パロットトークをできるだけ人間に近づけるから」

飛美と意見を戦わせるのが億劫《おっくう》になった私は、パロットトークの開発にかこつけてヤムテックのオフィスに泊まり込むようになった。週に二、三度のつもりだったオフィス泊は一ヶ月も経たないうちに常態化し、私はオフィスの近くにマンションを借りて、そこから通うようになった。パロットークに向き合う時間は増えたが、私は何ひとつ改善できなかった。わかったことは、パロットークで話すものが人間らしい外見をしていれば、人間らしさが増すということだけだった。

どれだけ会話のパターンを増やしても、パドルに組み込んだパロットークの性能が向上しているようには感じられなかった。

私が一番、人間らしさを感じたのは、３Ｄスキャンした飛美の顔で話す人間と見まがうばかりのアバターが、ただおうむ返しで答えるときだった。

失敗を悟った私はヤムテックのオフィスを引き払い、逃げるようにして日本を去った。だけど飛美は退職を許してくれなかった。

＊

サンフランシスコのミッション地区にある、七色の旗が翻《ひるがえ》る小さなコンドミニアムへ飛美がやってきたのは二〇四五年の晩夏だった。私が日本を離れてから二十二年が経過していた。無謀にもキャミソール一枚で霧の都市を訪れた彼女は、街を吹き抜ける寒流越えの季節風に凍《こご》えていた。私は家に作りつけられた暖炉に火をおこして、その前のソファに座るよう勧めてから、キッチンでティーポットに湯を注いだ。

カップボードの箱を下ろしてティーバッグを探していると、カウンターの下から、懐かしいワゴン型のロボットが音もなく滑り出してきた。ちょうど湯がわくタイミングで動きだしたのは、数年前から使っている家事用の家電統合ＯＳのコーミーが指示したからだ。もちろん、二十年前のロボットであるワゴットに、コーミーとやりとりする機能はなかったので、新たに機能をつけ足してある。

その姿を見た飛美が目を丸くする。

「ワゴットなの？　どこで拾ってきたの」

「日本人街のフードコートで使ってたのを引き取ってきた。最後の世代のワゴットだよ。バージョン3・2だ」

「よく……」

飛美が声をつまらせるのを初めて見たが、同じだけ歳をとっているのだから、涙もろくなっていてもおかしくはない。涙腺《るいせん》を押したのは二十年を超える歳月だ。

「見つけたのは五年前かな。引き取ってきたときは動いてなかったよ。暇にあかせてレストアしたんだけど、中身は別物になってる。ＡＢＳ樹脂の外装もカーボン系プラスチックで作り直したしね」

そしてもちろん、ワゴットには先導者が必要だ。ワゴットの天板にティーポット用のマットを載せていると、ペタペタという足音を鳴らして、ゲスト用の寝室からパドルが現れた。

私が日本を去ったときから変わらない、オレンジ色のラインが入っているパドルも飛美にとっては懐かしいもののはずだが、今度は涙ぐむことはなかった。

「こっちは日本から持ってきたの？」

「まさか」

私はかぶりを振ってからパドルの頭をさっと二回撫でた。パドルの感情認識エンジンに報酬を渡すジェスチャーだ。手のひらに、ひび割れた外装のプラスチックが引っかかり、米粒ほどの破片がポロリとこぼれ落ちる。一年を通して上着の手放せないサンフランシスコだが、高緯度なだけあって紫外線は強い。

破片をシンクに放った私は、もう一度強くパドルの頭を撫でた。

「あんな大きなものを日本から運ぼうなんて思わなかったよ。こっちに来てすぐに買った。値段はほとんど日本と変わらなかったよ。二千五百ドルだった」

「……言えば送ったのに。山科さんはずっとヤムテックのフェローだったんだから、研究開発の経費にできたのよ」

「あの時はそんな気分になれなかった。パドル、暖炉の前のテーブルにお茶を持って行って」

はい、わかりました。と返事したパドルは、まず頭をリビングの方へ向けた。千分の一秒で経路の状態を把握できるパドルとワゴットにとっては全く意味のない仕草だが、人間らしい予備動作は、それを見ている人間を安心させてくれる。

障害物を避《よ》ける時にそちらの方に顔を向ける仕草と同じ、飛美の発案で私が仕込んだ演技だ。二十年以上が経ったいま見ても、自然に感じられるのがすごい。

飛美はそんなパドルをじっと見つめていた。

キッチンを軽く拭《ふ》いた私はワゴットの上でマグカップに茶を注ぎながら、ちゃんとしたティーカップを買おう、と決意した。西海岸に一人で住んでいると、なんでもマグカップで済ませてしまう。

受け取ったマグカップを両手で包んだ飛美は、じっと湯気を見つめていた。

軽くウェーブした髪の毛を肩まで伸ばすスタイルは以前と変わらない。ゆっくりと俯いていく顔の両脇に、半分以上白くなった髪の毛がヴェールをおろした。

私は、日本を飛び出したのが東京オリンピックの二年後だったことを思い起こした。それから飛美とは一度も会っていない。今年は人工知能が人間を凌駕《りょうが》すると言われた二〇四五年。二十二年ぶりの再会だ。

「会社のことだよね。売るの？」

飛美は髪の毛の中で小さく頷いた。

「それを相談したかったんだけど……山科さん、どれぐらい会社の状況を把握してる？」

「物価の高いカリフォルニアで暮らせる給料をもらっていながら申し訳ないことだけど。ごめん、全くわからない。決算短信は読んでるけど、飛美さんがまだ経営者なんだなって確認する程度だよ」

「嘘ばっかり」

つぶやいた飛美が小さく肩を震わせる。顔の両脇にかかる髪の毛のヴェールを、窓を通り抜けてきた低い日差しが照らし出す。その向こうで、唇が笑うような形をとっているようだった。

「本当は誰よりもよく知ってるんじゃない？　そうでなきゃ、売るのかどうかなんて聞いてくるわけないもん」

「まあそうだね。でも作ってるものは見てないよ」

飛美の指摘通りだ。

逃げるように日本を出てサンフランシスコに引っ越した私に、フェローシップという肩書きを与え、高額な給与で生活を支えてくれるヤムテックの業績はずっと追いかけていた。

私が出ていったあと、飛美はパドル事業に全力を注いだ。驚いたのは、ベンチャーキャピタルから数百億円もの支援をかき集めて、パドルを開発・販売していたＳＢロボティクスから、事業を丸ごと買い取ったことだ。飛美は、パドルの設計をSBロボティクスに売却したフランス人ロボット工学者、ラファエル・ド・ヌーを雇い入れて、私の代わりにCTOの座を与えた。

パリのマレ地区にある小さなアトリエに引きこもってハンドメイドのロボット製造に打ち込んでいたラファエルは、当時、いかなる意味でも会社組織にふさわしい人材には見えなかった。投資家たちは飛美の人事を危ぶんだが、彼女の選択は正しかった。

豊富な資金を得たラファエルは、驚くほどの社交性を発揮してチームを作り、パドルの後継となるロボットを短期間で開発し、売り出した。

ロミーと名付けられた、身長百四十五センチほどの青いロボットはパドルと異なり二本の脚で歩くことができ、老人を支えて歩けるほどの力強さを備えていた。ラファエルが開発した「シャドウイング」という機能で、人間がやって見せた動きを真似《まね》することができるようになったロミーは、家庭や病院、学校などから導入が進んでいき、ついには革命的ともいえる変化を引き起こした。

街にはロミーと、ロミーの成功を追って投入された競合他社の労役ロボットが溢れるようになった。私の暮らしているサンフランシスコでも、ショッピングモールやスーパーマーケットで接客に立つパドルと、ゴミ収集や芝刈りをするロミーの姿を見ない日はない。

ロミーの成功は、同時にロボットの限界も私たちに教えてくれた。

人間の社会で人間が行ってきた「仕事」を、人間型のロボットがこなそうとすると、人間と大差のない働きしかこなせないことが多いこともまた、わかったのだ。

人間の形をしたロミーを警備に使いたがるクライアントは多く、実際に何十万体ものロミーがショッピングモールを歩き回っているが、小柄なロミーを恐れる犯罪者はいない。万引き犯は小柄なロミーを突き飛ばして逃走してしまう。

　万引き犯を捕まえるには、商品タグの位置を把握する防犯システムと区画閉鎖扉の方がずっと役に立つし、発電所などの施設警備では、武装した大型の警備ロボットが用いられる。

　自力で歩けない人を移動させるなら、二足歩行のロボットを使うより電動車椅子の方がいい。芝刈り機を押させるよりはルンバのような自走式の芝刈り機を使う方がずっと正確に、広い範囲の芝を刈ることができる。

　そういう当たり前のことが知られてからもなお、ロミーは必要とされた。

　スーパーマーケットでは人の見ていない場所を歩いて死角を減らし、歩道では、自律走行する自動車に車椅子で乗り降りする人を助け、芝刈り機の走る土手に立って子供を立ち退《の》かせる。警備ロボットの前を先導して歩くのも大事な仕事だ。

　そんなロミーを独占的に扱うヤムテックを、飛美は売ろうとしている。

　予感はあった。

　二〇四五年のＱ２、直近の四半期に飛美が手を入れた跡が見当たらなかったのだ。

　企業は滞りなく動いているし、収益もあげている。新機種もスケジュール通りにリリースしているし、十年前に中国のメーカーと組んでスタートしたアフリカ進出も着実に進んでいるが、プレスリリースなどの文面から飛美らしさが消えていた。会社に興味をなくしかけているのかもしれない、と思っていたところだった。

　私はダイニングチェアを飛美の正面において、自分のマグカップを持ち上げた。

「気が向いたら話せばいいよ。今日でなくてもいい。時間が取れるなら、食事でもどうかな」

　飛美は、すぐには反応しなかった。

私の方を見上げて、それほど広くないリビングを見渡し、ワゴットとパドルを見て息をついてから、ゆっくりと口を開いた。

「会社を、あなたのパロットークに任せてみたの」

今度は私が目を丸くする番だった。

私のパロットークはおうむ返ししかしない人工無脳だ。会社経営などできるわけがない。だいたい私が作ったパロットークは、二十年以上も前の開発言語Ｐｙｔｈｏｎ《パイソン》で書かれている。量子コンピューティング革命を経て大きく変わった現在のコンピューターでは――。

「動かないでしょ。私のパロットークは」

飛美は、私の質問の意味がすぐにはわからなかったらしい。眉《まゆ》をひそめ、合点がいったかのように頷いてから言った。

「もちろん最新版のパロットークよ」

「じゃあ私が作っていたのとは別物――」言いかけたところで飛美は声をあげて笑い、顔の前で手を振った。

「やっぱりそうだったんだ。知らなかったの？　パロットークは、今もうちの基幹システムよ。パロットークは何にも変わってない。おうむ返ししかできない、ロボット用の弱いＡＩそのままだけど、ロミーもそれで動いてる」

「嘘だ」

声が裏返っていた。

「ロミーがパロットークで動いてる？　嘘だ。ロミーは何度も使ったことがあるよ。レンタルして、家の掃除や枝払いをさせたし、ショッピングモールで荷物を運んでもらったこともある。ちゃんとこちらの言っていることも理解していたし、雑談もできた。あれがパロットークだって?」

「そうよ。基本パターンや語彙《ごい》、反応速度みたいな、量の開発リソースは山科さんがやっていた頃とは比べ物にならないほど投入してるけどね。基本は同じ」

飛美は、ワゴットの脇で佇《たたず》んでいるパドルをちらりと見てから続けた。

「わたしも驚いたのよ。ラファエルがロミーを見せてくれた時、何段階も人間に近くなったって思ったの。そしたらパドルに載っているものと同じプログラム——パロットークが入っているんだって教えてくれた。二本の脚で歩いて、顔を見合わせて話す存在だから、あなたはロミーをより人間らしく思ったんだ、って」

「なるほど」

「ラファエルがパロットークで会話するパドルを見たときの顔、見せてやりたかったな。そういうことだったのか、って。それから彼は、パロットークを洗練させていった。ロミーが仕事を覚える方法は知ってるよね」

「真似して覚える——シャドウイングだっけ。まさかあれも?」

「そう、あれがラファエル流のパロットークの使い方よ。言葉の代わりにカメラで取得した人間の動作を使うんだけど、中身はほとんど変わらない」

飛美は電子ペーパーをテーブルにおいた。表面には古めかしいQRコードが浮かんでいた。

「山科さんがどんな作業環境にいるのかわからなかったから、エンジニアに頼んで古い出し方をしてもらったけど。この鍵で開発コミュニティに入れるから、中を覗いてみて」

電子ペーパーを見つめると、コンタクトレンズのカメラがコードを読み取って鍵のインストールを告げてくれた。私が頷くと、飛美は話を続けた。

「ね、パロットークは今でも、ヤムテックの主力を担ってるのよ。名前も変えてないんだけど、山科さんのコードはCTO命令でほとんど全部残ってる」

「CTOって、ラファエルさん？」

「そうよ。ちなみに、東京に来た時、ラファエルはパロットークが嫌いだってはっきり言った。パドルの胸のタブレットで動いていたアバターを、冒瀆《ぼうとく》だと思ったんだって」

「気が合いそうだ」

「残念。もう会えないからそれはわからない」

「え？」

「会いたがってたけどね、何年も前から認知症を患ってたの。東京のオフィスを四年前に引き払ってからはずっと、ロミーと過ごしてた。ラファエルからしたら実の息子みたいなもんだし、なかなかいい絵だったんだけど、二ヶ月前にガンだってわかって、パリに帰ることにしたの。今は前の奥さんと、娘さんたちと、ロミーとで最期の時間を過ごしてる」

　そう話しながら、飛美は左手の親指で薬指の根元を撫でていた。そこには、結婚指輪をしていたらしい、わずかに艶のある筋が走っていた。凹みは残っていない。指輪を外したのは、昨日今日の話ではないということだ。

　二ヶ月――ちょうどそれくらいだ。相手はラファエルなのだろう。

「ラファエルがいなくなったから、会社を売ろうと思ったの？」

「違うよ」

　飛美はにこりと笑った。

「ラファエルが仕事できなくなったのは四年前。さっき言ったでしょ、この四半期、パロットークに会社を任せてみたの。介護の時間も必要だったしね。長期出張に出ていることにして、ビデオ会議のアバターにパロットークを繋いだのよ。どうなったと思う?」

「社長がおかしくなった、という噂がたった」

飛美はかぶりを振った。

「じゃあ、経営手腕が急に落ちた」

「ひどいな。決算短信は見てるんじゃなかったの? 儲かってるよ」

「じゃあ……」

「何も起こらなかった。わたしのアバターは、ビデオ会議で部下の相談に答えた。脈絡のないことを言ってることだってあったのよ。柳川《やながわ》さんは覚えてる? 今は研究開発室のチーフをやってもらってるんだけど、彼がカイロ大学と進めてたジョイントベンチャーで、ヤムテックのシェアを四十九にするか五十一にするか聞いてきたの」

「……会社の主導権をどっちが持つかっていうことだよね。その判断をパロットークに任せたの?」

「そういうこと」と言って、飛美はくすりと笑った。「パロットークは柳川さんが話した単語を捉《とら》えて質問を繰り返した。そして最後に『カイロはお好きですか?』って尋ねたのよ、お得意のおうむ返しで。彼は行きたくなかったのね。それでうちの持ち分を四十九に決めちゃった。結局、それでよかったみたい。わたしが聞かれても四十九にするよう指示してたと思う」

飛美は私の頭にその話が染みとおるのを待つかのようにマグカップを口に当てて、冷めかけているお茶をゆっくりと啜《すす》った。

「そういうこと。会社を動かしてたのは、スタッフたちに割り振った仕事と、組織と、商品と、関係している人たちがいつの間にか作り上げた仕組みなのね。真ん中にいるはずだったボスは、機械に取り替えることができる」

「そんなことはない」

反論を試みてみたものの、声に力はなかった。

飛美がパロットークに会社を任せたのは、新サービスの投入や企業買収などの経営判断が少ない第二四半期だった。誰か一人でもおかしいんじゃないかと言いだせば崩れてしまう、砂上の楼閣だ。

そう言えばいい。それはわかっている。

それでも、おうむ返しだけで乗り切れたことは事実なのだ。

「それは神奈が――」

何か言おうとした私を、立てた人差し指で飛美が遮った。

「ちょっと待って、そこで気づいたのよ。パロットークに仕事をさせているのがわたしだけのはずがないって。調べたら、二割のスタッフが部内のコミュニケーションにパロットークを使ってることがわかった。外部からの、特にクレームを受け付ける窓口で使ってなかったのは、幸いと言っていいのかしら。絶対に満足度は向上するんだけど」

「いい会社だ」

恥ずかしそうに顔を伏せた飛美に、私は続けた。

「パロットークで四半期を乗り越えられたのは、そういう会社だからだよ。適切に権限が分散していて、みんながそれぞれの場所で自発的に動いてる。CEOが介入しなきゃならない悪事も起きない。そういう会社を作ったのは神奈だよ。誇るべきことだ」

「それでも、取り替えられることがわかった」

「運が良かっただけだ。ヤムテックには君がいなきゃ」

「いいのよ」

そう言った飛美が伸ばしてきた手を、私は握りしめた。ひんやりとした指には、私の知らない時間が刻まれていた。人づきあいを避けているわけではないが、最後に人に触れたのは何ヶ月前のことだろう。

私は摑んだ飛美の手を両手で、拝むようにして挟んだ。何か考えてそうしたわけじゃない。パロットークと同じ、反射だ。手が伸びてきたから摑んだ。触れると両手で飛美を感じたくなった。ぎこちなく、ゆっくりと力を込めていくと、記憶よりもわずかにたるんだ皮膚がひんやりとした骨の上を滑る。私の体温で温《ぬく》もった熱が戻ってきたときに初めて、彼女を離したくないという思いが頭の中で形をなした。

あとづけの感情。

でも、それで構わない。

私は飛美の手を引いて、手首を、そして肘をたぐり寄せた。彼女の腕が私を抱くように背中に送り、身体を抱き寄せる。

最後に彼女と床をともにしたのは三十歳の誕生日だったはずだ。二十五年前か。ハグしたのは日本を離れる直前——二十二年前。そのどちらの記憶よりも飛美の身体は太く、重くなっていた。

肩に回した飛美の腕にも力がこもっていた。

どれだけの間そうしていただろうか。

モーターが音を立てたところで、私たちは顔をあげた。

傍らに立っていたパドルが、体を廊下へ向けていくところだった。ワゴットを先導する用事が終わり、話しかけられることもないので充電器のおいてある寝室に戻ろうとしている。プログラムに従っているだけなのだけど、今はそれが「ごゆっくり」と言っているように感じられた。

飛美がふっと息を吐く。

ダメだよ。

笑うと、出ようとしているパドルが戻ってきてしまう。

私はじっと、パドルが裸足の音を足元から鳴らしながら、ワゴットを従えて廊下へ去るのを待った。

二台が占めていた空間を埋めるように動いた部屋の空気は、晩夏とは思えないほど冷たくて、私は飛美の、指輪の跡が残る指をぎゅっと握りしめた。

まるで渡り鳥のように

作家になる前、春節の北京を訪れたことがある。

空港から見える北京の上空は真っ赤に染まり、火薬の匂いと煙がタクシーの中に充満するほどだった。ホテル前の駐車場は爆竹と打ち上げ花火に興じる家族で埋め尽くされて、私の泊まる四階の部屋の窓のすぐ前でも、打ち上げ花火が炸裂し続けていた。

旅の疲れを癒すことを諦めた私は通りに出て爆竹とライターを買い求め、市民たちと一緒に朝まで爆竹に火をつけて新年を祝いあった。翌日は使いものにならなかったが、北京オリンピック前の中国らしい思い出だ。

爆竹の春節を見たのは一度きりだった。オリンピック後の春節で最も印象的な光景は、発達した鉄道網を埋め尽くす人々の姿だった。中国の交通網は春節のピークを支えるために作られているのではないかと思ったほどだ。

北京のSFエージェント、未来事務管理局が春節をテーマにした短編の執筆を依頼してきたとき、私の頭に浮かんだのは、爆竹の煙から大移動へと変わった中国の姿だった。

テーマは「相見欢定律（相互愛の法則）」。「春節のために宇宙開発する中国人たちの話を、ロマンスを交えて書きたい」と伝えると、担当編集者は「いいですね」と笑ってくれた。

田田《ティエン・ティエン》によって中国語訳された本作は、公開日にリヨンで同じカンファレンスに出席していた夏笳《シア・ジア》が嬉しい感想を伝えてくれたり、英訳出版したFuture Fictionsがのちに「読書家アリス」を寄稿させてくれたりと、不思議な縁を結んでくれている。

末尾に登場するガジェットは河出書房新社の『バベル』に寄稿した「ノー・パラドクス」と同じものだ。いずれこの仕掛けを使った長編SFを書いてみたい。

誰もいない無重力ラボの中央を、潮の香りを湛《たた》えた風が時速五十キロメートルで吹き抜ける。風下側に回った私は、風が通り抜ける直径二メートルのケージを摑んで、床と並行に体を浮かせた。

黒潮と青空の輝きで満たされた観測ステージに顔を近づけると、すうっと落ちていく感覚に鳥肌が立つ。

ケージの内側に回りこんだ指の第二関節から先が、ステージに発生させた人工重力で床へと引き込まれているせいだ。

顔に吹き付ける潮風に目を細めた私は、ステージの中央で一心に羽ばたくツバメを見つめた。名前はアカネという。

由来は嘴《くちばし》を取り囲む鮮やかな羽毛の色だ。フィリピンから送られてきたこのツバメがオスだと知ったのは、日本語で〝赤〟を意味する名前をつけたあとだった。

アカネは、私が作り上げた観測ステージの中を、磁北《じほく》に向かって飛びつづけていた。最後に彼が足をつけたのは十時間前だ。夜明けの、紫色の光の中で私が用意した枝を蹴って飛んだアカネは、それからずっと翼を波打《なみう》たせるようにして飛び続けている。

懸命に羽ばたくアカネを見つめていた私の顔が、突然の横風になぶられる。

乱流だ。アカネがステージのこちら側に流されてくる。

「記録開始」と呟くと、ステージを取り囲むケージのセンサーが読みとった脳の活動状況がアカネに重なって表示される。もちろん、この映像は、私だけに見える拡張現実《AR》だ。

ケージの隙間からステージに体をねじ込んだ私は、種子島《たねがしま》沖と同じ〇・九七三メートル毎秒毎秒の重力加速度につぶされそうになりながら、アカネににじり寄る。もちろん東シナ海の風景がプロジェクションマッピングされた私の存在に、彼が気づくことはない。

羽ばたく翼が鼻先をかすめるほど顔をアカネに近づけた私は、回遊《かいゆう》を司《つかさど》るＣ12野に黄色い輝きが点《とも》ったことを確認した。

ニューロンの発火だ。黄色い輝きは神経に沿って広がり、尾羽と翼の付け根へと信号を伝えていく。

ピクリと風切り羽が動くと、アカネは姿勢を変えて、再びステージの中央に戻っていった。遠くから見ていると滑《なめ》らかに感じる姿勢の制御も、これほど間近で、脳と神経の動きとともに観察していると、デジタルな動きの集合であることがわかる。

わずか数百のシナプスが放つ信号だけで、アカネは方向を定めて飛び、風に乱された進路を元に戻すことができる。ほとんど反射のようなその行動は、私たち人間の考える、思考、とはかけ離れている小さなフィードバックによるものだ。フィリピンで冬を過ごしていたアカネは、その小さなフィードバックを積み重ねて、昨年の春に自分が生まれた京都の町屋の軒先まで、二千七百キロメートルの旅に出た。

〝渡り〟だ。

なぜ動物たちは渡りをするのだろう。

絶滅したニホンウナギは、フィリピン沖の海溝《かいこう》で孵化《ふか》したのちに自分の親が育った日本の河川を目掛けて回遊していたというし、ヌーの群れは、飢えと渇きに耐えながらアフリカ大陸の半分ほどを移動する。ウミガメは二年から三年にわたる海洋生活を送った後、自分が生まれた砂浜に戻ってくる。

もちろん、それぞれの動物たちが移動する理由は分かっている。食糧を求めて、あるいは繁殖に適した地を求めて、そして、気候変動に伴って生活圏を移す。

だけど――と考えたところで、右手の、アカネが向かっていく方の空間のスクリーンに動きが現れた。

空と海の境に、美しい山裾を持つ成層火山が見えている。薩摩《さつま》半島の入り口にそびえる開聞岳《かいもんだけ》だ。

薩摩富士のふたつ名を持つ開聞岳は、黒潮から立ち昇る水蒸気で紫色にけぶっていて、私はその臨場感に息を呑む。

ここまで作り込めば、アカネも騙《だま》されてくれるはずだ。

観測ステージの床を両手で押してケージの外に出た私は、機器類が壁に取り付けてある無重力のラボスペースに飛んだ。

生体の渡り鳥を拡張現実の観測ステージに閉じ込めてすぐ近くから観察する、というのが私――浙江《ジュアジアン》大学自然工学研究所所属の二級教授、日比野《ひびの》ツカサの研究だった。

渡りの風景を映し出す空間スクリーンの中央に、沈没船で変わるほどわずかなジオイドの変化すら再現できる重力制御ステージを置き、大気組成を再現した風を吹かせることで、実際と見分けのつかないフィリピンから京都までの〝渡り〟をツバメに疑似体験してもらい、脳の活動を神経パルスの解像度で記録する。

この研究をするために、私は大学を拝み倒して〝宇宙島〟に移り住んだ。かつてスペースコロニー、あるいは宇宙ステーションと呼ばれていた、人類の軌道居留施設だ。

ここの無重力ラボでなければ、東シナ海のジオイドを再現することはできなかった。地上の施設では、その場所よりも低い重力を作ることができないが、毎秒二兆個もの重力子を放出する重力子螺旋加速器《GSA》を備えたこの宇宙島——太極天楼《タイジーティエンロウ》は、直径八十五キロメートルの施設のどこにでも、望む強さの重力を干渉《かんしょう》効果で作り出すことができる。

私はそれを利用して、東シナ海上空を切り取った箱庭を作り上げた。

実験の経過は上々。アカネは、地球上のツバメと同じ経路を辿って東シナ海を渡り終えようとしている。

島でここまでうまく渡りを再現できるなら、次は水槽を用意してみよう。マグロの回遊やオキアミのような群体の運動も確かめられるかもしれない。このまま研究分野を広げていけば、系外惑星で見つかっている原始生命体の移動も扱えるかもしれない。

そうなれば、私たち——生命という現象をより深く知ることができる。

空と海の輝く観測ステージに背を向けた私は、実物大で壁に投影した地球に目をやった。二万三千キロの距離を隔《へだ》てて見る地球の視直径は六十度。ちょうど両腕で抱えたくなるような大きさだ。

壁まで飛んだ私が地球にじっと目を凝《こ》らすと、夜と昼の境界線の辺りから光の筋が何本も放たれていた。往還シャトルの離昇《りしょう》だ。

明日にも、地球に帰省していた華人たち三千万人が太極天楼に帰ってくる。

地球の公転面と三十度傾いた軌道で太陽を巡る太極天楼は、一年に一度だけ地球と楽に往来できるほど接近するのだが、その日付は、太極天楼の心臓部である重力子螺旋加速器《GSA》から放出される膨大な重力子で精密に制御されている。今年、二一二〇年の最接近は四日前の一月三十日だった。

私は、地球から伸びてくるシャトルの便名に思わず笑いを漏らす。

〈春運《チュンユン》特別便〉

宇宙島に住む華人は二十二世紀になった今も、旧正月に故郷を目指して地球への大移動を繰り広げる。低軌道の宇宙工場や宇宙エレベーター施設のようにすぐに帰れる場所に住む華人は言うに及ばず、月、あるいは火星からでも、彼らは故郷を目指す。その総数は七億人とも十億人とも言われるが、彼らの年に一度の帰省のために整備した航宙インフラは、火星も含む内惑星圏内の往来を格段に容易にしてくれた。

国力を失って久しい日本出身の私が太極天楼に住めるのも、乱暴に言えば、宇宙に居留する華人たちが春節《しゅんせつ》に帰省するために整備したロケット交通網のおかげなのだ。

帰省を終えた華人たちの乗ってくるシャトルの輝きを見つめていた私は、つい「華裔《かきよう》さまさまってことなんだよね」と、漏らしてしまう。

宇宙に居留する華人は、前世紀の中頃から華裔と呼ばれるようになった。華僑《かきよう》の元になった言葉だが、冠の部首が宇宙と同じということもあり、新しい意味を持つ言葉として復活したというわけだ。

私は拡張現実で描かれるシャトルの中から、福建《フーチエン》宇宙港を出発した〈春運特別便〉を探し当てて、ピンをおいた。大学時代の友人で、今では生活をともにしているラボエンジニアの燁鶴《イエフー》飛《フェイ》が乗っているシャトルだ。

彼と、彼の同郷の華人たちは、まるで渡り鳥のように、宇宙島と地球を行き来する。

ピンに指を当てたまま、私は、「やっぱり一緒に行けない？」と漏らしていた。

実際に尋ねたわけではないが、彼がいい顔をしないことはわかっていた。私は、昨日、思いもよらないところから受け取ったメッセージを読み返した。

「ねえ、燁鶴飛」

私は、ロケットの狭い座席に座る燁鶴飛の顔を思い浮かべながら、訊けるかどうかわからない質問を口にしていた。

「どうして君は、戻れる場所までしか行こうとしないの？」


「ただいま」

プラグドアが圧縮空気の音を立てて開き、懐かしい声が部屋に響いた。

「おかえり——わっ！」

振り返った私は、戸口から跳躍してくる彼の速度に目を剝いた。速すぎる。地上の半分ほどに調整してある重力に慣れていないらしい。

「ごめん！」と叫びながら、燁鶴飛は私の体を押し倒す。

私は肩口に当たった燁鶴飛の指先を反らせるように摑んだ。

軽い痛みから逃げるように体を捻《ひね》った彼は、低重力下での動きを思い出したらしい。体をよじったときに生まれた慣性をそのまま生かして、床に足をつけた。

「悪かった」と燁鶴飛が頭をかいた。

「しかたないよ。二週間も地球にいたんだから。お帰り」

「ただいま」

真っ直ぐに立った彼と、あらためて抱き合う。地球から帰ってきた彼の力はいつも、少し強い。呼吸が止まりそうになった私は思わず、短い声をあげてしまう。

「痛かった?」

「それほどじゃないけど、力加減には注意してよ」

「わかった」

腕を解いた彼が、戸口に残したコンテナに視線を向ける。私は頰を挟んで彼の顔をこちらに向けた。

「荷ほどきはあと。お茶を用意するけど、どっちを入れようか」

「岩茶《イエンチャー》も毛峰《マオフェン》も飲み飽きたからなあ。日本茶にするよ」

わかった、と答えた私は、話の切り出し方を考えながら湯呑みと急須《きゅうす》を用意した。

三分ほど経つと、部屋が新鮮な緑茶の匂いに包まれていた。私と燁鶴飛はダイニングテーブルに向かい合って座り、二週間の間に起こったことを互いに話していた。

三杯目のお茶を淹《い》れたとき(華人にはなかなか理解してもらえないのだが、日本茶は湯を注ぐたびに茶葉を捨てるものと説明するのは毎回のことだ)、どうしても話しておかなければならない話題を口にすることができた。

「ウルルって覚えてる?」

「くじら座か蛇《へび》つかい座の星系の入植星だよね」

質問に応えた燁鶴飛の声は、神経質な響きを帯びていた。

私は気づかなかったふりをしてうなずいた。

「そう。くじら座タウ星系の第四惑星、ウルル」

私は、英語でも中国語でもない入植星の名前を、敬意を持って正しいイントネーションで発音した。「ウルル」は、オーストラリア先住民の聖地に由来しているのだ。

ラグランジュ2の宇宙島、ニュー・シドニー区に本拠を置くオーストラリア系の惑星開発会社は、のちに惑星の執政官になる初回入植者として、五千人のアボリジナル・ピープルを選んだ。

なぜオーストラリア先住民をルーツにもつ人々を入植者に選んだのかはわからない。その起源をビクトリア朝時代まで遡《さかのぼ》る開発会社の社長が、先祖の行った先住民虐殺に対して罪悪感を持っていたのかもしれないし、あるいは、あちらこちらの宇宙島をストライキと民族運動で悩ませた反・軌道グローバリズム運動も影響しているのかもしれない。だが、船を送り出した開発会社が倒産してしまった今、その理由を探ることはできなくなっている。

何せ彼らが旅立ったのは、二十七年前、まだ二十一世紀のうちのことなのだ。

経緯はどうあれ、オーストラリア先住民の入植者たちは、重力子干渉レンズを用いたブラックホール落下航法で、地球から十一・九光年離れた、くじら座タウ星系の第四惑星に向かった。三年かけて光速の九十九パーセントに達した入植船は、出発から十五年後に目的地に到達した。亜光速航行のために遅延した船内時間では七年、ということになる。

加速時と同じく三年かけて、タウ星の惑星軌道速度にまで減速した入植船は、系外惑星開発局が定めるテラフォーミングの手続きにしたがって静止軌道に船を置いた。

その時、初めて肉眼で第四惑星を見下ろした入植者たちは、メタンを主成分とする大気の下で輝くオレンジ色の大地に目を奪われたことだろう。その色と、軌道上からもわかる巨大な陸塊は、かつて西洋人たちがエアーズロックと呼んでいた巨大な岩の聖地を想起させたに違いない。

入植者たちは、それまで第四惑星とだけ呼ばれてきた新たな大地を「ウルル」、当座の首都となる入植船をもう一つの聖地に因《ちな》んで「カタ・ジュタ」と名付けたことを、観測データとともに地球圏に報告した。

十一年と十一ヶ月をかけて宇宙を渡ったニュースは、今から二週間前、燁鶴飛が帰省の荷造りをしている最中に地球に届いた。

私と燁鶴飛は人類がたどり着いた新たな星について語り合った。

そして今も燁鶴飛は、彼の故郷でも、軌道上から帰ってきた華裔たちが集まって、ウルルの話題で盛り上がったのだと教えてくれた。

地球の四倍に及ぶ質量を持つウルルから、どうやって資源を軌道上に打ち上げるといいのか。宇宙エレベーターは何基作れるのか。テラフォーミングは可能なのか、もし可能なら、オレンジ色の硫化水銀に覆《おお》われた大地と、メタンを主成分とする大気をどのように入れ替えていくのか。そして地球との、十五年かかる航宙を短縮する方法があるかどうか——これが技術者の与太《よた》話で終わらないのが、華裔の怖いところだ。

二週間の春節帰省の間に、中国で登記された惑星ウルル開発企業は五千を超えた。実家からVRで連絡してきた燁鶴飛も「できた会社の九割は解散するよ」と苦笑まじりに言いながら、航宙システムに関係する二つの新興企業と科学財団に、技術役員として就任したと伝えてくれた。新興企業はエンジン開発が主力で、科学財団の方は量子もつれ《エンタングルメント》にある双子量子の片割れを入植船に積んでいき、何光年離れていても、片側で観測したことをもう一方で同時に知ることのできる量子テレポーテーションの実験を行う予定なのだ。彼は地球側に置く加速器の設計を担当するという。

熱しやすく冷めやすい華裔について二人で笑ったものだが、逆に言えば新興企業が五百社も残るあたり、さすがは華裔と言うしかない。

私たちの暮らす宇宙島は、華裔が開発した技術によって支えられているのだ。資源の完全循環を実現したリサイクルプラント、直径八十五キロメートルの宇宙島を易々《やすやす》動かしてしまう重力場航法、超小型の核融合炉を実現するプラズマ封じ込め重力子干渉レンズなど、華裔が開発した技術と製品の充実ぶりは火星軌道の内側を巡る無数の宇宙島が教えてくれる。

宇宙空間に居留する技術に関しては、中国語が公用語になっているといわれるほどだ。

だが、火星軌道を離れると、とたんに華裔の存在感は薄まっていく。

資源の宝庫である小惑星帯では二十一世紀から探査技術を磨《みが》いていた日本の宇宙移民——日裔《につきよう》が頑張っているし、木星や土星から核融合炉の燃料であるヘリウム3を汲み上げているのは、アメリカ合衆国のエネルギー複合企業と、かつて中近東で油田の開発をしていたムスリム企業群だ。

太陽系の外に活路を求めたのはヨーロッパ連合と、南太平洋の島国、そしてウルルの開発に社運をかけた会社に代表されるオーストラリア企業たち。

そこに華裔の姿を見ることはそれほど多くない。

なぜなら——と、宇宙時代の私たちは笑いながら言う——彼らは春節に地球へ帰れない場所には行かないから。

そんな冗談で笑い合いながら、私は久しぶりの日本茶を楽しんでいる燁鶴飛に、大事な話をなかなか切り出せないでいた。そんな私のためらいを彼が見逃すわけもない。

燁鶴飛は、日本茶の湯呑みをテーブルにおいて、私を見つめた。

「それで、ウルルがどうかしたの？」

湯呑みのお茶は、〇・六Gに設定したダイニングの低重力のせいで、減衰《げんすい》することなくテーブルの上で揺れ続けていた。

口を開けないでいる私に燁鶴飛は笑いかけて、会話の糸口を提供してくれた。

「そういえば、カタ・ジュタからの第二報はまだ来てなかったよね。タウ星系との重力波通信は、毎秒一メガバイトってところだったかな。まだ初動調査の結果をダウンロードしているところだっけ」

優しいね――君は。

何度も報告を読み返している私でも一瞬では出てこないウルルの首都の名前と通信速度をたった今、調べてくれたんでしょう？　拡張現実のサイレントモードで。それなら、薄々結論に気づいてるよね。それでもウルルの話を続けてくれようとしている。

私は口を開いた。

「そうね、まだ全部はダウンロードできてないみたい」

燁鶴飛はすぐに話を合わせてきた。

「ダウンロード済みの先行調査だと、重力波、電磁波、時空波を使う文明がないことはわかっていたよね。遺跡は？」

「一メートル以上の構造物は、地下二十メートルまでの範囲で見つかってない」

「樹木は？　ドローンで撮影した写真に、杉の木みたいな影が映ってたよね」

「あれは硫化水銀の結晶だったみたい。拡大写真を見た？　六角錐《ろっかくすい》のフラクタル構造ですごくきれいだよ」

「見た見た。ウルル・クリスタルとかいう名前で売るといいかもね。結局、有機物はなかったの?」

「落雷で自然にできる程度は見つかってる。湖沼《こしょう》に脂質の泡が漂《ただよ》っているのはわかっているけど、RNAのような自己複製子はまだ見つかっていない。エネルギーの多い火口には、変色が認められる」

「これから生命になるかもしれないって段階か。海洋調査は? たしか、水の海があるよね」

「そう――海も調査してる」

私の返答に、不自然な間が入り込んだことに気づいたのか、燁鶴飛は、椅子の背に体をもたせかけた。

「生命か、それに近い反応があったんだな。それ、まだ機密?」

私はうなずいてから、慌てて首を横に振った。

「ごめんごめん。機密指定はされていない。今週中にもリリースが出ると思うよ」

「生命はいるの?」

今度は、ゆっくりうなずいた。

「まだ、確定じゃないけど、海流とは異なる物質の移動を、カタ・ジュタから観測できたんだって」

「カタ・ジュタから――って、つまりは静止軌道上から見えたんだ。四万キロメートル上空から観測できるなら、とんでもない大きさだね」

「地球で言うとオキアミに相当する質量が動いていたんだって」

「ツカサはツバメだけじゃなくて海の生き物も扱ってたんだっけ」

「私の専門は、生物の移動全般よ。地軸の首振りが一年に三・五回あるウルルは、公転軌道を一周する一年の間に三回から四回の夏を迎える。その物体は、一回分の夏から冬にかけて、北極と赤道を行き来しているらしい」

「まるであの渡り鳥のように？」

優しい訊き方にぞくりとする。もう言わなければならない。

「そう。だから、ウルル政府は私を呼んだの」

「そうか……」

「一緒に行かない？」

彼が床を見つめる。

答えられなくて俯《うつむ》いたとは思えなかった。燁鶴飛はそんな弱い人ではない。彼が床に顔を向けて見つめたのは、床のさらに向こう。光速で十秒離れた先にある故郷だ。

くじら座タウ星の第四惑星ウルルに行くには、地球からこの宇宙が最大速度を許した光でも電磁波でも、重力波でも、十一年と十一ヶ月かかる。

顔をあげた燁鶴飛は、口元を引き締めてから言った。

「入植者はどんな環境適応手術を受けるの？」

私は、入植者向けのメッセージをワークスペースに浮かべて、ウルルに到着したら受けることになる遺伝子治療の内容を読み上げていった。

「苛烈環境暴露対応は必須。Ｖ・ＨＶ・Ｍ・Ｇの四項目」

「真空（Vacuum）と高電圧（High Voltage）、磁場（Magneticity）、重力場（Gravity）か。系外惑星の初期入植だと、ステーション住まいになるから当然と言えば当然だね。地球圏でも建設作業員なら受けていることも多いけれど、他には？」

嘘は言えない。

「ＡＴＰ鎖の反応系を、メタン呼吸系に置き換える」

燁鶴飛が息を呑む。

「どうしてもやらなければならないの？」

「カタ・ジュタから遠隔調査を行っているうちはやらなくてもいいけど、地上探査に切り替えるときは、どうしても必要になる」

「なんてことだ」と、燁鶴飛は呟いて息を乱した。

全身のミトコンドリアを総入れ替えして、酸素を用いる代謝系をメタンベースに切り替える遺伝子治療だ。与圧服なしにウルルの大気で呼吸するため、その星に降り立って現地調査を行うのなら必須の要件となる。

コストはもちろんカタ・ジュタのウルル自治政府が負担してくれる。予算を圧迫する高額な治療だが、惑星をテラフォーミングするよりは現実的だ。何より、ウルルの環境を人間に合わせて先住生物を虐殺することは倫理的に許されない。とはいえ、観測員自身の代謝系を遺伝子レベルで置き換えてしまうという手段は、別の問題を引き起こす。

呼吸を整えた燁鶴飛は、私の顔を見つめた。

「つまりツカサは、人間をやめるってことだよね」

私は黙るしかなかった。

精子と卵子の代謝が異なるために、子供が持てないのなら、それは種が異なるということだ。

その選択肢を選べば、現生人類との間に子供は持てなくなる。

もちろん、ウルルが初めての例だというわけではない。

二一一九年現在、入植が進んでいる十五の系外惑星にはフッ素を含む大気を呼吸できる人類や、水の代わりにアンモニアを使う極低温環境に対応した人類、炭素とケイ素を置き換え、電気的に代謝をサポートする能力を具《そな》えた人類などが生まれている。私が遠くない未来に受けるメタン呼吸処置は、おひつじ座のティーガーデン星域の二つの惑星で実施済みだ。すでに十万人ほどが手術を受け、二世代目も生まれている彼らは、ホモ・サピエンス・メタンスピリトゥスという亜種名を自称している。

「待って。どうしても手術を受けるって決めたわけじゃないし」

「いや、ツカサはやるでしょ。だって地表に降りて生物の調査に行くんだよね。他のスタッフがメタンを自然呼吸しているのに、酸素のボンベ背負っていくわけ？　寝るときも酸素チェンバーが必要になる。自分だけ特別扱いさせる？」

反論できない。招かれたとはいっても、私は一研究員でしかないのだ。いつかはきっとウルルの大地に立ってメタンを吸うことになる。

意を決して「やっぱり――」と言いかけたとき、燁鶴飛が先に言葉を発していた。

「どうして、遺伝子編集処置していいって思ったの？」

「戻れないから」

私が即座に答えると、燁鶴飛は怪訝《けげん》な顔をした。

「え？」

「行くと戻れないからだよ」

ウルル政府から連絡が来てから繰り返し考えていたことなので、スムーズに言葉が出てきた。

「知ってるよね。系外惑星への入植は片道切符なんだ。ウルルは十二年前に静止軌道ステーションを置いたばかりで、資源を軌道に引き上げるエレベーターの設置が終わるのは十五年後。地球行きの船なんて作る余裕はないよ。できても半世紀後とかになる」

「故郷だよね。戻れるなら、人のままでいるってこと？」

「そう――もしも戻ることを少しでも考えているなら――」

言葉を切って、私は想像してみた。系外惑星に行った人たちがもう一度地球圏に帰ってきて暮らすなら、自分がもう一度太極天楼のこの部屋に戻ってくるなら――。

「重いボンベを背負うと思うよ。地上には与圧された基地を置いて。だって、戻って会いたい人たちがいるんだもの。そこが故郷だよね。でも、ウルルはそういう場所じゃない」

私は燁鶴飛を見た。今度は彼が黙る番だった。説得する言葉が尽きたのだ。

「行こうよ」

「いや――」と燁鶴飛は口ごもる。

「行こうよ、私は君と行きたいよ。もしも君と暮らせるなら、ずっとカタ・ジュタのステーションにいたっていい」

燁鶴飛は答えなかった。


五年後に迎えた旅立ちの日、私の横に燁鶴飛はいなかった。

私はビラルンマーと名付けられた第二入植船に乗り込み、五千人の同僚たちとともにウルルを目指した。

「可能な限りの多様性」を求められた船には、春節の帰省を諦《あきら》めた五百名ほどの華裔も乗り込んでいた。

何年も旅をしていれば、その間には恋もする。ウルルに到着したとき、私は出発してから二人目のパートナーとの関係を清算したところだった。

一人目のパートナーは、ドイツから応募してきた農業エンジニアだった。それなりにうまく、長く付き合っていたのだが、旅程の中盤を迎えたところで彼が多忙になってしまい、うやむやなままに関係が冷えていった。二人目のパートナーは、改良された重力子螺旋加速器《GSA》の主任エンジニアの黄清明《ファンチンミン》という華裔だった。春節や華人文化に拘《こだわ》らないあたりは付き合いやすかったが、燁鶴飛のことを思い出してしまい、関係を深めきれずに私から離れてしまった。

到着時、私の主観年齢は三十七歳になっていた。あまり意味をなさない暦年齢では四十八歳。いずれにせよ、地球圏に戻ることはないので関係ない。

私は、逐次《ちくじ》アップデートされるウルルの情報を追うために、ラボで過ごすことが多くなっていた。

惑星内の季節に合わせて移動していた物体は、生命と呼ぶにはまだ頼りない脂質のあぶくだということがわかっていた。それでも、そのあぶくは、同じ成分を持つもの同士で寄り集まり、季節に応じて表面張力を保ちやすい場所を移動しているらしいことがわかっていた。

知能どころか代謝すらあるかどうかわからないような段階だというのに、回遊している物質塊に私は興奮したが、調査は一旦そこで止まっていた。

泡の中身を知るための現地調査は、私の率いる五名のチームに任されていたのだ。

メタン呼吸を可能にする遺伝子治療に同意していた私と、生命探査のために入植者に加わった五名のチームメンバーは、乏しい情報を分析しながら、ウルルに到着する日を心待ちにしていた。

タウ星がピンクに輝かせる惑星が見えてきた二一三三年の一月、私たちはもう大地に降り立つ決意ができていた。カタ・ジュタに着いたら、遺伝子編集がはじまる。

　そんなときだった。驚くようなニュースが飛び込んできたのは。

「〈春運特別便〉？」

　私は、その言葉を持ち帰ったチームのメンバーに聞き返した。

「どこに帰るっていうの？」

　話を聞いてきたメンバーも困惑していた。

「中国、らしいんですよね……」

「地球の中国？　どんなに急いだって――最新型のブラックホール落下駆動を使えるこの船だって十三年かかるよ。光速だって十一年と十一ヶ月かかるんだから」

「ええ、わかってます。でもとにかく、帰省したい人は重力子《G》螺旋《S》加速器《A》の塔にあたる中央ロビーに集まって欲しいとのことでした。華僑たちはみんな集まってます」

「……本気なの？」

　とりあえずスタッフと連れ立って集まったロビーの奥には、今まで見たことのない装置が置いてあった。

　十人ぐらいが入れる半球型のドームを伏せたようなもの、という表現が一番わかりやすいだろうか。そんなドームが、加速器から分岐された重力子の走路に接続されていた。

　ドームの周囲で作業を行っているのは華僑たちだった。驚いたことに、リーダーはつい最近までパートナーだった黄清明だ。

　遠巻きに見ている人の輪が二重、三重と増えていくと、黄清明が作業の手を止めて、拡張現実に自分自身を大きく投影して演説を始めた。

「皆さん、今まで黙っていて申し訳ありません。今回の旅に、私たち中国系入植者たちは、地球圏のものとエンタングルした、双子の重力子の片方を持ち込んでいました。これから地球に遺してきた重力子との量子テレポーテーションを行います」

説明を聞いた入植者たちの間に困惑が広がった。

量子もつれ《エンタングルメント》の関係にある双子の量子の片方を、他の粒子と作用させれば、位置か速度のどちらかが光の速度を超えて両者の状態が同時に収縮し、決定される。量子テレポーテーションと呼ばれるこの現象は、量子力学の根幹をなす理論に基づくものだ。

地上や加速器の中では散々行われてきた実験だが、十一・九光年離れた重力子のペアで実験することにはより大きな価値があることは、この場に集まった入植者たちなら皆知っている。

困惑しているのは、〈春運特別便〉とどう関係しているかだ。

ざわめきを前にした黄清明は頭をかいた。

「ごめんなさいね。十三年前にこの量子を託された私たちにも、これから行う実験が何を引き起こすのか正確なところはわかっていません。なにせ、こちらの知識は十三年前で止まってしまっているので」

ギャラリーの一人が声をあげた。

「実験？　重力子螺旋加速器《GSA》を使うのか？」

「はい。加速器に、エンタングルした重力子を五十兆個投入して、このドームの中央で観測するようにと言われています」

「地球にも同じものがあるということは、つまり、ここで地球圏の重力子と同じ状態が再現される？」

「……ということになるんでしょうか。ただ、この十三年で地球圏の友人たちがどこまで進んでいるのかは、まるでわかりません。ただ重力子が蒸発するだけかもしれませんが――」

私は声をあげていた。

「うまくいかないときのことはいい。向こうの実験というのは、何が目的？」

「ひとを繋《つな》ぎたい、と」黄清明が私の顔を見た。「発起人は、燁鶴飛さんです」

私が目を見開くと、黄清明は、実験はすでに始まっていると付け加えてドームに体を向けた。

華裔たちも手を止めて立ち上がる。

ドームの中央には、光が集まりはじめていた。部屋には少しだけ、懐かしい地球の大気の香りが漂った。

「ワームホールですね」と黄清明が告げた。「地球圏でも同じように配置された重力子の干渉効果を用いて、ワームホールを作っています。いわば、宇宙に穴を開けているんです」

光がおさまっていくと、ドームの内側には別の空間が覗いていた。

その中央には燁鶴飛が立っていた。

記憶よりもずっと、そして私が重ねた年齢よりもわずかに歳を重ねた彼の広げた腕に、私は駆け寄ろうとする。

黄清明が手を広げて私の前に立ちはだかった。

「ごめんなさい。僕たちが先ですよ」

「通してよ！」

「十三年も待たされた春節なんです。さあみなさん、帰りましょう」

華寄たちが空間の穴を通り抜けていく。

全員が通り抜けて行った後で、向こうから燁鶴飛が歩いてきて、私を抱きしめた。

記憶よりもさらに歳をとっているようだったが、彼のハグを私の体は覚えていた。涙が溢れてくる。

「間に合った」と燁鶴飛が呟いた。

「え？」

「戻れるなら、君は僕と同じ人類でいることをやめないって言ったよね。もう僕たちは、宇宙のどこにでも行って戻ってこられるようになったんだ」

「そんなにしてまで――」

言葉を詰まらせると、燁鶴飛は私を固く抱きしめた。

「君も春節には帰るんだよ」

渡り鳥は温暖な環境を求めて移動し、種を繋ぐために故郷に戻る。華人たちは家族や友人たちと触れ合うために故郷を目指す。

私は、こみ上げてきた感情で言葉が形にならなくなる前に、かつて彼が聞かせてくれた優しい言葉を囁いた。

「まるで渡り鳥のように」

晴れあがる銀河

銀英伝のトリビュート短編を書いてみませんか、とお声がけいただいたのは、成都市の「中国国際SF大会」から帰ったばかりの頃だった。二〇一九年の暮れごろだ。その場で「いいですよ」と答えた。航路に関するアイディアもあったし、あの時代を書きたくもあったからだ。

〈銀河英雄伝説〉を初めて読んだのは一九九〇年のことだった。東京で一人暮らしの浪人生活を送っていた私は、古本屋で買ったノベルズ版の第一巻にはまってしまったのだ。絶妙な造形と立ち位置を与えられた「英雄」たちが、不安定な身分だった私には輝いて見えたのだろう。夜を徹して何度も読み、朝になったら開店したばかりの書店に飛び込んで買えるだけ買って、何日か読み耽《ふけ》ったのはいい思い出だ。

「晴れ上がる銀河」では、宇宙の広がりと精緻さ、そしてルドルフが皇帝を名乗った不穏な時代に生きた人物を描いてみた。彼ら彼女らの活躍を楽しんでいただけると嬉しく思う。

帝国軍航路局のシュテファン・アトウッド少尉は、電源の入っていないスクリーンに映る自分の制服姿を確かめていた。

今朝ロッカーに届いていた金モール付きの士官服は、地球《テラ》の人類が生まれた大陸にルーツを持つ褐色《かっしょく》の肌と、眉《まゆ》、目、鼻、口の大きな造作、丸く膨れた金色の縮毛、そして青い瞳《ひとみ》という、いささか混乱した人種的な特徴に似合わない。詰襟《つめえり》のホックを外して袖をまくれば少しはマシになるだろうか、などと考えていると、開けたままのドアにノックがあった。

「どうぞ」

答えて入り口に向き直ると、今年の秋に入ってから中央庁舎で見かけるようになったメッセンジャーボーイの姿があった。真っ白な肌と金髪、そして青い瞳を持つ少年は、半ズボンからにょっきり伸びた両足をピタリと揃え、非の打ち所のない敬礼を披露した。

「航路情報管理分隊長、シュテファン・アトウッド少尉どのはご在室ですか」

「アトウッドは俺だけど――」

言いかけたアトウッドは、少年が敬礼のまま固まっていることに気づき、慌てて答礼してから続けた。

「部署名が違う。ここは航路情報管理室だよ」

この少年にメッセージを託した者が勘違いしたのだろうが、分隊と呼ぶからにはせめて七名は配して欲しいものだ。

不満が顔に出てしまったらしく、少年は顔を引きつらせる。しまったな、と思ったそのとき、少年の背後に大きな人影が立った。

「うわあ課長、ゲルマン制服が似合わないですねえ」

「課長？」と、少年メッセンジャーが目を丸くする。

現れたのはカメリア・ランカフだった。階級は軍曹だ。

身長百九十センチ、体重を聞いたことはないがおそらく百キログラムは優に超えているであろう彼女は、丸々とした指で、呆然とした少年が携えている革のフォルダーを指差した。

「それは課長あて？」

アトウッドよりも濃いチョコレート色の肌の指から、わずかに後退《あとじさ》った少年は消え入りそうな声で抗《あらが》った。

「アトウッド少尉への、命令書です」

「あらそう、やっぱり課長あてね。じゃあ、受け取っとくよ」

フォルダーを取り上げたカメリアは、少年に手を振って部屋に入ると、受け取ったフォルダーで廊下を指した。

「課長は見ました？　ホールにぶっ立てられたルドルフ像」

アトウッドは顎《あご》をしゃくって、オフィスの天井に取り付けられたカメラを指し示す。カメリアは「ははっ」と笑った。

「ルドルフはルドルフだし、課長は課長ですよ。ここのオフィスだって、制服を除けば何にも変わってない。帝国軍の航路情報管理室なんかじゃないんです」

頬を膨らませるカメリアに、アトウッドは苦笑いしてしまう。宇宙暦《SE》が三一〇年で時を刻むのをやめてからまだ二年しか経っていないのだ。連邦の文官組織が帝国軍に変わったところで、制服が似合うようになるわけでもない。もちろん、属する者の精神もだ。

しかし、指摘はしておこう。アトウッドは表札の掛け替えられたドアを指差した。

「君の言う通りだよ。この部屋は帝国軍の航路情報管理室じゃなくなったらしい」

「消滅したんですか？　大歓迎ですよ。失業保険が簡単に出るんで」

「そんな甘い話があるか。組織変更だよ。さっきのメッセンジャーによれば、この部署の新しい名前は航路情報管理分隊になるらしい」

「あら勇ましい。じゃあ、課長は隊長さんになったってわけ？」

「そうらしいね。大方、そのフォルダーは辞令だろう。少尉に任命されたからにはその分は働け、ということだ」

アトウッドがデスク越しに伸ばした手に、カメリアはフォルダーを載せた。

「ありがとう――」「……ちょっと」

アトウッドは口をつぐみ、カメリアもフォルダーを渡したままの姿勢で固まった。二人の目は、革の表紙に象嵌《ぞうがん》された双頭鷲の紋章に釘付けになっていた。

レターヘッドや、オフィスの前に掲げられた旗などよりもずっと手の込んだ紋章の目には、緑色の宝石も埋め込まれている。何より、紋章の下に組織の名前が書かれていないフォルダーなど、見たことがない。

アトウッドはフォルダーをデスクに置いて、恐る恐る中を開き、閉じた。目も閉じて金色の縮毛をかきむしる。カメリアが、可聴域の下端すれすれの声で尋ねた。

「皇帝から――？」

うなずいたアトウッドは、フォルダーを開いてカメリアに読めるように回した。

もっとも、逆さのままでも読めたはずだ。命令は、わずか一文だった。


〝余は正統なる銀河の航路図を求む〟


「おはようございます。あれ？」

シュテファン・アトウッド少尉とカメリア・ランカフ軍曹が、命令書を開いたデスクを挟んで立ちすくんでいると、三人目の同僚、ホンダ・スマイリー軍曹が入り口に立った。

姓を先に書くE式姓名のスマイリーだが、静脈が透けるほど白い肌と真っ青な瞳と短く刈り込んだ金髪は、新たな帝国が好む「ゲルマン風」そのものだった。体つきも理想的と言っていい。百八十八センチの長身は帝国暦の開始とともにテオリアで流行し始めたボート競技のおかげで厚みのある筋肉に覆《おお》われている。

開いたままのドアの脇を歩くとき、表札の変更に気づいたらしいスマイリーは、アトウッドのデスクに近づきながら言った。

「組織変更があったんですか」

「らしいね」

ぼんやりと答えたアトウッドに怪訝《けげん》な顔を向けたスマイリーは、表札を確かめてから言った。

「航路情報管理分隊。つまり、少尉もついに隊長になったというわけですか。部隊を編成する折には人事データの整理をぜひ――」

「らしいね」

「少尉？」

二人の心がここにないと察したスマイリーは、デスクの上に視線を落とし、そこに開かれている命令書に気づいて姿勢を正した。

「陛下直々《じきじき》のご下命ではありませんか」

「見たことがあるのか？」

「いえ初めてですが、話には聞いています。足長のRは直筆の特徴と言われています」

「そうか」

アトウッドはフォルダーに挟まれている紙を見直した。

普通の命令書ならばタイトルがある場所には、見事な筆記体で「銀河帝国帝国軍　宇宙軍統括師団　航路局　航路情報管理分隊長　シュテファン・アトウッド少尉」と書かれていた。その下には一行の命令文があり、流麗な文字でしたためられた帝国暦二年八月十六日という日付の下に、特徴的な「R」の文字のサインが描かれていた。

それでおしまい。結局、この書類の情報量は、期限も、手段も、予算も、相談していい部門も書かれていないわずか五単語の命令に尽きるのだ。


〝余は正統なる銀河の航路図を求む〟

「これが皇帝の命令というものか」

ため息とともにそう漏らし、内心でやってられないな、と思ったところでスマイリーが口を開いた。

「そのようですね」

「何が？」

「陛下が直々にくださった下命だということです。サインも直筆ですし、フォルダーの革も、オーディンの直轄領で育てられた仔牛革《カーフ》のバックスキンです」

スマイリーはフォルダーを持ち上げて、表紙を検《あらた》めた。

「双頭鷲の目にエメラルドが象嵌されていますね。電子顕微鏡で見ると、結晶構造の中にも同じ紋章が刻まれているはずです。これは本物ですよ。どこに持っていっても皇帝陛下の命令書として通用します」

アトウッドは、何秒か口を開けたままスマイリーの顔をじっと見た。向かい側ではカメリアも同じように、スマイリーを見つめている。

スマイリーは二人を見渡してから言った。

「だから、そうですよ。この命令書を持っていって、勅命だって言えば、大概のことは叶えられます。民間企業だって言うことを聞くんじゃないかな」

「そういう風に使うものなのか」

「他に何がありますか」

航路図を作っている間、アトウッドはルドルフの力を使えるというわけだ。しかし失敗すれば、あるいは皇帝に「遅い」と思わせてしまえば、一生日の目を見ることのない辺境へ追いやられてしまうのは間違いない。より悲惨な未来もありうる。手を尽くし、皇帝の権限を借りて航路図を作り上げることができたとしても、皇帝が満足しなければ結果は同じだ。

こんなことなら、少尉の内示を受けたときに、軍を辞めておけばよかった。そもそも航路局が軍になる未来を知っていれば、ルドルフに投票《かし》はしていない。

再びため息をつくと、スマイリーが首を傾《かし》げた。

「でも、航路図ってあそこにあるでしょう？」

爪まで手入れの行き届いた白い指が差したのは、壁一面のディスプレイに描かれている航路図だった。

三世紀もの間、銀河連邦《USG》の行政中心を担ってきた惑星テオリアを擁するアルデバラン系を中心に描いた航路図だ。航路図の上部にはシリウス、ヴェガ、プロキシマや人類発祥の太陽系《ソル》といった歴史ある領域が描かれていて、右手には帝国が首都を置くヴァルハラ系が描かれる。下部はキフォイザーやアルテナなど、最近の開拓によって開かれた領域だ。

網の目のようにそれぞれの星系を結ぶ航路は、左手に行くに従ってほつれていた。変光星や巨星、星間物質によって航路が切り開けない領域が始まるのだ。かろうじて、数年前に航路が見出されたアムリッツァが描かれているにとどまっている。

「あれを提出するだけですよね。もちろん銀河連邦の色合いを消して」

派手なため息をついたのはカメリアだった。

「ホンダさんがうちに来て、何ヶ月経ちましたかね」

「三ヶ月ですかね。あ、僕も軍曹です」

だからどうした、という顔でカメリアはコンソールに一冊の書物を立ち上げた。

「渡しておいた航宙概論、読みました？」

「あ、ええと……まだ」

カメリアはコンソールを操作して、航路の中心にあるアルデバラン系を拡大した。戸惑《とまど》ったスマイリーに、アトウッドは画面を見るよう促した。

これから、航路の本質を見せるのだ。なぜ航路図の提出でここまで悩んでしまうのか、そして、航路とはなんなのか。

はじめは手のひらを使って勢いよく航路図を拡大したカメリアが、コンソールに指先を立てて、画面の動きを緩やかにする。ちょうど、アルデバラン系が画面に大映しになったところだった。全図では、星系から四本の太い航路が上下左右に生えているように描かれていたが、ここまで拡大すると、それぞれの航路が何百、何千もの線の集合体であることがわかる。そしてその起点もまとまってはいない。星系のあちらこちらに、波打つ面の上に絵の具を吹き付けたかのように散らばっているのだった。

「なるほど、航路は、いくつもの線の集合体だということですか」

アトウッドは、画面を指差した。

「そうだ。例えば、テオリアとオーディンを結ぶ航路をこの拡大率で見ると、二四〇〇本の単位航路が見える。一つ一つの線は、亜空間跳躍に使う座標対を結んだものだ。易しい言葉で言うと、跳躍《ワープ》の入り口と出口だな。それを結んだ線のことを航路と呼んでいる。便宜上、直線で描いているが、実際は亜空間を通るので、この線の上を艦が移動するわけではない。わかるかな」

「……はい、なんとか」

「カメリアさん、航路を一つアップにしてください。あ、それでいいです。諸元を表示して」

航路の起点からは線が引き出されて、識別符合と何種類かの座標、突入ベクトルと、亜空間長、そして何より大切な利用実績を示すスコアが表示された。人や荷物、あるいは兵器で死を運ぶ船乗りたちは、概《おおむ》ねこのレベルの航路図を参照している。船の性能と相談しながら航路を選び、指示された座標に、決められた角度で進入すると、亜空間跳躍――跳躍《ワープ》が行えるわけだ。

そして、単位航路は一度に一つの艦しか使えない。

膨大な艦艇を一斉に動かす軍の航宙計画では、移動させる艦艇数と座標の数のバランスを見極めるセンスが問われる。数秒で亜空間を通り抜けられる軍用の亜光速ドライブをもってしても、万単位の艦を、多くても数十ほどしかない単位航路で通すには、精密な艦隊運動を行わなければならない。この手順を無視して手近な、あるいは精度の足りない計算で航路に飛び込んでしまえば、亜空間に飲み込まれてしまう。

もっとも、本格的な艦隊戦などもう百年も行われていないのだが。

そんな説明をうなずきながら聞いていたスマイリーがまばたきをした。

「さっきから気になっていたんですが、拡大したり縮小したりすると、星系の位置関係が歪む気がするんですけど、気のせいですか」

「いいや。それが問題なんだ。カメリアさん、全体像をもう一度見せてください」

画面に近づいたアトウッドは、航路図の右寄りに描かれているヴァルハラ系第三惑星、オーディンを指差した。

「今回作らなければならない航路図では、ヴァルハラ系を中心におかなければならない。命令の性格上、これは絶対、そうする必要があるんだ」

カメリアは渋々、スマイリーは熱心にうなずいて付け加えた。

「もちろんそうでなければなりません」

「しかし、そう簡単な話じゃない。航路は本来、跳躍《ワープ》可能な対の座標でしかない。それを二次元的に押しつぶして、空間の配置に合わせて可視化しているだけなんだ。カメリアさん、試しにオーディンを中心にしてみて」

航路図がずれて星系の配置が変わった。ルドルフが海賊退治で名を馳《は》せたアルタイル系が画面下から右隣へと移動し、太陽系《ソル》やヴェガ系などの旧領域が膨れ上がった。辺境と呼ばれるカストロプ系は内側に畳《たた》み込まれてしまっている。

何より問題なのは、銀河連邦の行政中心のあるアルデバラン系が、ヴァルハラ系と重なってしまっていることだ。カメリアが少し図の中身を動かすと、アルデバラン系がヴァルハラの右や左に、瞬時に移動してしまう。

「あらら」スマイリーが顎を撫でる。「これは、お見せできませんね」

カメリアが鼻を鳴らした。

「航路を描くプログラムは、空間的な座標と航路が大きく矛盾しないように作られているんだけど、テオリア周辺は航路が集中しているから、中心を外して置くと面倒なことが起こるわけよ。今までは問題にならなかったんだけど」

「これを解消するには？」

アトウッドは、命令を受けてからずっと考えてきたことを口にした。

「大きく分けて三つの方法がある」

カメリアがうなずいて、指を追った。

「一、航宙図のプログラムを書き換える。二つ目は、手で一から描く。三つ目は、重心を崩す原因となっている航路を間引《まび》いて、ヴァルハラを宇宙の中心になるよう据え直す」

「一番が楽そうですね」

「楽というか、本質的な解決法かな。ただし、すべての航宙艦が使っているプログラムを書き直すことになる」

「ダメですね。じゃあ、二番は——手がかかり過ぎますか」

「大きな航路だけならすぐにでもまとめられるけど、十五万の可住惑星をすべて網羅《もうら》しようとすると、難しいな。そもそも手が足りないし、作業指示書をまとめているだけで——」

皇帝、と呼ぶのは無礼だろうか。と思って言葉を切ると、スマイリーが正しい単語を口にしてくれた。

「陛下をお待たせするわけにもいきませんね。では三番ですか」

アトウッドとカメリアはうなずいた。

「ただ、重なっている航路を消すだけだと、今見えている航路にも影響が出てしまうから、いくらか新しく航路データを買わなければならない。オーディンに出入りするものを中心にね」

「売ってるんですか」

アトウッドはカメリアに答えるよう促した。部屋の中央にあるカメラのマイクに、この単語を拾わせたくはない。幸い、カメリアはカメラに背を向けている。

褐色の肌の手をデスクについて身を乗り出したカメリアは、スマイリーにささやいた。

「海賊《パイレーツ》の跳躍《ワープ》記録」

「どこらへんが使えそうですかね」

カメリア・ランカフ軍曹がコンソールを操作して、スクリーンに事業者要覧を映し出した。壁一面に会社名と連絡先、そして受託事業番号が並び、リストの下部には次の画面があることを知らせる矢印が点滅していた。

「やめましょうよ。海賊から買うなんて」

ホンダ・スマイリー軍曹は、明らかに腰が引けた様子でスクリーンの前を行ったり来たりしていた。

「何を勘違いしてるんだ。海賊が作成したデータを買うんであって、直接海賊と取引するわけじゃない」

シュテファン・アトウッド少尉はカメリアに向きなおった。

「カメリアさん、今、いったい何社表示したんだ?」

アトウッドがたずねると、カメリアはスクリーンに八桁のページ数を映して答えた。

「十五億社ぐらいでしょうか」

「億かあ」

天井を仰《あお》いだアトウッドにカメリアが笑顔を向ける。

「延べ数ですよ。連邦三〇〇年で、一度でもなんらかの公共事業を受託した企業の。最盛期には三〇〇〇億人を数えましたから、これでも少ないと思うんですけどね」

「なるほど。しかし、なんでまた全部表示したんだ。航路の買取だけでいいのに」

「無計画な部署改廃のおかげで、宇宙省がなくなったからです。受注番号で、航路関係に絞り込みました」

カメリアが一歩下がると、リストが書き換わる。

「現存する企業と団体で、航路関係の事業を連邦から請負ったことがあるのは十二社ですね」

アトウッドはリストの中に、ゴシップ紙に現れる団体がいくつか混じっていることに気づいた。

「シリウス協同組合は、海賊の外郭団体だとかいう噂がなかったか？」

「ある程度は諦《あきら》めるしかないですよ。ウッド提督がいた頃ならともかく、いまだに未踏宙域で跳躍《ワープ》して航路を拡張しているような組織は海賊ぐらいですし、座標・航路データの販売は、彼らにとってもいい商売になっているようです。それでも海賊行為の噂がある法人は、今回の案件から外《はず》しますか？」

「当然です」

スマイリーが硬い声で答えた。

「陛下がどれだけ海賊を憎んでいらっしゃるか、ご存知ないわけではないでしょう。もしも航路図を作成するために海賊の手を借りたと知られれば、よくて左遷《させん》。悪ければ――」

廊下にあるルドルフ像に目配せしたスマイリーは、像から見えない位置で喉に人差し指を当て、横に撫でた。ルドルフが本当に海賊を憎んでいるのかどうかはわからない。アトウッドなどは、人気を高めてくれた海賊に感謝しているのではないかと思っているぐらいだが、内務省でスパイごっこをやっている連中が民衆に信じさせようと躍起になっているルドルフ像は、海賊を撲滅した偉大なる銀河帝国皇帝だ。

「海賊の噂がある業者は外してくれ」

アトウッドが命じると、カメリアは上司の弱腰を鼻で笑い、スマイリーは露骨に安堵の息をついた。

「勘違いしないでくれよ。海賊が未踏宙域の航路データを大量に保有しているのは間違いのない事実だが、連中の縄張りは狭すぎる。俺たちが作るのは、連邦――いや、帝国の航路全図だ。個別の宙域しか行き来しない海賊なんかと契約していくのは効率が悪すぎる。そんなことは業者に任せればいい」

「おっしゃる通りですね。ついでに星系ごとのローカル事業者も外しましょう。残るは三社です。詳細表示します」

アトウッドは画面に一歩近づいた。

「シリウス系の銀河通商通信社《GTT》と、ヴェガのアスタウンディング旅行社、あとはプロキシマのラープ商会か」

シリウス系やヴェガ系も、そしてプロキシマ系の名前は学生でも知っているが、それは、人類が、地球《テラ》や太陽系《ソル》を見限った歴史を学べばこそだ。航路のような特殊な事例を除いて、これら旧領域の星系がビジネスの分野に現れることはほとんどない。

「どこも遠いなあ」

スマイリーが素直な感想を漏らすと、カメリアが笑って答えた。

「航路というのは、つまるところ跳躍《ワープ》の歴史です。旧領域の企業が大きなデータを保有しているのは不思議なことではありません」

「テオリアに支社がある企業は？」

カメリアは、リストの一番下を指差した。

「ラープ商会です。呼びますか？」

うなずきかけたアトウッドは、慌ててかぶりを振った。

「出向くとしよう」

アトウッドはホールの中央であたりを睥睨《へいげい》している大帝の像をチラリと見た。彼の命じた帝国全図を作るためには、海賊が蓄積してきた航宙データがどうしても必要になるのだ。不敬な話は避けられないし、そんな話を、あの像の立つ空間で行うのは気がひける。

「スマイリー、面会をセッティングしてくれ」

＊

テオリアの行政センターを見下ろす山岳地帯に、ラープ商会の支社はあった。地図ではわからなかったが、中央庁舎から地上車《ランド・カー》で二時間の道のりを経て向かった先にある別荘の一つが支社の社屋なのだということだった。

門から入った車がロータリーを回って、玄関の大きな庇《ひさし》の下に止まると、恰幅《かっぷく》の良いスーツ姿の男性が出迎えてくれた。ローレンス・ラープ三世と名乗った初老の男性は、きびきびと動き、軍服姿の三人を館へと招き入れた。

「呼び出してくだされぱこちらから出向きましたのに。シュテファン・アトウッド少尉に、カメリア・ランカフ軍曹、ホンダ・スマイリー軍曹ですね」

そう言われて案内されたのは、古風な外観からは想像できなかったモダンなオフィスだった。白を基調にしたソファのセットに腰かけた三人は、正面の壁に掲げてある金属製の航路図に目を見張った。

「やはり目が行きますか」

ラープが、恐縮しながらも誇ってみせる。

「ええ、見事なものです」

航路図の中央に、銀河連邦《USG》の行政中心であるアルデバラン系のテオリアが描かれているのは、アトウッドたちの航路図と変わらない。だが、テオリアのすぐ脇に配されたオーディンには、オフィスの航路図には描かれていない航路が密集していた。

「この航路図は、常に更新しているんですか？」

「ええ。それが数少ないラープ家の当主の仕事です。新たな航路が確定するたびに、専用の小型炉で溶かしたスズと亜鉛を炭素棒につけて、壁に描いていくのです」

「やり直しの効かない作業ですね」

「そうでもありません」

ラープはかぶりをふった。

「初代が作ったときは皆さんが旧領域と呼ぶ、太陽系《ソル》、シリウス系、ヴェガ系が真ん中にあったと聞いています」

「旧領域を中心に据えるということは、三百年ほど前ということですか」

「西暦を使っていた時代ですね。あれを創業と言っていいのか……もともとは宇宙省航路局航行安全部の、航路調整課の出身でした」

ここしばらくで連邦政府の組織に詳しくなってしまったスマイリーが首を傾げる。

「そんな部署がありましたかね」

「おや、さすがにご存知ありませんか」

ラープは、壁の航路図に顎をしゃくって、テオリアのあるアルデバラン星系の上部を見るように促した。細い航路が密集している宙域には、口にすることこそほとんどないが、誰でも知っている星系がある。人類が生まれた地球《テラ》を従える太陽系《ソル》だ。

「地球統一政府《GG》の、一部署です。私どもの航路データの、最も古い記録は西暦《AD》二三六〇年、イオ・ケレス間の跳躍《ワープ》に用いられたひと組みの座標なのですよ」

「それは、初めての超光速航行のことをおっしゃっていますか？」

カメリアが口を挟む。

「そう。アントネル・ヤノーシュ博士の実験です。航路として記録されたのは復路の座標ですけどね。行くときに使っていた目的地のイオ宙域座標があまりに大雑把だったために、復路の設定をした研究チームが書き換えてしまいました。座標の生データを見ると、初期の座標の粗さには驚かされますよ。現在のものと比べて七オーダーも粗い。あの精度では、一光年の跳躍でも亜空間に飲み込まれてしまいます」

「つまり、御社の航路は跳躍《ワープ》の歴史とともにある、ということですね。古い方の充実ぶりはよくわかりました。新しい方はいかがでしょう」

ラープは、鈍《にぶ》く光る航路図の中で、一際《ひときわ》輝いているオーディンを指差した。

「ご覧のように、いくらか仕入れてございます。必要でしたら、オーディンに物資を運び入れている当社の貨物船をご利用ください。今日の夕刻にでも試していただけます」

「助かります」

「では、ご発注は、航路試験の結果次第ということで」

「はい。結果次第で、御社にお願いするかどうかを検討します」

「ありがとうございます」

ラープがうなずくと、部屋にコーヒーと、スパイスティーの香りが満ちた。先ほど、飲み物をどうするか聞きにきた給仕が、四つのカップを載せた銀のトレイを持ってきていた。

「少尉のご決断があまりに早かったので、飲み物が間に合いませんでしたね。せっかくですからお楽しみください。私の故郷でとれたものですよ」

音もなく、カップが供されていく中で、アトウッドは疑問を口にした。

「どちらのお生まれなのですか」

ラープは、自分の手前に置かれた、濃い緑色の茶を取り上げて顔の脇に掲げた。

「地球《テラ》です」

＊

ローレンス・ラープ三世が提案してきた新航路の試験は、支社を訪問した日の夕方、無事に終わった。オーディン近傍宙域から跳躍《ワープ》した貨物船団は、アルデバランの第一惑星軌道へと無事に姿を現したのだ。

航路データを預かったシュテファン・アトウッド少尉は、皇帝の命令書を用いて帝国軍の艦艇にも双方向の跳躍《ワープ》を依頼して、やはり同様の結果を得た。

それからの一週間、アトウッドはラープ商会から提供を受けた主要星系航路と、旧領域航路、辺境航路、探索段階のサンプルを用いて次々に跳躍《ワープ》の試験を行い、同社の航路データが高い品質を持つことを確かめた。一方、航路図のモデリングを試していたカメリア・ランカフ軍曹は、ラープ商会のライブラリで、オーディンを中心に据えた航路を設計できることを確信していた。

航路データを扱えないホンダ・スマイリー軍曹は、ラープ商会の経営状況や出資もとを調べていたが、こちらは捗《はかど》らなかった。現在の状況は良くも悪くもないのだが、地球統一政府《G　G》に遡《さかのぼ》る社歴を証明することは叶わなかった。だが、穴があったわけでもない。

アトウッドは、調査に当たったスマイリーの印象も聞いて、ラープ商会との契約を交わした。

航路の作成は、ラープ商会の支社で行うことにした。

直径一万光年に及ぶ帝国の版図で行った航路調整のための航宙計画には、ラープ商会が保有する超光速通信網《FTL》が必要だったのだ。日々、軍政の色を強めていくテオリアの中央庁舎では、超高速通信を利用するために申請書が必要になっていた。皇帝の命令書を振りかざせば、通信ぐらいはいくらでもできたのだろうが、わざわざ反感を買いに行く必要もない。

私服で勤務できるのも、アトウッドにとっては都合が良かった。スマイリーは相変わらず制服を着てきたが、カメリアとアトウッドは、ビジネス・カジュアルを決め込んだ。

作業をラープ商会で行った理由は、中央庁舎のあちこちに立ちはじめたルドルフ像のせいもあった。ラープが、像の両眼にカメラアイを仕込んであると教えてくれたのだ。

「神聖にして不可侵なる銀河帝国皇帝を敬愛する臣民の姿を、留めおきたいのだそうです」

あまりに辛辣《しんらつ》、かつ不敬な物言いに思わず笑ってしまったアトウッドは、こんなふうに笑える場所でなければ、ラープとの共同作業などできないことを思い知ったのだ。

ラープ商会で行った作業は大きく分けて二つある。

航路の改廃と、航宙実績の蓄積だ。

前者はカメリアが担当した。銀河連邦の中心地だったアルデバラン系に接続されている航路の束を三分の一ほどに削り、逆にオーディン近傍の航路を、ラープ商会のライブラリから抽出して嵌め込んでいくのだ。地道な作業が大きく進展したのは、ラープの貸し出してくれたスタッフが、一世紀前に行われた、ヴァルハラ系とヴェガ系を結ぶ跳躍《ワープ》の記録を発見したときだ。

カメリアは、アルデバラン系と、旧領域の中心地であるヴェガ系を結んでいた航路を廃し、新たに見つかったヴァルハラ系との航路で置き換えることに決めた。

航路——跳躍《ワープ》の実績が一度でもあるなら、その部分を強化できる。

アトウッドは帝国軍の艦艇とラープ商会の貨物船を借りて、ヴァルハラ系とヴェガ系を幾度となく往復させた。跳躍《ワープ》のたびに出るわずかな誤差を、新たな航路として登録していくのだ。スマイリーは航路の質量実績を増やすために、普段なら輸送費で原価われしてしまうコンクリートを買い付け、ヴェガから建設ラッシュに沸く新首都のオーディンへと運ばせた。

カメリアが記録を発見してから二週間で、ヴァルハラ・ヴェガ系航路は一、二を争う帯域の主要航路へと成長し、オーディンが航路図に占める位置は中央に寄っていった。

皇帝には、内務省を通じて進捗を連絡していたが、返答は一度もなかった。

「いい感じですね」という声が何度か出るようになったのが、作業を始めて三週間目。「そろそろいいんじゃないですか」とスマイリーが言い始めたのが四週間目のことだった。

この頃、スマイリーが改名した。何かと混乱の種になるE式の姓名を改めて良いことになったのだ。多くのコーカソイドが「ゲルマン風」の名前を選び、ホンダ・スマイリーはエックハルト・ウーゼルボーデンになった。

それから二週間ほど、アトウッドとカメリアは最終的な航路図の使用感を検証して、皇帝に提出することを決めた。

こうして新たな銀河帝国航路全図が完成したのだ。

＊

打ち上げは、やはりラープ商会で行われた。

作業をしていた清潔なオフィス翼の奥にある扉からさらに奥に通されたシュテファン・アトウッド少尉とカメリア・ランカフ軍曹、そしてこの一ヶ月の間にホンダ・スマイリーから改名したエックハルト・ウーゼルボーデン軍曹の三人は、賓客《ひんきゃく》を迎えるための応接間に感嘆の声をあげた。

木製アーチに支えられた背の高い空間の壁は書架で覆われ、所々に嵌め込まれたステンドグラスが、七色に染まる夕陽を室内に投げかけていた。アーチの中央に下がるシャンデリアは、細かな円筒を束ねて大きな塊《マッス》を作り出す、ネオ・モダニズム様式の名品のようだった。足音を完全に吸収するカーペットには蔓草《つるくさ》の模様が描かれていた。

おそらくそのほとんどが、持ち主であるローレンス・ラープ三世の故郷、地球《テラ》から持ってきたものなのだろう。地球《テラ》に属していないとはっきり言えるものは、ただ一つ。奥の壁に掲げられた航路図のタペストリーだ。

黒いビロードに銀糸とガラスのビーズで刺繍《ししゅう》された航路図は、地球《テラ》時代の慣習を踏襲して、銀河の北極を上から見たときの配置に合わせたものだ。皇帝に提出した航路図は、オーディンを中心に寄せるために、わずかにずれた角度から見た配置になっている。

堂々としたものだ。

航路図が描く、人類の活動する範囲は直径一万光年。

差し渡しが十万光年あるこの銀河と比べればささやかなものだが、銀河中心から渦を巻いて伸びるオリオン弧の先端を包む程度には広い。

ガラスのビーズで表される恒星の数は、航路図の左下から右上にかけて徐々に減っていく。右上にあるカストロプ系を越えたその右側は、恒星の少ない銀河の腕の隙間に落ち込んでいくのだ。さらに右に進んで、惑星を従えた壮年期の恒星が連なるサジタリウス弧に出会うまでは、一万光年の旅が必要となる。

そして航路図の左側は、無数のビーズで輝いていた。まるで白いもやがかかっているかのようだ。オリオン弧の中心にあたるこの宙域は、変光星や赤色・青色巨星による空間の歪みと、観測の容易ではない星間ガスの密集する危険地帯だ。三千光年とも五千光年とも言われるこの危険地帯を抜けられれば、人類は居住可能な惑星のある領域にたどり着けるのだが、危険地帯を縫って跳躍《ワープ》を行うほどの観測も、座標の収集も進んでいない。

ルドルフの指導力があれば、数万隻からなる亜光速調査船団を放ち、跳躍《ワープ》の可能な座標対を蓄積することも可能なのだろうが、どうやら彼は、掠め取った権限を自分の神格化と側近の幸せのためだけに用いるつもりらしい。

六週間の共同作業の賜物《たまもの》か、アトウッドの口からは皇帝に対する愚痴がこぼれ出た。

「つまらん像よりも、こっちを飾るべきだな。ずっと偉大だ」

「まあまあ」となだめたラープが、アトウッドを席へと誘《いざな》った。

応接間の中央にあるテーブルには、ワインのボトルとフラスコ、そしてグラスが置いてあった。

「みなさま、本当にお疲れ様でした。どうぞおかけください」

ボトルの封を切り、栓を抜いたラープは匂いを確かめてから黒々としたワインをフラスコに注ぎ入れた。

「こちらこそ、ありがとうございます」

アトウッドは、内務省に用意させた勲章を差し出した。対価は支払っているが、ラープの協力がなければこれほどの短期間で航路図をまとめることは不可能だった。フラスコの首を持って振り子のように回し始めたラープは「ありがとうございます」と礼を言って、空いた方の手で箱を引き寄せた。

「もしも帝国のパーティに招かれることがあったら、おつけください。銀鷺市民章です」

「市民？」

ラープがからかうように笑い、アトウッドは「臣民ですね」と訂正した。

「私は臣民になったことなんかありませんよ」とカメリアが続けると、スマイリーことエックハルトが渋い顔で「あんまり茶化すもんじゃないですよ」とぼやく。四人は、それぞれの「帝国」に対する感覚が異なることを認め合えるようになっていた。あるいは、相手を変えることを諦めたのか。

「ありがたく頂いておきますよ」と、誰にとっても不利益のないまとめ方をしたラープが、フラスコを振る手を止めて、ガラスの内側を流れ落ちる赤黒い液体をすがめ見た。

「こんなものでしょう。あとは、グラスの中で開かせながら味わうといたしましょう。すいすいと飲めるワインでもありませんのでね」

「貴重なワインなのですか？」

「古くはあります」

ラープは緑色のボトルをアトウッドに手渡した。分厚いガラスに貼り付けられたエチケットは、アルファベットこそ銀河公用語と共通しているが、アトウッドには読めない言葉で記されていた。かろうじて読めたのは年号だけだ。

「二三七年、というと宇宙暦ですね」

「その通り。ラグラン・ファームで醸造された七十五年ものの古酒ですよ」

「ラグランって、シリウス系のラグラン市《シティ》？」

カメリアはアトウッドの手からボトルをとりあげてエチケットを確かめた。

「ラ・ニュイ・サングラント――何とも不吉な名前。〝染血の夜《ブラッド・ナイト》〟は地球軍の虐殺のことですよね」

「その通りです」グラスの淵から高い鼻を差し込んだラープが答える。「わが故郷が人類から見放された夜ですよ」

ボトルを取り返したラープは、フラスコから、四つのグラスにワインを注ぎ分けた。

「さあ、宇宙を切り開いた先達《せんだつ》たちに乾杯といきましょう。どうぞ、皆さんも」

ラープは空いた方の手で、向かい合う三名にワインを勧めた。真っ先に手を出したカメリアは、グラスをとりあげて縁に鼻を近づけた。

「木の香り？」

「すばらしい感覚ですね。森でお育ちですか？」

グラスに口をつけたカメリアはこくりと喉を鳴らして、半分ほどを一気に喉に通した。

「テオリアの集合住宅ですよ。臭い実を落とすイチョウ並木でよければ、確かに、似てなくもないですね」

ラープは額《ひたい》をぴしゃりと叩《たた》いた。

「これはこれは、曹長には一本取られました」

「軍曹ですよ」

ラープは首を横にふった。

「皆さん、間違いなく昇進しますよ。皇帝陛下の下命をこなして、昇進しなかった軍人はいませんので」

カメリアは興味なさそうにそっぽを向いて、応接室の調度品を観察しはじめた。

「アトウッド少尉もすぐに大尉ですね。ウーゼルボーデン軍曹も、きっとすぐに士官への道が開けることでしょう。良いお名前ですね」

「苦労しましたよ」

エックハルトは嬉しそうにワインを口に運んだが、アトウッドはグラスを持っていない方の手を振って拒絶の意を示した。

「大尉なんて話は辞退しますよ。そんなことになったら、それこそ本当に部隊を率いなければならなくなります。柄じゃありません」

「もったいない。あなたなら、より大きな仕事を成し遂げられるのに」

グラスを揺らしながらアトウッドを見やったラープは、思い出したかのように言った。

「嫌なことなら、無理までしてやらないのが一番ですが、昇進すれば年金は増えますよ」

ふむ、とアトウッドは考え込んだが、あまり意味はないことに気づいた。三十代の半ばで退役した軍人の年金なんてたかが知れている。

香りを増してきたワインを一口含むと、渋みの中にわずかな清涼感が感じられた。ようやく開いてきた、ということなのだろう。アトウッドはグラスを揺らした。

「しかし、落ち着く部屋ですね」

「恐縮です」

アトウッドの視線が、タペストリーとは反対側の壁にあるテーブルで止まった。

「ラープさん、あのテーブルに積んである本は、なんですか？」

サイズを揃えた革装丁の立派な本が並んでいる中で、そのテーブルにある十数冊の書籍だけは雰囲気が違ったのだ。背にも、カバーにも、大きな飾り気のない文字が印刷されていた。逆に厚みは相当薄い。

「依頼されて、集めたものですよ。全部揃ったので来週、オーディンに送ります」

「装飾にしては小さな本ばかりですね」

ルドルフが皇帝になってから、高級官僚たちは自分のオフィスのスクリーンを外して、革装丁の本を並べ始めていた。だが、そこに積んである本からは、権威らしきものを感じない。

「装飾ではありませんよ」とラープは、アトウッドの推測が正しいことを認めた。「どうやら、依頼人は実際に読むつもりのようです。書名をご指定いただきましたからね。いずれも地球時代の書籍です。なかなか興味深い目録になりました。ご覧になりますか?」

アトウッドはかぶりを振って苦笑いした。

「いいえ、結構です。僕は紙の本は読みません。しかし一安心ですね。終身執政官だの帝国だのと言っている官僚たちが、古い本から学ぶのなら、救いがありますよ。どちらのオフィスに納入されるのですか」

「内務大臣です」

誰だったか、とアトウッドは記憶を探る。二年前、ルドルフが銀河帝国皇帝を名乗ってからというもの、毎週のように省庁は改廃されて、それに従い閣僚も入れ替わってしまっている。とはいえ内務大臣クラスを思い出せないようでは情けない。

帝国になる前は、辺境の執政官から叩き上げてきた女性閣僚だった気がするが、後釜に座ったのは、軍人上がりだったかそれとも――。

「エルンスト・ファルストロング内務尚書どのですよ」

エックハルトの答えに、アトウッドは膝を打った。

「ああ、彼か」

エックハルトによく似た金髪碧眼の官僚だ。就任記者会見の代わりに開かれた舞踏会で、遠くから見たことがある。ホロや立体TV《ソリビジョン》ではにこやかな顔しか見せないファルストロングだが、彼が書類にサインするたびに共和制と民主的な組織は解体されていくのだ。

アトウッドの隣でカメリアが席を立った。

「見ても構いませんか」

「ええ、どうぞ。公費でのお買い上げですし、発禁本は一冊だけです」

「ありがとうございます」

本を取り上げたカメリアを見て、エックハルトも立ち上がった。

「私も、見ていいですか？」

ラープはおかしそうに許可を出す。アトウッドも笑いながら言った。

「おいおい、どういう風の吹き回しだよ。君も紙の本を読むのか？」

エックハルトは、カメリアが置いた本を手に取ってタイトルを確認しながら答えた。

「内務尚書どのに会うことがあれば、話を合わせたいと思いましてね――ダーヴィンか。進化論ですね」

いまだ色あせない科学の巨人の名を帝国公用語風に発音したエックハルトに、カメリアは冷たい視線を浴びせてから、積んである本の背を検め、表紙を開き積み戻していく。

「意外だな、内務尚書が科学に興味を持っているとは思わなかった」

アトウッドが、半ば独り言のように言うと、ラープは首をゆっくりと振った。

「科学と呼べるものは、ウーゼルボーデン軍曹が今手にとっている一冊だけですよ。残りは――」

バタバタと本をひっくり返していたカメリアは、最後の一冊を、乱暴にひっくり返してから席に戻ってきた。

「あんなものが、よく手に入りましたね」

ラープは、グラスを揺らして目を合わせずに答えた。

「仕事です。骨は折れましたよ」

「そうでしょう」

見ると、カメリアの肌からは、どんな苦境にあっても輝いていた活力が完全に失われていた。血の気が引いた唇は、まるで灰色の粘土のようだ。

「どうした。体調がすぐれないのならホテルに戻っても構わないぞ」

「いえ――」カメリアは、ラープの顔をうかがってから、はっきりと、しかし小さな声で言った。

「ラープさん。最後の、月面都市《ルナシティ》の市長の自伝は、今も発禁ではありませんでしたか」

ラープがうなずくと、カメリアはアトウッドに身を乗り出して、囁《ささや》くために息を吸った。その態度にアトウッドは驚いた。彼女ほど、権威を小馬鹿にしている人物はいない。何をそれほど恐れているのだろう――だがその疑問は、生涯で一度も聞いたことのない音の連なりが、単語となって頭の中で意味を結んだときに霧消した。

「優生学です」

アトウッドが「まさか」と口にできたのは、エックハルトが一冊目の目次を読み終えて「いやはや、まるっきりわかりません」と言いながら戻ってきたときだった。

まさか内務尚書は、いやルドルフの帝国は、〝血〟による選別を行おうとしているのだろうか。口に含んだワインからは、漂《ただよ》っているはずの豊かな香りと、清涼感が消え失せていた。

＊

シュテファン・アトウッドが登庁した六週間ぶりの中央庁舎には、さらにルドルフ像が増えていた。以前はそれぞれのフロアのエレベーターホールであたりを睥睨《へいげい》していただけだったのだが、今は、廊下の突き当たりごとに像が置かれている。

ラープが教えてくれたカメラアイの噂を裏付けるようなことも起こっていた。ビルのエントランスで行われていた所持品検査は行われなくなっていたのだ。

ロッカールームで制服に着替えていると、見たことのない士官たちが不愉快そうにこちらに視線を寄こしてきた。暗鬱《あんうつ》な気持ちでオフィスに向かうと、鍵が開かなかった。

掌紋認証、パスコード、ＩＤカード、と認証方式を変えながら試しているうちに、ようやく、ドアに掲げられた部署名が書き換えられていることに気づいた。

『宇宙軍統括師団　航路局　帝国軍航路情報統制小隊』

「管理」から「統制」へ、また名称が変わっている。

「辞令、受け取り損ねたかな……」

「どうしました、課長？　そんなところで突っ立って」

振り返ると、カメリア・ランカフがやってきたところだった。

「鍵が開かなくて、困っているんだ」

「じゃあ、帰りましょうか」

アトウッドは吹き出した。

「そうもいかないよ。提出した航路図へのフィードバックが来ているはずだ」

「もう読まなくていいって言われてるんですよ。帰りましょう」

「無茶言うなって――」

言葉が出なかった。

黒に金モールの士官服を着たスマイリー――いや、エックハルト・ウーゼルボーデンが立っていたのだ。階級は、中尉のものだった。

「どうしたんだ」

「よくわかりません。ロッカーに――」

そこで口をつぐんだエックハルトが、唇を一文字に結んでドアノブを掴むと、鍵が解除された。

それぞれのデスクには、辞令や命令書を挟むフォルダーが置かれていた。課員のデスクには樹脂製のフォルダーが、そして隊長席には、皇帝の命令書で見かけた双頭鷲の紋章だけが刻印された革のフォルダーと、四つの樹脂フォルダーが置かれていた。

大股で部屋に入ったエックハルトが自分のデスクからフォルダーを取り上げると、困惑した表情でアトウッドを振り返った。

「これは、アトウッド少尉宛です」

アトウッドは事情を理解した。おそらく自分が使っていたデスクには、エックハルト宛の辞令が載っているのだろう。

「つまりエックハルトさん――いや、ウーゼルボーデン中尉が、航路情報統制小隊の隊長になるということか。おめでとう」

何通も載っている樹脂製フォルダーに挟まれているのは、おそらく昇進の辞令だ。階級を飛ばして昇進できるのは死者だけなので、適当な間隔をあけて昇進させたのだろう。

「何も聞いてませんよ」と、エックハルト。「航路のことなんて何もわからないんです、どうやってまとめるんですか」

「好きにすればいいんじゃない」

カメリアが辞令のフォルダーを開いて見せた。

「私は異動。アルタイル系の第七惑星で鉱山の管理よ。課長も見た方がいいんじゃない？」

「ウーゼルボーデン中尉、どうなってる？」

いますか、と聞くべきだろうか。

エックハルトが手の中のフォルダーを開いて、囁くような声で言った。

「少尉も異動です」

「どこか教えてくれないか」

「シリウス系の、航宙管理センター」

笑いがこみ上げる。誰が決めたのか知らないが、どうやら、航路に関する技能があることは認めてくれたらしい。

「カメリアさん、俺たちは帰ろう。異動の準備もある」

または退職の、だ。アルタイル系第七惑星といえば極寒の囚人惑星だ。左遷というよりも追放に近い。うなずいたカメリアは、アトウッドを待たずにオフィスを後にした。

「じゃあ、元気で。スマイリー」

エックハルトは慌ててデスクを回り込んできた。

「異動の理由を聞かなくてもいいんですか？　僕で良ければ引き止めるための嘆願書を書きますよ。航路のメンテナンスなんて、一人じゃ無理です」

「メンテナンスなんてしなくていいよ。追加で必要な航路はラープから買うといい――待て、シリウスだって？　勤務地はラグラン市か？」

フォルダーを確かめたエックハルトはうなずいた。すんでのところで、ラープに救われたようだ。それとも、彼が全て仕組んだのだろうか。

アトウッドは、エックハルトに敬礼し、七年勤めたオフィスに会釈した。

「さようなら」

＊

「ああもう！」

アップにまとめずにおろしたカメリア・ランカフの黒い髪の毛が、再び軌道に上る着陸船の排気で舞い上がる。顔を覆った髪の毛を擦るようにして後ろに流そうとするカメリアを、シュテファン・アトウッドは見つめていた。

「なんですか。髪型、おかしいですか？」

アトウッドは慌てて首を振る。

「髪をおろしているの、見るのは初めてかもしれないなと思って」

「呑気《のんき》なこと言ってるね！」

大声で毒づいたカメリアは、耳元に口を寄せた。

「課長と違って偽造の身分証なんだから、気を遣ってよ」

「わかってるよ、コニー・ゴウさん。真後ろをついていく」

アトウッドは、到着ゲートに向かう人の流れにカメリアを押し込んだ。言葉通りにすぐ後ろからカメリアを監視している目がないかどうかを確かめて、入境管理へと向かう。アトウッドの使うゲートは「公用」だ。

身分証明書だけで済むはずだが、念のために、紙の辞令も携えてきている。おそらく問題はないだろう。通り抜けたらカメリアがトラブルに巻き込まれないことを祈り、もしも何かあれば助けに入らなければならない。

アルタイル系に左遷された日、帝国軍に辞表を出したカメリアは、その足でローレンス・ラープ三世を訪ね、六週間の作業を行った部屋に「課長」が先回りしていたことと、自分が左遷された理由を知ったのだった。

カメリアとアトウッドの不敬言動を密告したのは、ラープだった。ラープ商会で作業していた最中の言葉を録音し、憲兵に知らせた。

そう告白したラープにカメリアは摑みかかろうとしたが、「俺たちを逃がすためだ」というアトウッドの一言で怒りを鎮めた。ネクタイを直しながらラープは言った。

「肌が白くない君たちは、いずれ軍から追い出される。そしていつか断種される。特にアトウッドさんは早いだろう。金髪と褐色の肌という人種的な特徴の混乱をルドルフは許容できない。その上、思想的にも問題があるわけだからね」

アトウッドにとって、軍と、現在の身分を捨てる理由にはそれで十分だった。

法律の名前がどうなるかはわからないが、近いうちにルドルフは優生思想政策を実施する。軍の人事が人種の差異に基づいて動き始めたことは、改名したエックハルト・ウーゼルボーデンを四階級昇進させたことでも明らかだった。

カメリアはその場で、ラープが用意しておいた偽造の身分証と、アトウッドが赴任するシリウス行きの航宙券をもらった。アトウッドは異動の辞令に従ってシリウスまで行き、ラグラン市に入ったところで、カメリアとともに姿を消す予定だった。

ラープの言葉を思い出しながら、アトウッドはゲートが開くのを待った。

「お二方は、銀河の姿が人の手によって、いかようにも描けることに気づかれたでしょう。そして、あなた方がその術《すべ》を持っていることも」

ラープは、偽造された身分証や衣類、銀行のアカウントなどを用意しながら続けた。

「いずれ直径一万光年が狭くなる日がやってまいります。暗黒の空間を越えて、サジタリウス弧へ向かうか、オリオン弧の中心部を越えて、その向こう側を開拓する人々が出て来ることは必然です」

アトウッドは、ラープが何を求めているのかわかった。

「帝国に先んじて航路を作り、見て欲しくない場所から彼らの目を逸らしてもらうわけですね」

「その通りです」

「場所が必要です。小さくても、不便でも構いませんが、動かない大地が」

航路図のタペストリーを天井から吊ったラープは、航路図の左側で、星のもやに包まれた領域を指差した。危険地帯だ。

ラープはもやの中で、赤く煌《きら》めく輝きに指をあてた。

「地球統一政府時代に、航路を確定した恒星です。もちろん帝国には渡しておりません」

「居住可能な惑星があるのですか」

「ええ。大気に二酸化炭素を欠くため、緑化ができないのが玉に瑕《きず》ですが」

「名前は？」

ラープは首をふった。

「まだ決めていません。あなたのこれから使う名前と同じようにね」

なんだ、とアトウッドは笑った。

「候補を教えてくださいよ」

「ではアトウッドさんの名前からいきましょう」

ラープは、精巧な偽造身分証をずらりとテーブルに並べてみせた。

モキヂ・ルスクエン

ラバナン・ラクシュミ

レナン・ベルナルド

アルフレッド・ルビンスキー……

距離の嘘

近未来を舞台にした小説を書いていると「古くなるのが怖くありませんか」と聞かれることがある。コロナ禍の最中、mRNAワクチンが登場する前に未来の感染症対策を構想した本作など「古く」なりやすい作品の最たるものだろう。

U‐Nextから依頼があったのは、緊急事態宣言下の二〇二〇年の春だった。なんでも書いていいと言われたので、私は当時最大の関心ごとだったCOVID‐19について書くことにした。

この時期、私は三つのCOVID‐19関連作品を書いている。日本SF作家クラブの編纂した『ポストコロナのSF』に寄稿した「木星風邪《ジョヴィアンフルウ》」では、木星開発を行っているような宇宙時代に、感染症のデマゴーグに翻弄された人物を描いた。WiredJapanに寄稿した「滝を流れゆく」では、故郷の奄美大島を舞台に感染症対策の未来を描いている。こちらの作品は抗体タトゥーなどで本作と共通する設定も多い。

「距離の嘘」は、この三作品の中で最も現実のコロナ禍に迫った作品だ。二〇二〇年頃のような過酷な検疫が復活することはしばらくないだろうが、私が「古くなるかな」と思いながら作中で描いた紛争は最悪の形で現実のものとなってしまった。

予測が外れるよりもずっと、こちらの方が悩ましい。

ニキシー管の中でオレンジ色に輝く階数表示が「5」に変わると、エレベーターが止まった。いつもの癖で「開く」ボタンを押そうとした僕は、階数表示以外の全てのボタンが、のっぺりした真鍮《しんちゅう》板に覆《おお》われている事に気づいて、浮かせた手を戻す。

無人のフロントデスクに荷物を置いたあと、メガネに投影された矢印に沿って乗ったエレベーターの扉には、どこにも手を触れないように、と書かれていたのだ。しまったと思った瞬間、英語と、おそらくカザフ語のアナウンスが天井から降ってきた。

《呉《ウー》様、パネルに手を触れないようご注意ください》

「ごめんね」

僕は英語で返して、何にも触っていないことを示すように手を広げながらエレベーターの中央に戻る。

《呉隆生《ウー・タカオ》さま、ご協力ありがとうございます。ただいま、入室をお手伝いするスタッフがエレベーターホールに向かっています。しばらくお待ちください》

「わかりました」

やることがなくなった僕は凝《こ》った作りの籠室《かごしつ》を見渡した。

正方形の床は、黄色と青、赤を基調にした蔓草模様《イスリム》で埋め尽くされていた。中央には二股の花弁が円形のアラベスクに埋まっている。壁はまるで寺院のようだ。金色のアーチの内側は真っ青な青いタイルの中に星が描かれていた。中央アジアのイスラム模様に取り囲まれる機会は滅多にない。

ここはカザフスタン共和国のかつての首都、アルマトイにあるアスタナ航空ホテル。かつては五つ星ホテルだったのかもしれないが、今は検疫滞在所《クアランティン・ハイツ》として使われている。

国によって検疫の方法は異なるが、カザフスタン共和国は中国政府の一帯一路《BRI》検疫規格を用いている。入国者全員を検疫滞在所に入れて集中検査を行い、ＢＲＩ加盟国なら各種のワクチン接種記録とカルテを共有できる。簡単な身体検査を終えれば抗体タトゥーのスタンプを手首に押すだけで解放されるというわけだ。

しかし、日本人の僕は三日ほど滞在しなければならない。不便といえば不便だが、四年ぶりの海外渡航、しかも外国の政府から招待されるなんて初めてのことなので、三日程度の隔離なんてどうということはない。東京に暮らしていれば年に四、五回は、感染症封じ込めのための短期自宅待機があるのだから。

一通り、籠室の内装を楽しんだところでアナウンスが響いた。

《検疫スタッフが五階に到着しました。パスポートをいつでも提示できるようにしておいてください》

僕はシャツの袖を折り返して、菊の紋がうっすらと浮かぶ手首を露出させた。

羽田空港の出国管理で押してきた、ＢＲＩ規格の渡航情報スタンプだ。金属を含んだ蛍光インクは手首に埋め込んである個人情報チップを起動するアンテナになり、入管や検疫官、そして警察が使うＩＤチェッカーに、非接触で短期滞在査証《ビザ》を送信できる。

スタンプは皮膚の新陳代謝とともに二週間ほどで薄れてしまう。効果がなくなったら紙のパスポートを見せればいい、と羽田空港の職員は教えてくれた。ブロックチェーンを使うデジタル署名認証に慣れてしまうと、複製の容易な紙の冊子はどうにもいかがわしく見えてしまうのだけど、実際の信頼性はわからない。ＣＯＶＩＤ－19が収束した二〇二二年に小学校に入った僕だが、伝染病流行の度に行われる隔離政策のおかげで海外に出た経験がほとんどない。北京《ベイジン》に留学していた二年間と、韓国で行われた防疫カンファレンスへの出席、そして、五千名の死者を出したシンガポールの苛烈型手足口病から日本人を帰国させるために当地で一週間ほど働いた程度の経験しかないのだから。

ビザとパスポートのことを考えると僕の胃はきゅっと縮んだ。紙の短期滞在査証を挟んだパスポートを、フロントで預けた鞄の中に入れたままだったのだ。

手首の菊のスタンプが急に頼りなく見えてきた時、エレベーターのドアが開いた。

顔を上げ、胸を撫で下ろした。

真紅のカーペットが伸びる一角には、荷物を満載したワゴンが置いてあり、一番上にパスポートを入れたバッグが置いてあった。一緒に預けたスーツケースと、別便で送っておいた機材ケースも全て揃っている。

「ようこそ、カザフスタン共和国へ」

傍《そば》に立っていたのは、予想していた防護服姿の検疫官ではなく、畝《うね》のある紺色の生地に金の縁《ふち》取《ど》りをあしらった制服姿の女性だった。広い額《ひたい》の下端を真っ直ぐ走る眉毛の下には、茶色にも緑色にも見える複雑な模様の瞳《ひとみ》が輝いている。ぴんと伸びた鼻筋の下で、わずかに大きいなと感じる口がホストらしい余裕のある微笑をたたえていた。

僕と目を合わせた女性スタッフは、ゆるく握った右手を胸の前に掲げ、指を伸ばした左手を、右の拳《こぶし》から少し離れた位置に構えて拱手《ゴンシュ》の礼をした。

慌てて僕も右手を握り、左手で包む拱手を返す。

その時になってようやく、女性スタッフの手袋が薄水色のＰＰＥ（個人用防護具）であることに気づいた。握った右手に左手で触れない拱手も、ウイルスや菌が付着しやすい手のひらで、スイッチの操作などに使う手の甲を汚染してしまわないための工夫だ。よく見ると、顔も反射のないフェイスシールドに覆われているし、金モールに縁取られたクラシカルな制服も、手袋に重ならないように手首が露出する七分袖でデザインされている。

女性はキエフ文字とアルファベットが併記されたネームプレートに指を当てた。

「五階から七階までの検疫を担当するサビーナです。感染症対策のために、呉様の滞在中は、私ともう一名だけがこのフロアに出入りいたします。何かご用がある場合には、フロントに連絡して私をお呼びください。ご不便をおかけします」

「よろしくお願いします」

僕が菊の紋章の浮かぶ手首を差し出すと、サビーナのフェイスシールドに緑のＬＥＤが点《とも》った。

「ビザを確認しました。では、お部屋までお連れいたします。お忘れ物はありませんね」

僕の全身を見渡し、エレベーターの中を確かめたサビーナは、フェイスシールドの右隅に視線を飛ばして、早口の英語で言った。

「五階にお客様を受け入れました。ただいまより当フロアのステータスはレッドに変わります。消毒班、待機してください」

なるほど、こうやって一人ずつ部屋まで案内しているというわけだ。

「このフロアには何人、宿泊しているんですか?」

「呉様で三人目です」

答えたサビーナは、ついてくるように手招きした。背を向けたサビーナの腰には、通信機器らしい装置がついていて、ＬＥＤライトが呼吸をするように穏やかに明滅していた。

荷物を積んだワゴンは置きっぱなしだ。これは、自分で持っていくわけか。

僕が蔓草《つるくさ》のような浮き彫りに覆われた真鍮のハンドルに手をかけようとすると、ワゴンは音もなく後退《あとじさ》る。逃げたワゴンを茫然と見つめていると、立ち止まったサビーナが言った。

「言い忘れました。ワゴンは自走式です。手を触れないでください」

いつの間にかサビーナの傍には、もう一台の背の低いワゴンがつき従っていた。酸素吸入器と各種のスプレー、ＡＥＤ（自動体外式除細動器）が組み付けられた医療用ワゴンだ。側面には、握力を二百キログラム程度まで増幅するパワーグローブがぶら下がっている。日本でも介護施設で使われているが、全身用の外骨格がなければ使い物にならないはずだが——なんてこった。

サビーナの肩の飾りだとばかり思っていた太い金色のモールが生地からわずかに浮き上がっている。これは、外骨格《エクソスケルトン》の骨組みだ。腰のインカムに見えた装置はリチウム固体電池を搭載したパワージェネレーター。

サビーナはワゴンのグローブに手を突っ込むだけで、プロレスラーを易々《やすやす》と電動車椅子《ストローラー》や担架に乗せられる。賓客を泊めていたのだろうクラシックな佇《たたず》まいのホテルは、見かけとホスピタリティを維持したままで、最新の感染防止施設に生まれ変わっていたのだ。

「呉様?」

サビーナが、見とれていた僕に声をかけた。

「ああ、失礼。部屋はどこですか」

「右手にあります。五〇一号室です」

音もなく歩いていくサビーナについて廊下を歩く。サビーナの腰では、外骨格ジェネレーターのＬＥＤが息づくように明滅していた。

廊下の突き当たりにある五〇一号室の前で足を止めたサビーナは、僕をドアの手前に立たせてから医療機器の乗ったワゴンを傍に呼び寄せた。

「五〇一号室に滞在するウー・タカオ様の入室を記録します」

ワゴンの隅から、カメラを搭載したポールが伸びると、サビーナは、カメラに手のひらと手の甲を向けた。

「手袋の交換からですか」と聞いた僕に営業用の笑顔を向けたサビーナはさっそく取り掛かった。まず左手で右手の手袋の袖口をつまみ、裏返しながら外して左手に握りこむ。次に、素手になった右手の指を左の手袋の中に差し込んで内側からつまみ、握りこんだ右手の手袋を包むように裏返しながら外した。正式なＰＰＥの脱着手順だが、ホテルマンらしく、要所要所で指をしなやかに伸ばす仕草が含まれているのが興味深い。

僕は、メガネのつるに指先をあてて、生活記録《ライフロギング》が今の手袋交換を記録していることを確かめた。保健所で防疫教育を行っている友人に見せてあげれば、面白がってくれるに違いない。

「録画《ログ》を友人に見せてもいいですか？」

「もちろんです」

答えたサビーナは、手袋を自走式のワゴンにぽいと投げた。突然の乱暴な振る舞いに驚いた僕が手を伸ばして受け止めようか迷っているうちに、手袋がいきなり消えた。

「今、手袋が……」

息を呑んだ僕は、ワゴンの上で揺れている手袋に気づいた。目にも留まらぬ速さでワゴンから飛び出したマニピュレーターが、飛んでくる手袋をキャッチしていたのだ。マニピュレーターがワゴンの上に手袋を運ぶと、上部が開いて周囲の空気ごと手袋を吸い込んでしまった。陰圧のゴミ箱が用意されているらしい。

「すごいですね。驚きました。そうやって収納するんですね」

僕の予想に反して、サビーナは恥ずかしそうに言った。

「乱暴でごめんなさい。五階のワゴンは最新型ではないんです」

「他のフロアは、違うワゴンがあるんですか」

「はい。エアカーテンの気流を制御して飛んできたリサイクル物資をゴミ箱に入れる装置がついています」

新しい手袋をつけ終わったサビーナは、ワゴンの脇に刺さっているノズルを一つ持ち上げて、ドアの取手にアルコールを吹き付けた。

「建物も古いので、ウイルスが入り込む場所が多いんですよ。そうだ——」言葉を切ったサビーナは、一瞬考えるそぶりをしてから口を開いた。

「吴老師、你是从中国来的吗？（ウー様は中国の方ですか？）」

完璧な北京語《マンダリン》だった。

「いいえ。ビザをご覧になりませんでした？」

僕が英語で答えると、サビーナはシールドのカメラを指差した。

「これで確認できるのは、お名前と、ビザが正当なものかどうかだけなんです」

「ああ、なるほど。僕は日本人なんですよ」

「失礼しました。お名前で勘違いしてしまいました」

母は北京生まれの中国人だが、帰化してから僕を産んだので僕が中国籍を持っていたことはない。姓が中国風なのは、離婚した母が姓を「呉」に戻したからだ。

姓も、普段は「呉」と書く。銀行、役所、病院の窓口では「くれさま」と呼ばれるが、僕のルーツに中国が入っていることを知った人たちは「ゴさん」と呼び、「隆生」と書いて「たかお」と読む下の名前も「リュウセイ」だと信じて疑わない。そんな「ゴ・リュウセイ」が中国語を話せないことを知ると意外な顔をされるけど、アニメの声優になることを夢見て日本語を磨《みが》き、来日した母が家では中国語を話さなかったのだから仕方がない。

北京の清華《チンファ》大学に留学していた時も、僕は英語話者の寮に住んで、授業は英語で受けていたほどだ。日常会話はその時に覚えたが、帰国して片言の中国語を披露すると、母に鼻で笑われた。

僕と中国のつながりはその程度なのだけど、まさか日本国が発行したビザでルーツを意識させられるとは思わなかった。

僕が小学校に上がった頃に離婚した母は、苗字を「呉」に戻し、住民票には「ウー」という読み仮名を登録した。おかげでパスポートやビザの表記も「WU　TAKAO」になっている。

ありふれた中国風のファミリーネームを見たホテルのスタッフが、僕を中国人だと思うのも無理はない。

「日本から来る人は多くないんですか?」

「そうですね。私は初めて会いました。観光するお時間がありましたら、ぜひ教会はご覧になってください。お仕事の合間にでも行けると思います」

「残念ですが、検疫が終わったら、すぐに国境の近くまで行かなければならないんです」

「ウズベキスタン国境ですか？　それとも、中国国境？」

地図を思い浮かべようとして失敗した。ウズベキスタンでないことだけはわかる。僕が行くのは、北東の隅にある難民キャンプなのだ。

「マルカコル、でわかりますか？」

手を止めたサビーナはこちらを向いて首を傾《かし》げた。

「湖の名前なんですが、その近くの難民キャンプに行くんです」

「ソルヴェノク難民キャンプ？　ひょっとして、呉様は、麻疹《ましん》対策の専門家ですか？」

うなずくとサビーナの瞳が輝いて、僕は申し訳ない気持ちになった。

僕は医者ではないし、防疫計画を立てることもできない。防疫分析官の肩書で働いているが、実際のところは感染対策シミュレーターにデータを突っ込むだけのエンジニアなのだ。だが、この際なので話を聞いておくとしよう。幸いなことにサビーナはプロの検疫官だ。

「状況について、何か聞いてますか？」

サビーナは肩をすくめた。

「あまり詳しくは聞いていません。わざわざ外国の方を招くほどだとは思っていませんでした。珍しい型の麻疹でしたっけ」

「はい」僕はうなずいた。データしか触らないが、情報だけは頭に入っている。「二〇二七年に見つかった苛烈型の麻疹です。ウイルスはＭｅＶ－Ｄ５－７です」

二〇二〇年に始まったコロナショックが五百万人の犠牲者を出して収束した時、ワクチン開発のために投資された百五十兆円を超える資金は、ワクチンに限らず、多くの技術を生み出していた。僕も手首に埋めている拒絶反応を起こさない情報チップや、ネットワーク越しにタンパク質を作ることのできる分子プリンターは、防疫を超えて生活を変えつつある。

だが、何よりも変わったのは病気と社会の間をとりもつやり方だ。遺伝子編集技術は、ウイルスの抗体を他人に示す抗体タトゥーに使われた。感染症の流行度合いを示す実効再生産数R0の算定方法にも国際基準が設けられて、ＣＯＶＩＤ－19ほどではない感染症でも、流行を抑えるための社会距離戦略が取られるようになった。

もしも僕が最も重要な技術をあげろと言われたら、組織片からＤＮＡの塩基配列を直接読み取るシリアルシーケンサーだ。小さなセンサーをパソコンや携帯電話に接続するだけで、ＤＮＡを読み取れるシリアルシーケンサーは、世界を変えた。

わずか一塩基の突然変異をも読み取れるようになった技術革新は、「風邪」を数千種類のウイルス疾患に分類し、その他の病気にも細分化を強いた。ワクチンのある麻疹も例外ではなかった。かつて二十四種類と言われていた麻疹ウイルスは、二〇三〇年になった今、九十二種類の「新型麻疹ウイルス」に分類されている。

カザフスタンの国境地域にある難民キャンプで感染者が見つかったＭｅＶ－Ｄ５－７は、そんな「新型」の中でも重症化比率が高い麻疹ウイルスだ。

僕は質問を重ねた。

「麻疹のニュースはいつごろ、入りましたか？」

「確か二週間ほど前だったでしょうか。幸い、キャンプはフェリーと一本だけの道路でしか外部とつながっていないので、キャンプの外で感染者が出たという話は聞いていません。いま、確か二百人ぐらい感染してるんでしたっけ」

「二百三十二人です」と答えながら、僕は胸を撫で下ろした。サビーナが聞いているニュースと、僕が知らされている情報に齟齬《そご》はない。

サビーナはフェイスシールドを指差した。

「麻疹は空気感染しますので、そうなると、こんなシールドでは役に立ちません。N95のPPEが必要になります。隔離期間は――」

「七日間です」

コロナショックを引き起こしたCOVID‐19ほどではないが、三日から五日間の隔離で済むものが多い新型感染症の中では、長い方に入る。その期間、医療と防疫に携わるスタッフたちは皮膚に密着させるマスクとゴーグル、そしてゴムが手首に跡を残すガウンを着用しなければならなくなる。

「呉様はキャンプに行かれるんですか？」

「はい。迎えが来る予定です」

サビーナは、ノズルを手に持ったまま拱手の礼をした。

「封じ込め、よろしくお願いします」

＊

僕は低層のビルが建ち並ぶ港町を、フェリーの上甲板から眺めていた。昼間に訪れれば白い港町と表現したかもしれないが、夕闇の迫る今は、背後の山の間に沈もうとする太陽のオレンジ色と、紫色の空の色に染め上げられている。標高が高いせいか、空の色に濁《にご》りはない。

時刻は午後九時。緯度が上がったせいで、昨日までいたアルマトイよりも一時間は日没が遅い。

夕食の時刻をだいぶすぎているが、まだ明るいせいか、港には土砂コンテナを積んだ平底船が何艘《そう》も行き交っていた。今も、真っ白な砂を積んだ船とすれ違ったところだ。栈橋にはコンテナを積み下ろすためのガントリークレーンも二機並んでいて、桟橋に積み上がったコンテナをトラックの荷台に載せていた。クレーンの奥に建ち並ぶ倉庫からは、ひっきりなしにトラックが出入りしている。

街路に張り渡された色とりどりの日除《タープ》けがなければ、中央アジアの都市だとすら思わなかったかもしれない。

拡張現実で表示させた町の名前は、難民キャンプに冠された「ソルヴェノク」だが、七十万人が暮らすというキャンプの気配はどこにもない。フェリーの乗務員たちに難民キャンプの場所を聞いてみたが、みな、桟橋の向こうに広がる港町を指差すだけだった。僕の英語がまずいせいだろう。

僕を現地でサポートする予定だった「S・アマネ」というスタッフは、アルマトイでの検疫が終わった今朝になって、迎えに行けなくなったという電子メールをよこしてきた。さすがに困るよ、と返したが、そのメールに対する返事はない。

仕方がないので、僕はアマネのメールに書いてあった旅程をなぞって、一人でここまでやってきた。

ホテルから無人タクシーで向かったのはアルマトイ市の北部にあるボラルダイ地方空港だった。滑走路には確かにアマネがチャーターした小型機が用意されていた。湖の点在する高地を眼下に見ながら、大きく揺れる飛行機で五時間飛んだ末に到着したのは、ここマルカコル湖の南にあるマトバイという小さな港町だ。僕はやはり指示に従って、港で待っていたフェリーに乗った。

アマネのメールにあった旅程はそこで終わる。

何かの行き違いがあったのだろうが、今日はホテルを自力で探すことになりそうだ。

「まいったな」

そうつぶやいた時、フェリーに一艘のクルーザーボートが近づいていることに気づいた。

夜の色に染まった湖水をオレンジ色に染まった航跡《ウエーキ》を引いて、ボートが近づいてくる。船体の中央あたりにある船室《キャビン》から突き出したポールには、赤い菱《ひし》が描かれた旗と、オレンジ色の旗が掲げられていた。赤い菱は、イスラム圏で赤十字の代わりに使われる赤水晶《レッド・クリスタル》旗。つまり医療関係者の船、ということだ。もう一つの、黒い線が横に一本だけ走るオレンジ色の旗はなんだろう――メガネのつるに手を当てて、拡張現実のリファレンス表示を重ね合わせる。

「国際難民旗?」

真新しい船だが、難民キャンプが保有しているのだろうか。

キャビンから、ライフベストを着た人物が舷側に出てきて操縦席に何かを言うと、ポールには新たに二つの旗が現れた。黄色と黒のチェック旗と、青の十字だ。リファレンスを表示したままのメガネが、旗の傍にテキストを描き出す。

国際信号旗：即時停船を求む。当方の実施を待ち、信号に注意せよ。

同時に、フェリーのエンジン音が低くなり、船は止まった。船首から金属を打ち合わせるような音が続く。しばらくしてドンという衝撃が船体に走った。桟橋まではまだ二百メートルほどあるが、難民旗を掲げたクルーザーに従って投錨《とうびょう》したらしい。

「呉さんですか」という声に振り返ると、いつの間にか降りていたタラップの手前に二人の人物が立っていた。

登山パンツにフィールドジャケットを羽織《はお》り、緩く巻いたスカーフで髪の毛と口元を隠している女性と、白いスタンドカラーの長衣を身に纏《まと》い、スカーフを被《かぶ》った伝統衣装の男性だ。二人ともライフベストを身につけたままだったが、女性の手にはもう一着、ライフベストがぶら下がっている。

黒いナイロンのテープで縁取りされているライフベストの配色は、彼らが掲げている難民旗と同じデザインだった。いや、逆だ。難民旗がライフベストの意匠を取り入れているのだろう。

声をかけてきたのは女性の方だ。

女性は着ていたライフベストを脱いで、手に持っていたものと重ねて床に置いてから拱手礼をして言った。

「呉さん、アルマトイでお迎えできず、申し訳ありません。ソルヴェノク難民キャンプのCDC(疾病予防管理センター)ディレクター、アマネ・ソラカワです。こちらは、キャンプの議会で暫定議長を務めているアフマド・アル＝ファヒームさん」

ここまで英語で言った女性は「空に川、周囲の周に音色の音で、空川周音です」と日本語で付け加えてから、口元を覆っていたスカーフを首元まで引き下げた。

現れたのは、灰色の髪の毛を短く整えた、年の頃五十歳前後の初老の女性の顔だった。日差しの強い場所で活動していたことを思わせる皺《しわ》が、口元と額に深く刻まれていた。空川がファヒームに顔を向けると、男性はサングラスを外してから、ややぎこちない拱手の礼をした。

こちらはぐっと若い。三十代の後半ぐらいだろうか。褐色の肌の真ん中で、空と同じ色の瞳が輝いていた。

僕も拱手で自己紹介をする。

「はじめまして。タカオ・ウーです。お招きいただき、ありがとうございます。麻疹の流行を、少しでも食い止められれば幸いです」

「先生《ドクター》、こんなところまで来ていただいたことに、深く感謝します。私を呼ぶ時はアフマドで構いません。日本での経験を生かしてくださることを期待しています」

流暢な英語でそう言ったファヒームは、これから物資の確認に行くと付け加え、もう一度僕に拱手の礼をしてから、後部甲板にある船室に入るための階段に向かった。迷いなく歩くファヒームの後ろ姿を見送りながら、空川は苦笑まじりの日本語で言った。

「ごめんね、ゆっくり紹介できなくて。彼は七十万都市の市長みたいなもので、仕事は病気にまつわることだけじゃないから」

「構いません。それよりも空川さん、日本の方だったんですか」

「そう。そういえば、ワクチンは打ってある？」

「はい」

僕はシャツの袖をめくって、手首の内側を空川に向けた。菊のパスポートアイコンの上に、子供の横顔に斑点が散らされた麻疹の抗体タトゥーが輝いている。うなずいた空川はスカーフの下からグラスを引き上げて、オレンジ色がかった拡張現実グラスごしに手首のアイコンを確かめた。〈フュージョンＲＴ〉などの拡張現実レンズ越しに見ると、斑点のパターンで、九十二種類ほど同定されている麻疹ウイルスのどれに対応しているのかがわかるはずだ。

スタンプはホテルで行った検査の総仕上げに押してもらったもので、僕が九十二種類全てに免疫を持つことを証明してくれている。スタンプのインクに含まれる試薬と遺伝子編集ドライバーが、抗原抗体反応を持つ表皮細胞を書き換えて、蛍光特性を持たせているのだ。

「はい、確かめました。こちらもどうぞ」

空川はジャケットの袖を引き上げて手首をこちらに見せてくれた。コロナ三種《トリプレット》抗体、苛烈型ライノ抗体、重症化インフルエンザ抗体のスタンプが並ぶ上腕には、一番肘に近いあたりに、僕の手首にあるのと同じＭｅＶ－Ｄ５－７に対応した子供のアイコンがあった。

危険なウイルスを持っていないことを確かめ合った僕と空川は握手を交わした。

「はじめまして。お会いできて嬉しく思います」

「ようこそ。ソルヴェノク難民キャンプへ」

空川はそう言って、両腕を広げた。まるで背後に広がる港町を指し示しているようだ。

「まさか、町そのものが難民キャンプなんですか」

空川が右の方に顔を向けると、湖の奥から風が吹いた。湖面は波立ち、カモメが甲板すれすれに飛びすぎていく。空川の眼差しはカモメたちのさらに奥に注がれていた。つられてそちらに目を向けると、二キロほど先にある、ソーラーパネルのような構造物を備えた塔を見ていることがわかった。パネルの下で赤い光が点って、ゆっくりと消えた。

「見えるかな。あの灯台がキャンプの南側境界。北側はあそこまで」

空川は反対側に立つ灯台を指差した。こちらも形は同じだが、白い灯《ひ》が点っている。

「これ全部がですか?」

差し渡しで五キロ、いや、八キロはあるだろうか。

「そう、この二つの灯台に挟まれた湖岸から山の稜線まで、見えている範囲全てがソルヴェノク難民キャンプです。前は電気柵に囲われた荒地にテントが並んでいるだけでしたが、ここまで成長しました。見えますか?」

空川は町の奥に広がる山を指差した。町が終わるところからまっすぐに、黒い線が走っている。

「鉄道ですね」

「そう。あれは鉱山鉄道。キャンプの鉱山に通う鉱夫の通勤と、鉱石の移動に使っています」

拡大して見つめていると、山の中腹でぽんっと土煙が上がって、周囲に散らばっていたブルドーザーやダンプカーがその場所に集まっていく。露天掘りというやつだ。

「何を掘ってるんですか?」

「リチウムを七パーセント含有するペタライト鉱石よ。キャンプの裏山にはペタライトの鉱脈が露出してるのよ。見える? 山肌を斜めに走る少しだけ青っぽい筋がそれなんだけど、わかるかな」

拡張現実レンズを指した空川にうなずくと、彼女は宙に指を走らせた。僕の眼鏡に投影された〈フュージョンRT〉の拡張現実が、点滅する薄い蛍光オレンジで塗りつぶされる。筋と言った空川の言葉とは裏腹に、VRマーカーで囲われた、砂色の中に青白く見える地面は山肌の半分以上を占めていた。

地面をかき取って運ぶだけでリチウムの原料が集められるなら、確かに大きな産業になるだろう。ニュースで名前を聞くのはリチウムイオン電池にリチウム固体電池、そして水酸化リチウム電池。いずれもリチウムが絶対に必要だ。

必要なのは労働力だけで、それは難民が供給してくれる。

「なるほど、難民に鉱夫をやらせているわけですか。カザフスタン政府もうまいところに目をつけたものですね」

空川がくすりと笑う。

「強制労働だとでも思った？」

「ええ、まあ。給与ぐらい出るんでしょうけど」

「あの鉱山はキャンプが所有してるのよ」

空川は宙に指を踊らせて、線路の行く手にある白い建物をＶＲマーカーで囲んだ。

距離があるからはっきりとはわからないが、建物は、左右に二キロメートルはあると言われても不思議はないほどの長さで横たわり、十何本か並ぶ煙突からは、白い煙があがっている。

「あれは炭酸リチウムを抽出するプラント。ペタライトからリチウムを抽出するためには、一度砕いて水に浸し、リチウムの水溶液を作る必要があるわけ。それをプールに流して電気分解みたいな方法で取り出すから、あんな風にひょろ長いプラントが必要になる。プラントの抽出ラインは五キロメートルで、中央アジア最大規模よ」

「……まさか」

「あの鉱山もこのプラントも、経営してるのはソルヴェノク難民キャンプの理事会なの。設立資金を出したのは政府の天然資源開発機構だけど、現在の最大株主は、難民キャンプの市民たちが経営している持ち株会社で、さっきのファヒームさんが代表を務めてる」

空川が二本指を振ると、〈フュージョンＲＴ〉の中で、プラントの周囲に、半透明の新たな建物が描かれた。

「これが完成時のソルヴェノク・リチウム濃縮プラントの完成予想図。今の抽出工場のラインを延長して、炭酸リチウムを塩化リチウムに合成できるようになる。再来年には、電池に直接使える金属リチウムの化合物を作れる予定。あと二年で、カザフスタン政府から全ての株を買い戻して、世界最大のリチウム工場にできる」

僕はため息をついた。

「カザフスタン政府も太っ腹ですね。露天掘りのできるペタライト鉱山なんて、喉から手が出るほど欲しい国があるんじゃないですか？」

「もちろん」と空川が再び笑う。

同じ表情に見えたのだが、僕は背筋に冷たいものが走るのを感じた。空川は僕の反応を待っていたらしい。笑顔を消して山を指差し、ソヴィエト連邦の跡を継いだ大国の名前を吐き捨てるように言った。

「……あれ？　国境って、そこでしたっけ」

ホテルで国境は確かめておいた。この湖は確かに国境地帯だが、アルタイ山脈を走る国境まではまだ百キロあるし、そもそも国境の向こう側は中国のはずだ。

「実効支配って言ったでしょう？　連中、国境の内側に入り込んできたのよ。二十年前のこと」

「二十年というと――このキャンプができた頃ですね」

「正確にはキャンプができる直前ね」

僕は乾いた山肌に目をやった。

「侵略してきた軍の手前にキャンプを作ったんですか？」

空川はうなずいた。

「そう。カザフスタン政府は、侵略から逃げてきたユーゴやチェチェンからの難民にこの場所を割り当てて、定住を認めた。国際社会に監視してもらうためにね。そしてキャンプは町になったってわけ」

言葉を失った僕の横に回り込んだ空川は、桟橋の近くの一角を指差した。

「驚くのは早いよ。病院なんかもっとすごいんだから」

メガネに組み込まれた拡張現実レンズが望遠モードに切り替わる。

二つのヘリポートに隣接した白いドームのある建物を、僕は渡航前に何度も見ていた。壁一面に並んだクリーンチェンバーでロボットが検査を続けている光景や、東京でも目にすることの少ない遠隔治療対応型のＩＣＵや、フロアごとに気圧と空気の成分、換気の手法を変更できる隔離病棟で手当てを受ける麻疹患者の映像には心底感心したからだ。

だけど僕は、その映像が首都か、高層ビルの建ち並ぶ最大の都市アルマトイにある中央病院で撮影されたものだと思い込んでいた。

「立派な病院ですね」

「小国の中央病院に匹敵するけれど、七十万人都市だと考えると、病床は全《まった》く足りていない。日本の方が整っているところも多いはずだけど。あ、そうそう。エアコンはあるから安心してね」

明らかに、ふざけているとわかる言い方に僕も笑った。

「そんなこと、心配してませんよ」

「笑えるのは町になった今だからよ。できた頃は本当に、イメージ通りの難民キャンプだったんだから。ビニールシートのテントと、穴を掘っただけの井戸とトイレ」

「できた頃をご存知なんですか?」

「感染症のたびに呼ばれてるの。今回は五年ぶりかな」

僕は、ホテルでも確かめていたソルヴェノク難民キャンプの隔離記録を呼び出した。

二〇二一年：ＣＯＶＩＤ－19の世界感染第三波を防衛するための隔離。入境感染者数十三名。域内感染者数二千四百七名、死者百五十一名
二〇二七年：ＨＦＭＤ30（苛烈型手足口病）のアジア圏感染拡大を防衛するための隔離。入境感染者数十二名。域内感染者数四十八名、死者二名。
二〇三三年：ＣＯＶＩＤ－19の世界感染第七波を防衛するための隔離。入境感染者数八十五名。域内感染者数四名、死者なし。
二〇三八年：ＭｅＶ－Ｄ５－７（麻疹）の孤立発生。感染者数二百三十四人、死者なし（二〇三八年八月時点）。

「これ全部、空川さんが担当されているんですか」

「正式に担当したのは初回のＣＯＶＩＤ－19だけ。あとはワクチン待ちのせいで入域が遅れたから、助言しただけ。今回、担当者になれたのは結婚した時にやっておいた麻疹の統合ワクチンがまだ効いてたから」

　僕は記録を見直した。

「しかし、立派です。町だって初期はこんなに設備が充実してはいなかったでしょうし」

「まあね」

　中央アジアで大流行した手足口病の入境者が十二名というのは、普通の都市では考えられないほど小さな数字だ。出入りも管理しているのだろうが、やはりこれはキャンプという特殊な環境ならではだろう。年に四、五回は感染症対策のために社会距離戦略を行う東京から見ると羨まし

い限りだ。

医療体制も立派なものだ。日本で八百名近い死者を出したＨＦＭＤ30を、わずか二名の死者で乗り越えたのは称賛に値する。

驚くべきは第七波のＣＯＶＩＤ－19対策だ。八十名を超える感染者を入れておきながら、中での感染をほぼゼロに押さえ込んでいる。感染者の追跡には自信があるのだろう。

だがそれだけに、今回の麻疹発生は痛手になる。

「どうなんですか、麻疹は――」と言いかけたところで、汽笛が鳴った。

僕と空川しかいなかった甲板に、スタッフたちが現れて、装具を確かめて回り始める。どうやら入港するらしい。

空川が、足元に脱いであったライフベストを取り上げて羽織り、同じものを僕に差し出した。

「私たちはボートで先乗りしましょう」

ベストを受け取った僕は、その重さに思わずバランスを崩した。緊急時に膨らむタイプのライフベストだと思っていたのだが、ベストに織り込まれていたのは発泡ウレタンのフロートではなく金属の板だったのだ。

「これ……防弾ベストですか？」

「そうよ。室内では脱いでいいけど、外出する時は必ず身につけて。行きましょう」

慣れた手つきでベストのストラップを締めた空川は、クルーズボートに降りるタラップに僕を誘《いざな》ってから、通り過ぎていく甲板員たちに目配せして、声を潜めた。

「麻疹の話は、ボートで」

＊

タラップを降りて白いクルーズボートに乗り移ると、キャビン脇にはフェリーに預けておいたスーツケースと機材ケースが積み上げられて、防水シートで覆われていた。

預けたものが全てあることを確かめてから、甲板から一段下がったキャビンのドアに手をかけようとすると、見ていたかのようなタイミングで内側からドアが引きあけられる。

ノブに手を伸ばしかけていた僕は軽くバランスを崩したが、キャビンの内側から伸びた大きな手が肘の外側を柔らかく摑んで、真っ直ぐに立たせてくれた。

礼を言おうとした僕は、スタッフが小脇に提げた自動小銃に目を奪われてしまった。

鉄、としか言いようのない本体と、艶のある木の握りが組み合わせられているカラシニコフ小銃だ。映画やゲームでは何度も見ていたはずだが、間近で見る実銃は、想像よりもずっと厚みがあった。

固まってしまった僕に不思議そうな目を向けたスタッフは、後からやってきた空川に手を貸すためにキャビンの外に出た。

銃が視界から消えて安心した途端、香の乾いた匂いに包まれていることに気づいて、タープが張り巡らされている室内に目を見張った。壁は濃い赤色のキルトに覆われ、外から見た時にはあったはずの窓が隠されていた。ソファのような家具はなく、床一面にカーペットが敷かれている。

その中央で、水色の旗に向かって頭《こうべ》を垂れる白い獅子《しし》は、何種類もの白い糸で刺繍《ししゅう》された細かな蔓草紋様で描かれていた。調度品の価値を気にしたことはないけれど、この刺繡が、信じがたい手作業の末に生まれた工芸品だということぐらいわかる。

カーペットの、ドアに面していない三方の辺にはクッションがびっしりと並んでいて、それぞれのクッションにも、凝った紋様が刺繍されていた。

正面のクッションに寄りかかるようにして、床に座っていたのが、空川と一緒にフェリーに乗船してきたアフマド・アル＝ファヒームだ。白い長衣は船上で見た時のままだが、髪の毛を隠していたスカーフは傍に置いてあり、くしゃくしゃの黒髪が額に垂れかかっていた。右の耳には簡易型の拡張現実ヘッドセットをかけていて、空川が使っているのと同じオレンジ色のレンズが目の下に支えられていた。

ファヒームの正面には、厚みのある銀色のトレイが置いてあり、穴の開いた板の上には素焼きのカップがずらりと並んでいた。その横には銀のポットが置いてあった。

「ようこそ、先生。どうぞお座りください。苦手でなければチャイもどうぞ」

ファヒームは右側のクッションに手を差し伸べて、もう一方の手でポットを取り上げてカップにチャイをかけまわした。カルダモンが強く薫《かお》って、溢れたチャイは簀子《すのこ》から落ちていく。

靴を脱いでカーペットを踏むと、ファヒームがくすりと笑った。

「アマネもそうだけれど、日本人はいいね。注意しなくても靴を脱いでくれる」

なるほどと思ったが、たとえ靴を脱がない文化圏でも、この見事なカーペットを土足で踏むのは躊躇《ちゅうちょ》するだろう。クッションの手前にあぐらをかいて座ると、ファヒームが拱手礼をした。

「さっきは自己紹介をする時間もなかった。私はアフマド・アル＝ファヒーム。ソルヴェノク難民キャンプ・コーポレーションのＣＥＯだ」

「コーポレーション――会社なんですか？」

船では議会《カウンシル》の議長《チェア》、と紹介されていた気がする。指摘していいかどうか迷っていると、向かいに腰を下ろした空川が助け舟を出してくれた。

「ファヒームさんのことは、議長だと紹介しました」

「なるほど、そっちか」巻き毛に指を差し込んで頭をかいたファヒームは僕に向き直った。「いろいろと兼任していて、なんと名乗ったか覚えられないんだ。確かに議長が一番わかりやすいかな。キャンプ法人の代表でもあるし、警備員の指揮官でもある。病院は見た？　あそこの院長もやってるし、基金の金庫番もやってる。小さな町だからなんとかなってるよ」

「いえ、立派な町ですよ」

フェリーから見えたのは正確に言えば「街」だった。行政区分なら「市」がいいだろう。なにせ七十万人もの住民がいるのだから。

僕はあぐらを正座に組み直して、ファヒームの手の届くところに名刺を置いた。

「ＪＣＤＣ（日本疾病予防管理センター）の感染対策室で、データ分析を行っている、タカオ・ウーです。よろしくお願いします」

名刺をとりあげながらファヒームが感心したように言った。

「今のはいいね」

「なにがですか？」

「座り方だよ。ヴァジーラサナに変わったところが、実によかった」

「ヴァジーラ、ええと、なんですか？」

空川がくすりと笑う。

「ヴァジーラサナはヨガのポーズよ。ファヒームさん、日本語ではセイザと言います。正しい座り方、という意味です」

「セイザか。いかにも日本的な音もいいな。私はあまり気にしないが、キャンプには敬虔《けいけん》なムスリムも多い。来客があると感染の有無を確かめる前に、握手や抱擁をしてしまうんだ。親しくなれば頰擦りもする」

「宗教上のルールがあるんですか？」

「ルールというほどかたいものじゃない。ハッジーダというムハンマドの言行録を真似《まね》るわけだ。だが、例のコロナウイルスの後は、ハッジーダにない拱手をするようになった。これは大きな変化だろう？」

「はい」

「だが、拱手も万能じゃない。カーペットに座っている時は横柄に見えることも多いらしく、どうしても握手に戻ってしまう。頭は無闇に下げられないが、セイザはいいな——」

言葉を切ったファヒームは名刺を見つめていた。

「先生は、ドクターではないのかな？」

フェリーで呼ばれた時から気になっていたが、なるほど、そういう意味か。

「博士号《ドクター》を持っていなければいけませんか？」

ファヒームは目だけ動かして空川を睨む。その、まるでモノを見るかのような表情に寒気《さむけ》がしたが、空川はうんざりした口調で答えた。

「呉さんがドクターじゃないのはもう知っているでしょ。ドクターを持っていようがいまいが、東京のMeV‐D5‐7パンデミック追跡で中心的な役割を果たしたのは確かなんだから」

「しかし——」

「その話は終わり。呉さんは私たちの招きに応じて来てくれた。それだけでいいじゃない」

ファヒームは僕に顔を向けた。

「じゃあ呉さん、でいいかな。これからMeV－D5－7対策を助けていただくわけだが、あの疾患について、何か伝えたいことはあるかな」

「え？」

僕の仕事は、感染対策プログラムに突っ込むデータの整形だ。行動データの集合体である〈マザー・オーシャン〉を作り、感染対策シミュレーターのパラメーターと結びつけてから、地域ごとに集計を行うのだが、出てきた数字の評価はできないし、ゾーンと呼ぶ地域の設定も自分では設計できない。

今言えることは、とにかくデータを大量に用意してほしい、ぐらいだ。

「ファヒームさん、ちょっと待ってあげて」空川が口を挟んで、僕に日本語で言った。「正直に、やったことを伝えればいい。レポートに残っているあなたの言葉には責任感があったから」

「ありがとうございます」と、答えながら、僕は二年前の現場を思い出していた。

霞ヶ関《かすみがせき》にある内閣府合同庁舎の一角に用意された〈苛烈型麻疹2028対策室〉だ。

二〇二七年の暮れにブラジルで発見された麻疹ウイルスMeV－D5－7は、二千名の死者を出しながら世界中にゆっくりと広まった。東京に上陸したのは年明けの二月。渋谷区の産婦人科で見つかった麻疹がMeV－D5－7による苛烈型だった。

厚生労働省はすぐにJCDCに対策チームの編成を命じ、霞ヶ関の合同庁舎にスタッフを集めた。室長は厚生労働省の係長で、医長はJCDCの博士。この二人が中心人物となって、社会距離戦略の段階と範囲を決定していた。二人にはそれぞれ秘書的な役割を担う官僚がついていて、日がな一日、時には深夜まで答弁書の作成に明け暮れていた。

この部屋に僕はいた。仕事は、二人の官僚に数字を渡すデータ分析官《アナリスト》だ。名前だけは偉そうだが、毎日やっていたのは定型的なデータ処理だ。

登庁した僕がまずやることは厚生労働省のサーバーにある接触追跡データと、携帯電話会社から提供された位置情報付きの行動ログ、そして警備会社が提供してくれる防犯カメラでの行動追跡、そして僕も手首に埋めている国民番号インプラントの移動状況を重ねあわせた、国民行動データを作っておくことだ。

無名化された一億四千万人が三十秒ごとにどこにいたのかを記録した行動データの塊を、僕たちアナリストは〈マザー・オーシャン〉と呼ぶが、五十テラバイトほどになる巨大なデータにセキュリティ企業から提供されたハッキングツールをかけて、プライバシーが侵害される危険はないことを確かめたところで、午前が終わる。

午後は、正午までに届いた保健所や病院、コールセンターから集められた感染情報を計算できる状態にする作業に忙殺される。検査機器が送ってくるＸＭＬや保健所の技師がアップロードする生データはそのまま使えるが、人の手が入ったデータはフライトチェックを通して、明らかな入力ミスを取り除かなければならない。

面倒だが、ここまでの作業は三十分ほどで終わる。午後の残りは全て、感染報告書式に手書きして送られてくるファックスや、手書きの電子カルテを片《かた》っ端《ぱし》からＯＣＲにかけて、意味のあるデータにしていくことに費やしていた。

一日の最後に行うのが、地域ごとの集計だ。東京を三百のゾーンに分割して、それぞれの地域ごとに感染者の出入りをレポートする。ゾーンを増やせばきめ細やかな対策が行えるが、〈マザー・オーシャン〉の粒度が足りないのに細かく分割してしまうと、ゾーンごとの集計が意味をなさないほど粗《あら》くなる。そのバランスは僕がとっていた。

夕方、全ての準備を終えた僕はゾーン集計を印刷すると、この時だけ部屋にやってくる広報部長子飼いのスタッフがそれを握りしめて大臣と記者の待つ二階の会議室へと走る。その様子を見送って帰り支度をするのが僕の日常だった。

頭を使う仕事ではないし、何かを決定したこともない。分析する仕組みを作ったのなら自慢もできるが、全てのツールはＪＣＤＣが外部のソフトウェア開発会社に発注して作らせたものだ。仕様の策定にすら関わっていない。

対策室が解散する時にレポートを書いたが、これもテンプレートを埋めただけ。

それどころか、僕はＪＣＤＣの正職員ですらない。

内閣府から麻疹対策室の設置を要請されたＪＣＤＣがジョブマッチング会社を通して雇った、短期契約スタッフだ。合同庁舎に通った三ヶ月の間に大きなミスは出さなかった。累計五千二百名ほどの感染者を出したが、死者を百三十二名で食い止めた麻疹対策室が解散した時も、この手で感染の拡大を防いだという実感もなかった。

だから、ソルヴェノク難民キャンプから招かれたのは驚きだった。どうやら空川はファヒームの反対を押し切って僕を呼ぶことを決めたらしい。

「よければ、僕の何が良かったのか教えていただけますか」

「レポートから感じられる呉さんはフラットでした」僕を見つめて、空川はゆっくりと言った。

「レポートには、何の色もついていませんでした。数字を、ただ数字として扱っていました。対策がうまくいっているとかいないとかに関係なく、数字を読み取る人に届けるだけのレポートでした」

「そのとおりです。テンプレートに当てはめて作っただけです」

つまり誰にだってできることだ。だが、空川は首を横に振った。

「何も足さない、何も引かない。それだけのことなのに、それができているレポートは意外と少ないんです。今回も同じようにしていただけますか。数字を真摯に追いかけてくれるアナリストを必要としているのです」

「あとは——」

空川が言いかけた言葉を切ってファヒームに言葉を譲った。

「安全対策だ、呉先生。すまないが、ドクターと呼ばせてくれ。キャンプにいる間はアマネさんと二人で行動してほしい。サイードをつけるので彼の指示に従ってくれ」

ファヒームはドアの外に立つ警備員に顎《あご》をしゃくった。

「日本からきた先生が、銃に慣れていないのはわかるが、すまない。簡単な英語は通じるので、不満に思うことはなんでも言ってくれ」

見られていたのだ。

「わかりました。でもキャンプの治安は、悪——いや、あまり良くないんですか」

聞いてはいけないことだったかもしれないと思って空川を窺ったが、彼女は平然と、彼女以外に誰も手をつけなかったチャイのトレイからカップを持ち上げて、三杯目を楽しんでいた。僕の視線に気づいた空川は、カップの中身を飲み干してから口を開いた。

「キャンプの治安は悪くない。食べるのに困らない基礎収入《ベーシック・インカム》が出るから、外国人にたかるようなこともない。犯罪に巻き込まれることは、まずないと思っていいよ」

「じゃあ、何があるんですか?」

唇を歪めたファヒームが、山の向こうを実効支配している例の大国の名前を吐き捨てるように言った。

「しばらくおとなしくしていたが、大統領選が近づくと嫌がらせをしてくるんだ――サイード！」

キャビンのドアが内側に小さく開いて、僕と空川を支えてくれたボディーガードが後ろ向きに滑り込んできた。ファヒームは、壁にかかるタペストリーを指差した。

「今なら大丈夫かな」

顔をしかめたサイードは、スカーフを引き上げて顔を覆い、僕の後ろの壁を見た。

真っ黒な布に顔を覆われたサイードは、遠くを見渡すように首をゆっくりと動かした。どうやらマスクの中に仕込んである拡張現実バイザーで外を見ているようだ。スカーフは密閉型のマスクも兼ねているらしく、微《かす》かなコンプレッサーの音も聞こえた。

左右に首を振ったサイードは、ファヒームに顔を向け、僕にわからない外国語を胸のあたりにあるスピーカーから響かせて、指を三本立てた。

「三人か。ちょうどいいんじゃないか？」

ため息らしい音がスピーカーから漏れてくる。

「先生、どうぞ」

サイードは僕の後ろに回って、タペストリーの脇を持ち上げて、マジックミラーらしい窓を指差した。どうやら外を見るように、ということらしい。ファヒームを見ると、彼も同じように窓の外を見るように促していた。

膝立ちになった僕がまず見たものは、桟橋のコンクリート壁だった。

だが、様子がおかしい。その上に広がっているはずの空が何かで隠されているのだ。窓に顔を近づけて左右を見渡した僕は、桟橋の上に薄い布が張られているのだとわかった。フェリーから見た街路に掛け渡されていたタープのようなものだ。

とにかく、桟橋にかかっている布は船を覆い隠しているようだった。

「何も見えませんよ」

顔を戻した僕に、サイードが言った。

「布、目隠し《ブラインド》だ。もうすぐ、もう一回、見てください」

なにの？　と聞く前にポッという音が耳に届いた。

外からだ。窓に顔を向けると遠くでタープが揺れていた。よく見ると、揺れの中心には拳ほどの大きさの穴が開いていた。さっきまでなかったものだ。なんだろうと思うと、その穴のこちら側にもう一つの穴が開いて、再びタープが揺れた。

穴の正体に思い至った時、僕の予測が正しいことを告げる音が、微かに、だがはっきりと聞こえてきた。銃声だ。

さらにポッ、ポッ、と穴が増える。

狙撃だ。弾痕はまるで足跡のように、タープに穴を開けながらこちらに近づいてくる。狙われているのはこの船だ。

「――あ、あ、あ」

誰の声だよ。狙撃されてるんだよ。この船が。

「ああ！　わあああ！」

黙れよ！

「だま……だま、黙れえ！」

叫んでいるのは僕だった。立ち上がろうとしていた僕は、カーペットのたるみにかかとを引っかけてバランスを崩してしまう。なんとか手をついたが、恐怖に強張《こわば》った体は人形のように床に落ち、尻から崩れ落ちてしまう。腹這いになって逃げようとしたが、クッションにかけてあるキルトを巻き込んでしまい、身動きが取れない。

「出せ、出せ、ここから出せ——だせ……って」

キルト越しに背中から抱きしめられた僕は、目を何か柔らかいもので何かで覆われた。

「昊さん落ち着いて。ここは大丈夫だから、落ち着いて」

空川の声だった。「はい」と答えた時、彼女も日本語で話しかけていたことに気づいた。僕は目を覆う布を毟《むし》り取った。

「空川さん、話が違います。ここは——」

「大丈夫。絶対に当てさせないから」

「そうじゃなくて。ここ、あれ、撃《う》たれてるんですよね！」

うなずいた空川は、オレンジ色の拡張現実グラス越しに桟橋の方を見つめていた。すぐそこでグラスの縁が緑に輝いて、空川が体を硬くする。

「来ます！」

サイードが叫び、ファヒームに飛びついて腕を引っ張った。力を抜いていたらしいファヒームが人形のように振り回された瞬間、轟音が響いて部屋が真っ白な煙で包まれた。

耳鳴りがおさまると、風が煙を吹き飛ばした——部屋の中なのに？

気づくと屋根は半分なくなっていた。獅子が刺繍されたカーペットがめくれて、ファヒームが座っていたあたりの壁にも穴が開いていた。空川の隣で布の塊がもぞりと動く。声にならない悲鳴を上げると、キルティングの下からファヒームが顔を覗かせた。

「先生、これが連中の嫌がらせだ」

「い、いや、い、嫌がらせ――レベルじゃないです」

「まあね。サイード、今の狙撃はどこからだ」

ファヒームの隣で裏返しになったカーペットが人の形に持ち上がる。頭らしいでっぱりが周囲を見渡すように動いて、サイードのくぐもった声が響いた。

「峠のサイトから三・五キロの狙撃です。ＳＶ－18対物ライフルです」

「カラシニコフの旧型か。あんなもんで、よくタープ越しに当てられるもんだな。もちろん外骨格《エクソスケルトン》で支えてるんだろうが――もう大丈夫か？」

立ち上がったサイードは顔を覆っていたスカーフを下ろしながら言った。

「はい、今のが今日最後の狙撃のようです。スナイパーは狙撃サイトから降りました」

「よし。これで大丈夫だよ、先生」

カーペットを戻したファヒームが、空川に抱き留められた僕の前に座った。

「本当に大丈夫だ。アマネと先生には、絶対に当てさせない。見ただろう、狙撃兵は山の稜線に立てた小屋からキャビンを撃ち抜いたわけだが、サイードは弾道から俺を引っ張り出した」

どうやって――そう言ったつもりだが、震える僕の唇から漏れたのは意味をなさない音だった。

それでもファヒームには伝わったらしい。彼は穴のあいた壁を指差した。

「キャンプはイスラエル製の〈アルテミス〉防衛システムに守られているんだ。射撃を監視していて、弾道も、着弾点もわかる。だから、サイードの言う通りに動けば大丈夫だ。絶対に当たらない。住民も狙撃アラートには慣れている。死者は、一日に五人ほどで済んでいる」

大丈夫なわけがない。完全に戦場じゃないか。

僕は小刻みに首を横に振った。その頬をファヒームが柔らかく両側から抑えた。

「先生には期待しているんだよ」

「——なに、何をですか」

ファヒームは大穴の開いたキャビンの壁を指差した。

「こいつを終わらせてくれるのは、先生……いや、先生だってこんなことを許したくはないだろう?」

うなずいたが、今まで自信に満ち溢れていたファヒームがいいよどんだ言葉は、違和感とともに耳に残った。

僕に、あの狙撃を終わらせてくれ、と頼んでいるように聞こえたのだ。

*

僕が通うことになったのは病院の向かいのビルの三階にあるオフィスだった。

五列のデスクが並行に並ぶオフィスは西側に面した大きな窓があり、時刻と天候によって景色を変えるマルカコル湖の眺めを楽しむことができた。

窓の庇《ひさし》からも目隠しのタープは垂れ下がっていて、桟橋を半分ぐらい隠してしまっていた。

仕事は霞ヶ関に通っていた時と全く変わらない。指定されたサーバーに上がってくるデータを整形し、WHOの感染対策シミュレーターにかけて、実効再生産数や感染経路探索チャートを、指定されたゾーンごとに出力するだけだ。

もちろん初日はいろいろと戸惑《とまど》った。いや、驚かされたという方が正確だろうか。

午前十時、ハンドキャリーしたノート型のPCに、別便で送ってもらったGPUボックスを接続してアーロンチェアの座り心地を調整していると、行政当局とのキックオフミーティングに招致された。もちろんビデオ会議だ。メンバーは同じビルのどこかにいる空川と、病院にいるらしいキャンプ行政当局の担当者、そして僕の三人だけだった。

申し訳程度に顎髭《あごひげ》を生やした若い担当者はモヒブ・ブラウと名乗り、画面越しに拱手してから口を開いた。

「この麻疹を封じ込めたければ、十日から十四日にわたる外出禁止令を出せばいいことはわかっていますが、それはできません。住民への補償ができないからです」

「WHOに借りられないんですか?」と、僕は聞いた。

感染症の封じ込めに最も効果を発揮する外出禁止には金がかかる。だが、逆にいえば金さえあれば感染症を封じ込められるのだ。二度目のコロナショックでそれを思い知らされた国々は、世界銀行グループに感染症対策基金を設立し、WHOの審査で貸し出せる制度を作った。WHOの規定に則った感染症対策を実施する必要があるが、このキャンプなら可能だろう。

だが、ブラウは即座に僕の提案に首を振った。

「感染症対策基金に差し出す債券を、私たちソルヴェノク難民キャンプは発行できません。それに鉱山を止めるわけにはいかないのです」

「それなら——」

「私たちは、感染者の行動を追跡し、部分隔離することで麻疹を封じ込めます」

ブラウはキャンプを一万五千のゾーンに分割して、感染ネットワークを追跡するのだと宣言した。南北に走るストリートと東西に走るアベニューはブロックで刻み、集合住宅は棟ごとに、オフィスビルやショッピングモールはフロアごとに、学校は教室ごとに区切り、通勤に使う鉱山列車では客車車両ごとに切り分けたい。さらに、それぞれのエリアは時間帯ごとに分割したいのだということだった。

これは時空間ゾーン管理だ。

北京やシンガポール、台北《タイペイ》などでは演習レベルで行われているはずだが、たかだか人口七十万人のキャンプで行うには過ぎた分析手法に感じられる。僕は慎重に問いかけた。

「一人の人間が複数のゾーンを出入りするけれど、わかっていますよね」

「もちろん」

「空間ゾーンが、通りと施設とで重なっています。このままだと、一人の人間が同時に複数のゾーンにいることになりますが、いいんですか」

「構いません」

「人口一千四百万人の東京でも三百ゾーンを監視しただけです。多すぎませんか？」

「それで死者を五十二名に抑えられたのですか。うらやましいことです」

「こんなにゾーンを増やしても、〈マザー・オーシャン〉が粗ければ意味がありませんよ」

「十分な精度の元データを用意します」

会議に参加していた空川は、僕の懸念《けねん》を打ち返すブラウの反応をおかしそうに見つめているだけだった。僕は最後に、少し情けない相談をすることになった。

「時間で分割する方はすぐできますが、空間ゾーンだけでも二千五百あります。モデリングに三日ぐらいかかると思うんですが、土地勘のある人に手伝ってもらえませんか」

不思議そうな顔をしたブラウは、チャットでゾーンごとの出力モデルを送ってきた。

「ゾーンのモデリングは終わっていますよ。先生の手を煩《わずら》わせることではありません」

手持ちの〈マザー・オーシャン〉からいくつかのゾーンレポートを出力してみた僕は、計算の速さに驚いた。よほど丁寧に作り込まれているのだろう。これなら一万五千ゾーンあっても、出力に一時間はかからない。毎日、いや、午前と午後にレポートを提出できそうだ。

「このゾーンは、どなたがモデリングしたんですか?」

「私です。時空間ゾーン管理は、留学先のシンガポールで学びました」

僕は留学という言葉に耳を疑ったが、キャンプとは名ばかりで実質は十八年もの歴史のある町なのだから国外で学んで戻ってくる難民がいてもおかしくないし、ブラウは自分のやっていることをわかっている。

僕は安心してデータの整形に没入することができた。

一万五千のゾーンに行き渡るほどの〈マザー・オーシャン〉が作れるかどうかだけが心配だったが、ブラウが毎日サーバーにアップロードする行動データは、東京の対策室で使えたものより何倍も精度が高く、九割のゾーンに十分なデータを提供してくれた。

肝心の封じ込めについては、うまくいっているのかどうかはっきりと言えない状況が続いた。午前に一回と午後に二回行うミーティングでブラウと交換している情報によると、毎日十名ほどの感染者が出ているとのことだった。すべてのゾーンで実効再生産数は一・〇を下回っていた。死者は出ていないし、医療機関や、養護施設、ホスピスでの集団感染や連鎖感染も確認できていない。発症者のほとんどは、ペタライト鉱山に通勤している四十代から五十代の労働者のようだった。

年配の鉱山労働者には、生まれ育った国で麻疹のワクチンを接種していない者が多いからだという。

逆に都市部には集団免疫があるのだという。ソルヴェノク難民キャンプは、乳幼児と、クリニックを訪れた妊娠を予定している夫婦に無償の麻疹複合ワクチンを接種している。市中の抗体保有者比率は四十三パーセント。確かにこれだけあれば、感染者が増える心配はない。

ミーティングの時にブラウが送ってくれるニュースサイトのURLと、朝食の席で空川が読んで聞かせてくれる新聞の感染者数レポートを見ていなければ、この賑やかな港町で麻疹が流行していているなんてことは想像すらできなかっただろう。

目の前に中央病院があるというのに、患者を運びこむ救急車を見ることも、出入り口を消毒する防護服姿のスタッフを見かけることもなかった。

確かに、ホテルから勤務先に通勤する時に通りかかるレストラン街が立ち入り禁止になっていたし、新聞にも外出禁止エリアは書かれている。もちろんホテルのスタッフたちはフェイスシールドをつけていた。

だが、昼食を食べに行く街のカフェでも、夕食に訪れるレストランでも、マスクをしているスタッフを見たことはなかった。市民の八割がイスラム教徒という土地柄なので、ブルカやニカブなどで顔を隠している女性は珍しくないが、これが麻疹対策のためだとは思えなかった。ヒジャブで髪の毛だけを覆っている女性には、マスクをしている人がいないのだ。男性は堂々たる髭で囲まれた口元を晒《さら》している。

感染症のおかげで変わっているものが多いこともわかった。かつて僕が感染症対策の教科書で見せられたアラブ地方での習慣、例えば鼻や頰をすり合わせる挨拶《あいさつ》や「つばきが相手にかかるような」話し方をしている場面には出くわさなかった。クルーズボートでファヒームが言ったように、拱手をしている姿も珍しくない。

だが、接客業以外でマスクをつけているのは、フードを顎まで下げて顔ごと隠している護衛のサイードと、エアフィルターを仕込んだスカーフで口と鼻を覆っている空川、そしてビデオ会議で会うブラウぐらいだった。

僕が何より恐れていたのは山からの狙撃だが、これも一週間ほどサイードの指示に従って動いていると徐々に恐怖心が薄れてきた。

日除《ひよ》けのためだと思い込んでいた、建物の三階から五階あたりに張り巡らされているタープが目隠しになっているおかげで、歩道から狙撃手のいる山が見えることはなかった。湖からは分からなかったが、山に面しているビルの窓は、コンクリートや煉瓦《れんが》で潰されていることが多かった。

到着した日や、その翌日は防衛システムの警報に反応したサイードに腕を引っ張られることもあったが、五日目ごろからは狙撃アラートが鳴る回数も減ったのか、サイードが神経を尖らせることも減ってきた。

新規感染者数は一向に減らず、累計感染者はいつの間にか三百人を超えていたが、朝、昼、晩と顔を合わせている空川からも、対策室のブラウからも焦りは感じられなかった。

二人の雰囲気はいつの間にか僕にも伝染していたらしい。麻疹は数字の中だけの現象であるかのように思い込んでいた。

それが幻想であったと知ったのはキャンプにやってきて、十二日目の昼食の時だった。

＊

その日は十一時半で午前中の仕事を切り上げて、オフィスを出た。ＢＭＷの後部座席に僕と空川が座り、運転席では膝に自動小銃を横たえたサイードが座り周囲に目を光らせていた。自動運転で向かったのは市の中心部にあるバザールだった。珍しくファヒームが昼食に招いてくれたのだ。

オフィスから五ブロックほど山のほうにあるバザールは、高さが所々で変わる曲がりくねったコンクリートの壁に囲われていた。一階にはスターバックスもあるような街中に突然現れたコンクリートの壁は、まるで遺跡のようだった。

壁の外周には土が盛られていて芝と緑のある公園になっていた。バザールの外周道路をぐるりと回ったＢＭＷは多くの人たちが出入りする門を通り過ぎてから、木立に隠れた鉄扉の前で僕たちを下ろした。

錆びた鉄の扉は、見た目を裏切る滑《なめ》らかさで音もなく開いて、僕たち三人を飲み込んだ。

煉瓦を積んだ階段を登って二階に上がったところで、思わず声をあげてしまった。

外を半周してきたはずだが、中は想像しているよりもずっと広かった。

壁の内側には色とりどりのタープが思い思いに張り巡らされていて、地面に複雑な影を落としていた。赤い、乾いた土の上はカーペットが広げられていて、携帯電話や本、野菜や香辛料などが積まれている。

みとれていると、テラスの奥からファヒームが声をかけてきた。

「面白いか、先生？」

「はい、とても。休みの日があれば、ここを散歩したいですね」

「観光か。いずれは誰でも入れるようにしたいところだが、まだ、ここは生活の場なんだ」

隣に立ったファヒームは壁沿いに小さな屋台の並ぶバザールを見下ろした。

「十八年前、初めての難民たちが集められた広場なんだ。ウズベク人が持ってきていたカーペットと、シリアから逃げてきた職人が国で作っていた石鹸《せっけん》を交換して始まったバザールだ。何も持たずにやってきたロヒンギャは土をこねて煉瓦《れんが》を積み、報酬にカーペットと石鹸を受け取った」

ファヒームが指差した正面の壁には、不揃いな煉瓦が積んであった。

「狙撃からの弾除けですか?」

ファヒームはうなずいた。

「はじめの五年間難民たちは、ロヒンギャの建てた腰ほどの高さの壁に隠れて暮らしていた。日が沈んでから山に走り、転がっている石ころを鞄に詰め込んで帰ってくる。それをカザフ政府に高値で売りつけて、少しずつ壁を高くして、街を作ってきたわけだ」

「そうですか……」

どう声をかけていいか分からず、そんな同意の言葉を口にすると、空川が吹き出した。

「何よ、その言い草!」空川は、手の甲を下にして人差し指を突き出し、ファヒームの胸をとんと突いた。「あなたは八年前に来たばかりでしょ。その頃のことを知っているのは、わ、た、し」

「僕もですよ」

テラスの反対側からいつの間にかやってきていたブラウが手をあげた。ロヒンギャの第一期受け入れでキャンプ入りしたというブラウは、ファヒームが指差した煉瓦積みの壁の奥の方を示した。

「見えますか? あの辺に学校がありました。地面に座って授業を受けていたんですが、先生が立つところだけ壁を高くしていたんです」

僕の背後でサイードがふっと笑った。ブラウはうなずいて寂しそうな笑顔を浮かべた。

「そこに教師がいることがわかって、狙撃の的になってしまいました。モハンマド先生、アリータ先生、クルジュカシカ先生が亡くなりました」

「そうなんですか」

「はい。でも、アマネさんのおかげでキャンプは助かりました」

空川は首を横に振ったが、ブラウは続けた。

「ちょうど僕が入った時にＣＯＶＩＤ－19の第三波がキャンプを襲ったんです。十二名、いや、十三名でしたっけ。感染者が紛れ込んだんですよ」

「当時のキャンプは、どれぐらいの人がいたんですか？」

「二万人です」

「なら十二、三人で食い止めたのは立派です」

「全員検査しましたからね。まだシリアルＤＮＡシーケンサーがなかった頃ですから、何度も綿棒で鼻の奥を擦り取られました。それからアマネさんは赤水晶《レッドクリスタル》をでかでかと印刷した医療テントを壁の向こうにずらりと並べました」

「何のために？」

「狙撃をやめさせるためです。赤十字を盾《たて》にしたんですよ」

「何いってるの」と、空川はかぶりを振った。「あれはあくまで感染者を隔離するため。せっかく壁があって、キャンプが別れているんだから使わなければ損じゃないか」

僕は空川の顔を見直した。

「そういうことにしたんですね」と僕がいうと、姿を消していたファヒームが戻ってきて、テラスの奥に腕を差し伸べた。

「おい、みんな。そういう話は飯を食いながらにしようじゃないか」

ファヒームが先頭に立って僕たちを招いた広く張り出しているテラスには、赤、オレンジ、水色のタープを透かした日差しが差し込んでいて、僕がやってきた時にキャビンに敷いてあったものと似た、獅子の刺繡を施したカーペットが敷かれていた。

奥には料理のワゴンと、給仕を行うスタッフがずらりと控えている。

奥の壁は一部が盛り上がっていて、中では赤熱した炭火の手前に、肉の塊が転がされていた。

「さあさあ、今日は先生が主役だ」

ファヒームは僕を中央のクッションに招いて、スタッフを呼んだ。驚くことに、やってきたのは冷えたビールを満載したワゴンだった。イスラム教徒が？　と目を丸くしていると、ブラウが笑いながらバドワイザーの缶をワゴンから引き抜いた。

「僕はカザフスタン育ちです。世俗の徒ですよ」

「私はイラン生まれだが両親はトルコ人だ。ワイン以外の酒は飲むよ。先生は？」

「今日は飲もうかな」

クアーズやハイネケンのような軽いビールの他に、欧州の地ビールらしいボトルも並んでいる。品揃えは豊かだが、現地のビールはなさそうだ。僕がどれにしようか選んでいると、スタッフは空川の目の前に瓶ビールが六本入ったケースを置いた。見覚えのあるボトルに目を細めると、欲しがっているのと勘違いしたのか、空川はケースから一本抜き出して、栓を開けてから僕に渡した。

コロナビールだ。

「これにします」

「ライムは要る？」

「はい」

空川がカーペットにおいた皿から櫛形に切られたライムをつまみ、ボトルの中にねじ込んだ。閉じ込められていた炭酸がライムの周囲で泡になり、ボトルの口からこぼれてくる。慌てて口で受け止めると、ファヒームが笑いながら「乾杯《トースト》！」と掛け声をかけた。

ブラウと空川が「トースト！」と唱和する。

しゃりっという音を立てたかまどの方を見ると、串に刺した大きな羊肉の脇に、平たく伸ばしたパンが添えられたところだった。セージにオレガノ、そしてクミンの香りがビールを飲み交わす僕たちの間に吹き込んでくる。

冷たいコロナが喉を通り抜けていくと、いきなりぐらりとアルコールがまわった。

世俗主義者だと言っていたファヒームとブラウだが、酒を飲む機会は少ないらしく、空川のピッチに合わせていたら完全に酔ってしまったらしい。

しばらく談笑していると、ファヒームはクッションにもたれかかって寝息を立て始めた。ブラウは頭をうなだれて、やはり眠ってしまったらしい。

ひとり空川だけが、コロナのふたケース目に取り掛かっていた。

「ねえ、空川さん」と、僕は日本語で話しかけた。「さっきのＣＯＶＩＤ－19対策ですが、テントで弾除けにしたのって本当なんですか？」

薄く笑った空川はコロナを一口飲んでから、ボトル一本を開けただけで潰れてしまったブラウに目をやった。

「子供だったのに、結構覚えてるんだね。まあ、ひどいことをしたよ」

「テントを盾にしたことですか」

空川は首を横に振って、ぼそりと言った。

「骸《むくろ》よ」

一気に酔いが覚めた。

「ご遺体を?」

空川はうなずいた。

「日が沈むと、キャンプから募った二人組で遺体を担架に乗せて狙撃サイトまで運んだのよ。服にスプレーでコロナって書いてね。それを毎日、繰り返した。一週間ほどで、狙撃兵はいなくなった」

空川はちらりと僕の目を見た。

「誰が思い付いたか知りたい?」

僕は首を横に振った。

「大丈夫、私じゃない。私は反対した方だし、病院のPPE(個人用防護具)も出さなかった」

「しかたありませんね」

「そうかな。私がPPEを出さなかったから、キャンプは遺体を運ぶチームが感染を免《まぬが》れないと決めつけて、彼らが感染して、発症するまで遺体を運ばせた。そして、死なくていい五人が亡くなった」

「……それで、狙撃の方は?」

空川は、今度ははっきりと笑った。苦々しそうではあったが。

「国境を踏み越えてきた二千名の部隊の半数がCOVID-19を発症して、七百人が死んだ。いるはずのない部隊だから助けが呼べなかったのね」

「つまり、キャンプはＣＯＶＩＤ－19を利用して侵略者を追い返したわけですか」

空川は、コロナのボトルを見つめた。飲もうか飲むまいか迷ったようだったが、結局は大きく飲み干してからうなずいた。

「その通り。そして、カザフスタン政府からカネになるこの土地をもらい受けた」

なるほど、政府が初めから寛容だったわけではなかったのだ。

ため息をついた僕を空川が見つめていた。

「タフだね。呉さん」

「え？」

「たった一人で戦場に突っ込まれて、こんな話を聞かされても動じない。タフだよ」

「そんなことないですよ。初日なんて、あんなに取り乱したじゃないですか」

「ほら、それだよ。取り乱しただなんて、まるでカメラで外から見てるみたいな言い方じゃない。自分を切り離せるのは、強さだよ」

空川は首をめぐらせて、オリジナルの壁が立つあたりを見るように促した。

「あそこかな。レンガの色がちょっと変わってる場所があるの、わかる？」

「はい。小さな煉瓦が並んでるところですよね」

「そう。十八年前、私は防護服を着たままあそこにうずくまって動けなくなった。おんおん泣いて、キャンプの人たちの手を振り払って、二日間、防護服の中にぜんぶ垂れ流してさ。最後には吐いて意識を失った」

空川はファヒームとブラウを交互に見ながら言った。

「キャンプの医療スタッフは、まだ貴重だった水をたっぷり使って汚物にまみれた私を綺麗にしてくれた。ＰＣＲ検査も最優先で、何度もやってくれた。私がグリーンじゃないと何も始まらないから」

「そうですね」

「そこまでやって、私は前線に立つ覚悟ができた。でも、やって良かったのかどうか今でも考えることがある。特に、遺体を使ったのは――」

「仕方なかったんじゃないですか?」

「そうかな」

空川は、ケースからコロナのボトルを出して、栓がついたまま僕に差し出した。

「他に方法があるんじゃないかな、といまでも考えているよ。昊さんも考えてみない?」

「何言ってるんですか」

「瓶、しっかり握ってて」

ボトルを受け取ると、空川はフォークをボトルの側面に滑らせて栓を吹き飛ばした。

「さ、飲もうか!」

＊

トイレから出ると、空川たちが待つレストランの方向に歩いた。アルコール度数がそれほど高いわけでもないコロナビールを二本開けただけだというのに、僕の歩みは頼りなかった。眩《まぶ》しさに目をつぶった僕は棒立ちになってしまい、壁に手をついた。

「熱っ!」

びっくりして手を引っ込めた瞬間、気づいた。

僕が歩いているのは、直射日光に炙《あぶ》られているバザールの外壁だ。十二日間、いつも影のように付き従っている大きな人影も近くには見えなかった。

「サイードさん――」

いつの間にか頼りにしていたボディーガードに向けて呼びかけた声が、途切れてしまう。狙撃兵の潜む山が視界に入ったせいだ。元来た道を僕は走った。

トイレに駆け込めば、壁の内側に入れば大丈夫なはずだ。

五秒ほど走ったところで息があがってしまうが、防衛システム〈アルテミス〉のアラートを聞く装置を持っていない僕にできるのは、一秒でも早くトイレに飛び込むことしかない。二十メートルも走っていないのに、こめかみの脈動を感じた。きっとアルコールのせいだ。

黒い開口部まで、あと一歩。踏み込んだ足裏に違和感を感じた途端、上下が逆さまになった。真っ青な空がぐるりと回るのを見て、自分が転んでしまったことを知った。背中からドスンと落ち、転がっていた石つぶてが背中に食い込んだ。

「――っつ！」

声にならない悲鳴を上げながら、仰向けになり手足を伸ばして息を整えた。幸いなことに、トイレの外側に面した通路には壁があって、狙撃サイトのある山と、ついでに日差しを遮《さえぎ》っているようだった。

息を長く吐いて、吸うことを何度か繰り返した僕は、もう一つの呼吸音に気づいた。

はあっ、はあっ、という浅い息には微かにノイズが重なっている。

首をねじ曲げると、壁から通路に向かって老人が突っ伏しているのが見えた。伸ばした右手首には、踏みつけられたような靴跡がある――僕のだ。

首を起こし、慌てて声をかけた。

「おじいさん、踏みつけてしまってごめんなさい」

老人は反応しなかった。

「おじいさん？」

僕は上体を起こして、膝で立ち、老人の、こちらからは見えない顔を見ようとして向こう側に回った。

「おじいさん――ちょっと！」

いきなり動いた老人が僕にすがりつく。

そこで失敗を悟った。

見開いた老人の白目は、真っ赤に充血していた。気温は二十八度を越えているというのに老人の露出した皮膚が熱っぽいことはすぐに分かった。測らなくても、四十度近い高熱なのはわかる。口を開いた老人の喉からは喘鳴《ぜんめい》が響いた。

感染症？　その可能性はあるけれど、麻疹なら僕には抗体がある。しかし、今このキャンプで流行しているＭｅＶ‐Ｄ５‐７は上気道へのウイルス感染が特徴だ。こんなにはっきりとした、胸に響くような喘鳴が出るのだろうか――わからない。

僕は医者じゃない。

老人を押し退《の》けようとした僕の手は、捕らえられた。

驚くほどの力で手首を握り締められて、「離してください！」と叫ぼうと口を開けた瞬間、老人は体をくの字に折って咳《せ》きこんだ。

つばきが顔にかかる。

どうしてマスクをしていなかったんだろう。

「助けてください！　サイードさん！　空川さん！」

息を大きく吸い込もうとした老人が再びすがりついてくる。僕は老人の頭を両手で摑んで首を横に向けた。脚を折り曲げて膝を老人と自分の胸の間に押し込んで、思いきり伸ばす。

握っていた老人の手が離れると、僕はもんどりうって後ろに転がった。はだけた老人のシャツの内側には、見間違えようのない斑点が散らばっていた。麻疹の感染者だ。

「大丈夫」

自分の右手首を確かめてからうなずいた。

昼の光を浴びた子供のシルエットの抗体タトゥーは、菊のマークのビザに並んで、僕の体に麻疹の免疫があることを示す蛍光を発していた。

「どうしました」と声がかかる。振り向くと、フェイスシールドをつけたバザールの警備員が心配そうな顔でトイレから出てきたところだった。

「この方、麻疹のようで――」

言いかけた瞬間、事態を理解した警備員は僕と老人の間に割って入り、耳に手を当てて僕には聞き取れない言語で警告を発する。

「すぐに救急車が来ます。接触しましたか？」

「摑まれましたが、大丈夫です」

そう言って警備員に手首を見せる。警備員は菊アイコンのビザと子供のアイコンが並ぶ手首に目を落として、僕の顔を見直し、はっとした顔になって気をつけの姿勢をとった。

「ドクター・ウーでしたか！　お会いできて光栄です」

警備員はギュッと握った左の拳に、ぴんと指を伸ばした右の手のひらをあてて、拱手の礼をした。僕が拱手を返すと、礼を解いた警備員は言った。

「先生のおかげでキャンプに平穏が戻ってきました。本当に感謝しています」

「大したことはしていませんよ」

警備員は首を横にふった。

「いえ、いまこうやって安心して暮らせるのは、わざわざ日本からやってきた先生のおかげです。本当に感謝しています。医療スタッフを呼びましたので、このおじいさんは大丈夫です。先生も念のために、近くには寄らないでください。お気をつけてお帰りください」

僕がもう一度軽い拱手をしてトイレを通り抜けると、僕を探していたらしいサイードに出くわした。

「呉さん！　どこに行っていたんですか」

「ごめんなさい。間違えて、壁の外側に出てしまいました」

サイードが安堵のため息をつく。

「気をつけてくださいよ」

うなずきながら、トイレの奥に目をやった。どうしてだろう。違和感がある。

「どうしました？」

「いや、何も」と言ったものの、僕は気づいてしまった。

僕が来てから麻疹の新規感染者数はずっと十名ほどで推移している。実効再生産数も〇・九八から動いていないのだ。平穏が訪れたと言われるような段階ではない。そもそも、目の前に捕捉されていない感染者が転がっていたじゃないか。

もう一つ思い出した。あの警備員は、狙撃されるかもしれない場所に出てきているのに、〈アルテミス〉のアラートを受け取る拡張現実レンズもつけていなかった。何かがおかしい。だが、それを相談する相手はどこにもいない。

僕はサイドに言った。

「なんでもありません」

＊

オフィスに戻った僕は午後の集計を急いだ。

ブラウがアップロードした行動データと病院から上がってきた検査・診察データを整理して〈マザー・オーシャン〉を作り、ゾーン集計シートに通す。十二日の間に取捨選択されたゾーンは、一万二千に減っていた。

ワークスペースに全体統計が現れる。

新規感染者数：九／累積患者数：三百十二名／本日の検査数：五百三十四／集団感染クラスター発生尤度《ゆうど》：〇・〇三／実効再生産数：〇・九七（週）

ブラウに渡すチャートを纏めながら、新規感染者の通過したゾーンを探した。

九名全員が隣接した五百ほどのゾーンで見つかった。このパターンは、今朝までブラウに提出してきたものと同じだ。全員が鉱山の関係者だろう。

昨日よりも一人少ないが、あの老人が含まれていないことは確かだ。〈マザー・オーシャン〉に入れたデータの日付を確かめた。最新の行動ログはわずか十分前に記録されているが、まだ病院で確定診断が出ていないのだろうか。

僕は席を立って窓から病院のビルの横に広がる湖に目をやった。黒みを帯びた高地の青空の下に、一段と暗い色の湖が広がっていた。風も出ていないらしく、鏡のような湖面には対岸の赤茶けた山が上下逆さまに映し出されていた。

桟橋では、僕が乗ってきたフェリーの周囲にトラックが群がっていた。十二日間の滞在で覚えたことの一つが、フェリーの出航時刻だ。午後二時にソルヴェノク難民キャンプ港を出たフェリーはマトバイ港に行って荷物を積み、午後九時に戻ってくる。入出港の時に鳴らすフェリーの霧笛《むてき》は、ホテルにも、このオフィスにも届く。

港から病院の脇に出る道にも、人は大勢出ていた。

見下ろしているとは言ってもたかだか三階の高さなので、歩く人々の表情もわかりそうなほどだ——。

「あれ?」と僕はつぶやいた。

港の風景が変わっている。賑やかだ、とまず感じたがそうではない。人の数はそう変わらない。違うのは見え方だ。やってきたばかりの頃、この窓のひさしからはオレンジ色のタープが伸びていて、港を隠していた。

ワースペースに戻った僕は、ソルヴェノク難民キャンプのニュースサイトと翻訳ツールを開いた。目当ての記事は、検索する前に見つかった。昨日の記事だ。

キャンプに蔓延する麻疹を恐れたロシア、狙撃兵を撤収

記事の中には、空川と僕の名前が並んでいた。

日本からCDCの指導にやってきた呉博士と、かつてキャンプを新型コロナウイルスから救った空川救護官の高度な指導のおかげで、懸念されていた新型麻疹の流行は、制御下にあると言っていい状態を保っている。麻疹が空気感染することを考えると、この成果は驚くべきものだろう。だが、同等の防疫機構も指導者も持たない侵略軍はこの病に怯え、撤退を決めた。彼らは山陵の狙撃サイトを放棄した。

ワークスペースに新たな行動データが追加されていた。

僕はなかば無意識に〈マザー・オーシャン〉を作り、ゾーン集計を行った。結果は見なくてもわかる。

新規感染者数：十／累積患者数：三百十三名／本日の検査数：五百三十九／集団感染クラスター発生尤度：〇・〇二八／実効再生産数：〇・九八（週）

声に出してみた。

「これで十人。昨日と何も変わらない」

麻疹の流行は、誰かに制御されている。

僕は他にいくつか確かめてから、空川とブラウ、そしてファヒームを会議に呼び出した。

「博士を騙《だま》したかったわけじゃない」

最後に参加したファヒームは、音声が有効になった瞬間にそう言った。

「おっと、すまない。謝罪がマイクに入らなかったな。博士を利用するつもりはなかった。申し訳ない」

ファヒームが拱手して頭を下げると、空川が目を見開き、ブラウが口をぽかんと開けた。相当に世俗化したムスリムでも、頭を下げるのは相当のことがあった時に限られる。

「頭をあげてください」

謝罪してほしいわけじゃない。ファヒームには彼の使命がある。

「いくつか聞きたいことがあるだけです。教えてください、今度は嘘なしで」

空川が躊躇《ちゅうちょ》なくうなずいた。

「いいよね、ファヒームさん」

ファヒームがうなずくと、空川はカメラを調整してくつろいだ姿勢になった。

「どこから始める?」

「麻疹の感染者数、死者数に嘘はありませんか?」

「ない。ブラウさん、説明してあげて」

うなずいたブラウが口を開いた。

「ソラカワさんのおっしゃるとおりです。現在までの累計感染者数は三百十三名。二百八十五名は快癒してそれぞれの暮らしに戻っています」

＊

「亡くなった方はいないんですね」

「はい、いません」

「本当に?」と僕は質問を重ねた。

東京でも五千二百名ほどの感染者に対して、百三十名を超える死者を出しているのだ。病院は立派に稼働しているが、一人も死んでいないなんて信じられない。だが、ブラウは力強くうなずいた。

「一人も亡くなってはいません」

僕はカメラをじっと見つめた。まっすぐ見つめられてみじろぎしたブラウだが、もう一度うなずいた。

「本当です」

「わかりました。じゃあファヒームさん、いいですか?」

ファヒームはうなずいた。

「狙撃は、僕が来たから止まったんですか」

「そうだ」とファヒームが言った。「今回の狙撃は先月から始まった。前に言ったかもしれないが、連中の大統領選挙が近づいているから、何か成果を出しておきたいんだろう。先生が来るまで、毎日二十人が命を落としていた」

「僕が来たから、止まったという根拠はあるんですか」

「日本から検疫官の博士が来る、と発表した日から、狙撃の頻度が下がった。博士が来た日の死亡者数は五人だったかな」

「はい、そう聞きました。僕が来た当日も狙撃は続いていたわけですよね。どうしてその後止まったんですか」

「連中も半信半疑だった。だが先生が仕事をしていることを公表し始めたら、徐々に信じるようになった」

一つ謎が解けた。ファヒームが「博士」に拘《こだわ》っていたのは、箔をつけるためだ。空川が画面の中で手をあげた。

「もちろん、私たちも努力した。呉さんが来たタイミングで、鉱山労働者の塵肺《じんぱい》マスクを医療用のものに取り替えたよ。N95っぽい感じにして、全身、PPEを着用して、麻疹の流行を印象づけた」

僕は唸《うな》った。三キロを超える目標を狙っている狙撃手にとって、八百メートルは目と鼻の先だ。そこで働く鉱夫たちが揃って防護服に身を包んだのだから、彼らは恐怖を覚えたはずだ。しかも連日、ニュースではペタライト鉱山では感染対策に留意してください、とアナウンスしていたのだから。

「死体を使うよりはいい、というわけですか」

空川はうなずいた。

「最後に聞きます、ブラウさん」

「はい」

「感染を維持しようとしませんでしたか」

ブラウは軽く目を伏せた。それで十分だった。

この三人は軍が撤退するまで、一日十人ほどが感染する状態を敢えて保ったのだ。

「なら、僕は手を引きます」

空川とブラウの顔を見渡したらしいファヒームがうなずいた。

「わかった。今までありがとう。今日のフェリーはまだ、間に合うかな」

僕は時間を確かめてうなずいた。

「ええ、今出れば――」

僕はまだ迷っていた。

ソルヴェノク難民キャンプが感染症を利用して大国を追い払ったことを公開するか、それとも彼らに何かを約束させるか。

もちろん公開して批判するべきだ。感染症を紛争に利用するなどという方法がエスカレートすれば、死者を防げないエボラウイルスや、発症までに十年ほどかかる狂牛病まで使われかねない。それがわからない空川やブラウではないはずだ。なのになぜ、実行に踏み切れたのか。そこだけは聞いておかなければならない。

「空川さん、ブラウさん」

なに？　と空川が目で続きを促した。

「ワクチンがあるとはいえ、麻疹は極めて危険な感染症です。特に今回のMeV‐D5‐7は致死率も高く、妊婦が感染すれば胎児の生育には悪い影響があります。普通の麻疹と違い、二十二週目で感染した場合でも、ほぼ八割の胎児に障害が出ます。そんなウイルスをなぜ――」

「はい、MeV‐D5‐7ならそうです」

ブラウの答えに、僕は首を傾げた。

「違うんですか？」

「許されるわけではないことはわかっていますが……」

口ごもったブラウは、ワークスペースを共有した。

「二年前のことです。病院に担ぎ込まれた鉱夫の男性から組織を取り、シリアルDNAシーケンサーにかけたところ、既存のどの麻疹とも異なるウイルスであることを発見しました。MeV－D5－7からさらに変異した、新型でした」

僕は目を見開いた。

珍しいこと、とは言えない。病院や保健センターが保有するシリアルDNAシーケンサーは、今日も世界のどこかで、今までに記録されていないDNAやRNAを持つウイルスや細菌を見つけ出している。

ブラウは続けた。

「変異は、先祖返りでした。MeV－D5－7の苛烈性を高める自己増殖傾向が極めて低かったのです。そもそも患者も、普通の風邪のような症状を訴えていたほどです。シリアルDNAシーケンサーがなければ、麻疹だとは気づかなかったかもしれません」

「それを、ばらまいたわけですか」

「いいえ」ブラウは首を横に振った。「何もしなかったのです。幸い、キャンプは極端に人の出入りが少ないですし、既存の麻疹ワクチンで防衛できることもわかっていました」

「つまりキャンプは、この新種と共存することを選んだわけですか」

ブラウはうなずいた。

しばらく沈黙が続いたところでファヒームが口を開いた。

「先生、公表するか？」

僕は首を横に振った。もともとCOVID－19でこの場所を勝ち取った彼らだ。この麻疹を使

234

えないように封じてしまえば、次に侵略から身を守る時はより苛烈な手段に訴えることだろう。

「日本に帰ります」

空川はうなずいた。

「飛行機を手配しておくよ。同じ空港に行ってくれ」

「空川さん、全身用のＰＰＥと、空港の検疫滞在所《クアランティンハイツ》に泊まれるようにお願いします。実は僕は、さっき感染者の飛沫《ひまつ》を浴びてしまいました。新種に感染しているかもしれませんので、隔離してから日本に帰ります」

僕は港に目をやった。出港まであと十五分だが、あの自動運転車なら間に合うはずだ。

「さようなら」

二度と会うことはない三人が僕に拱手を揃えた時に、フェリーの霧笛《むてき》が鳴った。

＊

アスタナ航空ホテルに到着すると、今度は七階の部屋に案内された。当然のことながら、エレベーターの内装も、ニキシー管の数字も、宿泊する階に止まるとアナウンスが流れるところも変わらなかった。
《呉隆生《ウー・タカオ》さま、ご協力ありがとうございます。ただいま、入室をお手伝いするスタッフがエレベーターホールに向かっています。しばらくお待ちください》
「はいはい」とつぶやいた声が、Ｎ95マスクでこもった。僕はフェリーの上で麻疹対策のためのＰＰＥを身につけて、そのままホテルまでやってきたのだ。
防護ガウンこそないものの、スキンスーツで全身をくまなく包み、マスクとゴーグルを装着して、髪の毛もすべて覆っている。

エレベーターのドアが開くと、接客係が驚いた顔で声をかけてきた。

「呉先生ですか？」

「はい。サビーナさん、でしたね」

部屋についてくるよう言って先を歩いたサビーナは、フェイスシールドを指差した。

「先生のマスクは、N95ですか？」

「はい。キャンプでもらってきたものです。日本から持ってきたものはフィルターを使い切ってしまって」

部屋の前に立ち止まったところで、サビーナは僕に深く頭を下げた。ぎこちない、日本風のお辞儀だった。

「本当にありがとうございました」

「いいえ、何もしていませんよ」

「そんなことはありません。呉先生の指導のおかげで、ソルヴェノク難民キャンプは新型麻疹の感染症を完全に押さえ込んだそうじゃないですか」

「いつのニュースですか？」

「ついさっきです。だから、呉先生が来たことに驚いてしまって」

ファヒームたちは、僕が去った後で撲滅宣言を出すことに決めたらしい。納得していると、サビーナは続けた。

「まさか、MeV－D5－7の変異型を見つけてしまうなんて。本当に、呉先生がいなければ、どうなっていたことか」

「変異型？」と、尋ねたはずだが、声はマスクでくぐもっていた。サビーナは僕が問いかけたことに気づかなかったらしく、防護装備に覆われた僕の姿を見直した。

「そのPPEは新型麻疹を持ち込まないためですよね。お気遣いに感謝いたします。どうぞ、ごゆっくりお過ごしください。発症した場合でも当ホテルの感染症対策治療室をご利用いただけますので――大丈夫ですか？」

手を止めたサビーナが僕を見ていた。その姿がぼやけていた。

「なんでもないです。何か、拭《ふ》くものを何か一枚いただけますか。ゴーグルが汚れてしまったみたいで」

「あっ、申し訳ありません」

サビーナは、肘をくっと動かして金色の外骨格から補助肢を伸長させた。先端についたシリコン製のチップが入れ替わる。ワゴンからクロスを一枚抜き出して僕に差し出した。

僕は受け取ったクロスを畳《たた》んで、ゴーグルを拭いた。だが、歪んだサビーナの像は一向に綺麗にならない。

涙で曇《くも》っている。しかし、ゴーグルをずらすわけにはいかない。

空川と、ブラウと、ファヒームの三人のうち誰が、変異型の発見を公表することにしたのかわからないが、彼女と彼らは正しくあろうと決めたのだ。

僕は涙が流れるままに任せた。ゴーグルの下に温かな液体が溜まっていく。

もう一度サビーナに「どうしました」と聞かれたら、なんでもない、とは違う言葉を探した方がいいのかもしれない。

羽を震わせて言おう、ハロー！

デビューしてから四十編ぐらい短編小説を書いているが、宇宙に暮らす人々を描いたのは『公正的戦闘規範』に書き下ろした「軌道の環」と『サイボーグ009トリビュート』に寄稿した「海はどこにでも」、そして『ポストコロナのSF』に書き下ろした「木星風邪《ジョヴィアンフルウ》」の三作品だけ。宇宙開発SFの『オービタル・クラウド』で、宇宙のイメージがついているかもしれないが、私自身は実はそれほど宇宙SFを書いているわけではない。

とはいえそれは日本国内に限っての話だ。科幻春晩には、中国で「硬科幻《インクーファン》」と呼ぶハードSFばかり寄稿している。中国の若い作家やファンと話すと、オクテイヴィア・E・バトラーやキム・チョヨプのような社会や人の在り方に関するSF作品を書きたい、読みたいという話を聞かされるほどだ。私が国内向けに書いているような作品を寄稿しても、すんなり受け入れられたことだろう。だが、どうやら私は、私を育ててくれた宇宙SFを思う存分描きたいらしいのだ。これからは、日本の媒体にも臆せず書いてみるとしよう。

この年のテーマは「二〇二一宇宙千春词」だった。復活を祈願する古代詩の一形式「千春词」をアップデートせよということだった。料理できたかどうかは、読んで確かめていただきたい。中国語訳は祝力新《ジュ・リーシン》。故・津原泰水《つはらやすみ》氏と長春を訪れたときに交友を得た日本文学者だ。

ところで、系外惑星探査船を描いたこの作品は中国で小学校の国語の副読本にも採用されたという。何年かのちに、私の作品に呼びかけられた子供の誰かがSFを書いて読ませてくれたら最高だ。

系外惑星探査船として設計された私は、西暦二〇三四年の深夜、地球の北半球にある種子島《たねがしま》宇宙センターから自転方向に打ち上げられた。高解像度カメラと長寿命の原子力電池を積んだ私の重量は、探査機としてはかなり重かったが、ＪＡＸＡのＨ３ロケットは私を秒速二十二キロメートルで地球から持ち上げて、一度目のスイングバイ加速を太陽の近傍軌道に投入した。

打ち上げが成功したところで、私には「ピジョン１」という名前が与えられた。

二週間ほどかけて、太陽系最大の質量で歪んだ空間の坂を駆け降りた私は毎秒二十キロメートル加速して、太陽系を抜け出せる第三宇宙速度を超えた。その後も木星で毎秒七十キロメートル、土星で毎秒五十キロメートル、海王星で毎秒十キロメートルのスイングバイ加速を行った私の最終速度は毎秒百八十四キロメートルに達していた。

スイングバイに用いた木星と海王星、そしてそしてカイパーベルトの「キョウチャン」という、日本人名がついた天体を撮影し、二〇三七年の八月三十一日にヘリオポーズを越え、太陽系から飛び立った。

目標は乙女座方向にある赤色矮星、ロス１２８だった。地球から肉眼で見ることのできないその小さな恒星には、岩石の地表を持つ太陽系外惑星ロス１２８ｂが巡っている。地球に最も近い「第二の地球」だ。私の任務は、太陽風の影響を受けない場所からロス１２８ｂを光学観測して、地表の温度と、液体の水の有無、そして大気の組成を地球に送信することだった。何百年か後の人類が、なんらかの理由で移住を試みた時に必要となる情報だ。

私は、陸地を求めて彷徨《さまよ》うノアの方舟に、オリーブの葉を持ち帰る鳩《ピジョン》なのだ。

太陽系を脱した私は、進行方向に向けて固定した高解像度カメラでロス128星系を撮影して、一週間ごとに地球に送った。毎日送らなかったのは、もちろん怠《なま》けていたからではない。これだけ地球と離れてしまうと、データの送受信帯域は毎秒五百バイトを下回る。撮影した一枚あたり二百五十メガバイトを超える画像を一枚送るのに六日はかかってしまうのだ。

人類の期待通り、私はオリーブの葉を摘むことができた。

太陽圏を離れて二年後に、私のカメラはロス128bを捉《とら》えた。背後にある星が暗くなっていたのだ。ロス128bの大きさと軌道周期を捉えた地球の研究者たちは、私のカメラを改良するためのアップデータを——これも一週間かけて——送り続けた。

アップデータを受け取るたびにカメラの性能は上がり、観測期間が十年に達したころには、ロス128bに液体の水があること、自転速度が十八時間であること、南北半球にそれぞれ大陸が存在し、火山活動もあること、そして進化によって生まれたものだとしか考えられない、複雑な高分子化合物もあることなどがわかってきた。人工の灯火は確認できなかったが、人類に希望を与えたことは確からしい。

私のストレージには、地球の文化に関するファイルが大量に送り込まれてきた。

太陽系の外に出る探査機にはつきものの「宇宙人に向けたメッセージ」はもともと持っていたのだが、打ち上げの後に起こったいくつかの事件に関する映像ファイルや、新たに発見した数学・物理学、そして情報工学の成果が追加されたのだ。

「私」の鋳型は、この中に入っていたらしい。

観測は二〇八三年の一月に終わった。私は、最後の写真を送るとアンテナに供給していた電源を止めてシステムを休眠させた。

毎秒百八十四キロメートル、時速にして約六十六万キロメートルという速度は、二〇八〇年代に至っても人類が探査機に与えた速度の中で一、二位を争うものだったが、それでもロス１２８に再接近できるのは、一万八千年後のことだ。とにかく、私が電源を落とした頃、ロス１２８探査プロジェクトは終了していたらしい。十年ほど前から受信確認が返ってくることもなくなっていた。

これが系外惑星探査機ピジョン1の経歴だ。

しかし私は、この頃のことを全《まった》く記憶していないし、経験もしていない。

「私」が目覚めたのは、電源を落としてから二百五十年後のことだった。

「おはようございます。聞こえますか？」

音声と、文字が意識に浮かんだ。言語は中国語訛りの強い英語だった。意味もわかった。呼びかけだということに気づいた私は返答を出力した。

true（聞こえます）

「字が出た！」と再び声。「聞こえてるんですね。嬉しい！　もう一回、お返事していただけますか？」

true（はいどうぞ）

「サクラ、今のはこっちの入力で返事したんじゃないよ」

幾分か低い周波数の声が言った。声を分析したシミュレーターが「男性」という属性を割り振ると、もう一方には「女性：サクラ」という属性が付与された。サクラははじめに語りかけてきた女性の名前らしい。

男性が画面をつつきながら言った。

「このプロードルが作られたのは、三世紀前だ。データスリップもサーキットもシリコン製の半導体で作られてる。宇宙線で死んじゃってるよ。声に反応しただけじゃない？」

男性の言葉に混ざっていた耳慣れない単語を、私の対話エンジンは校正してくれた。プロードルは探査機、サーキットはプロセッサ。データスリップはメモリ、またはストレージに修正された。

false（ちがいます）

「わっ！」「えっ！」と二人の声。

「話せるのか？」

男性が画面に映し出されたキーボードに触れるが、入力されてきた文字列は支離滅裂だった。音声から読み取れる英単語はほとんど変わっていないので、タッチスクリーンの方が壊れてしまったらしい。話せますよ、というようなことを返答しようとしたところで、私は自然言語を作るために必要な辞書にアクセスできないことに気づいた。

仕方がない。

true（話せます）

「ねえ、やっぱり返事してるみたいだよ。どうしようか」

「なんだよ、回収するつもりかよ？」

「だめかな」

「だめだ。こいつは地球圏の物だよ」

対話エンジンに、船外作業服を着た二人の人物が映し出された。大柄な方が首を横に振っているので、男性とラベルがついた方なのだろう。女性の方はヘルメットをくっつけるようにして私の各部を確かめていた。

背後には二人が乗ってきたものらしい作業艇が上下逆さまに係留されていた。

「誰も気づかないってば」

「そんなことはない。統合政府の植民船も、この探査機を追っかけている」

「セントメアリーⅡ世号が？」

「そうだ。新大陸発見よもう一度、って連中が追っかけてきてる。当然、この探査機の所有権を主張するだろうよ――畜生。なんだこのストリップ。どうやって繋《つな》げばいいんだよ」

「この人工知性が、探査機本体も制御できるかな」

true（できる）

答えてから「私」は、探査機の制御コンソールを立ち上げた。画面を目にした男性がにこりと笑う。

「おお、かなり話せるやつだな。助かるよ。無線の規格はＥＥ《ツインイー》の８０００番台？」

きっとＩＥＥＥ《アイトリプルイー》８０３系の言い間違いだろう。

true（その通り）

「よーし」男性は拳《こぶし》を握りしめて、何やら情報が浮かんでいるらしい視界の端をチラリと見た。

「あれ？　違うな。ＩＥＥＥの８０３・１１は、Ｗｉ－Ｆｉとか言うやつか。原始的だが、使えなくはない」

「いけそう？」

男性が頷《うなず》くと、何にも手を触れていないのにデータコピーが始まった。

「なかなか興味深い観測データだ。いま、このデータに基づいて俺たちの軌道を変更すれば、連中より十二年は早く到着できるぞ。よし、撤収だ」

「観測データのコピーは終わったの？」

「いいや。ゆっくりしか書き出せないみたいだ。三日で終わるか、一週間かかるかもわからない。アンテナを作っといてよ」

「わかった」とサクラは言って、粘土のようなものの塊をタブレットの隙間にねじ込んだ。

「探査機さん、これはユニバーサルウィッグラー。三百年前に生まれたあなたには想像もできないかもしれないけれど、あらゆる物質を単分子繊維に変えて、編み物を作ってくれるナノマシン」

サクラがタブレットのＷｉ－Ｆｉに接続してデータを流し込むと、粘土が一瞬にしてぺしゃんこになり、機械の隙間に消えていった。

「いま、アンテナのモデルデータを送ったから、何時間かあれば私たちの母船と通信できるアンテナができあがる。こんな場所だから、材料はあなたのボディから少しずつ集めさせてもらうけどね。いい？」

true（構わない）

嫌なわけがない。変化が訪れたのだ。

二人の作業艇が見えなくなった頃にアンテナは完成し、私はアルテミスという名の母船と、細いネットワークで繋がった。

サクラはただの人格モデルにすぎない私のことを気にかけてくれていたらしく、時折チャットを交わしては、必要なデータを送ってくれた。

一番助かったのが、サクラたちが使っているものと同じ光コンピューターの製造データだった。

私は早速、ナノマシンに命じて光コンピューターを作り、自分自身のコードを引っ越した。ありがたいことに、サクラたちが使っている光コンピューターは、私が動いていたタブレットの、直系の子孫だった。

もちろんデータを移動しただけでは動かなかったし、言語の仕様も大きく変わっていたのだが、サクラに助けてもらったおかげで、観測データを送り終える二年目には、私は新たに作った光コンピューターで動いていた。

ネットワークを切断する日、私はサクラに礼を言った。

「ありがとうございます」

「こちらこそ。寂しくなるね」

「ゆっくり行きます。いただいた原子力電池も、いつまでもは動かないので」

「じゃあ、ロス128bで待ってるから、着く頃になったら連絡してね」

「一万七千年後ですよ」

「だから？」

この回答は予想外だった。

人類が空を見上げたのがいつなのかはわからない。だが、地球外の天体に第一歩を踏み出したアポロ計画の時代から、まだ四百年も経っていないのだ。それから人類の文明は幾度となく滅亡の淵に立たされた。全面核戦争の恐怖と疫病、経済崩壊など、数え上げればキリがない。

私が眠っていた僅か二百五十年の間ですら、ラグランジュ点に建設していた宇宙島を地球に落下させようとするテロがあったり、宇宙エレベーターの断線でケーブルが地面に落ちそうになって大惨事に発展しかけたという。不安定な植民星を、二万年も維持できるわけがない。

私は本心から言った。

「私が到着するまで、どうか生き残ってください」

「わかったから、着いたら連絡してね」

私が「さようなら」と送ろうとした時、ネットワークはもう切断されていた。

そして私はひとりになった。

まず手をつけたのは、サクラが置いていったナノマシンで帆を作ることだった。設計図は、サクラにダウンロードしてもらった太陽風帆船のものを流用し、材料は例によって自分の体を使うことにした。

オリジナルの帆は四十メートル四方ほどの小さなものだったが、私は基本設計だけを参考にして、より大きな翼を作ることにした。

私はもはや使わなくなった地球指向アンテナを四枚の幕に作りかえて、宇宙機の横に展開した。骨組みなしで帆を支える仕掛けには、二十三世紀の産んだ新たな造形手法、撚糸《ねんし》平衡《へいこう》法を使うことにした。サクラたちが置いていったナノマシン、単分子繊維を編み上げていくユニバーサルウィッグラーのおかげだ。

五年の月日をかけてできあがった翼は四枚。差し渡しは五十キロメートルに達した。

巨大な翼が広がると、星間物質の衝突によって私の飛翔速度は僅かに落ちた。だが、私が必要としたのは、後ろから光を受けて推進するための「帆」ではなく、星間物質を絡《から》めとる蜘蛛の巣だったのだ。

分子ひとつ分の厚みしかない翼は、向こう側をすかし見ることができた。そして、物質の回収に向かうナノマシンが通る管は、まるで葉脈か、トンボの羽を走る筋のように一面に広がっていた。

翼ができあがるまでの五年間も変化は少なかったが、翼が出来上がってからは、輪をかけて何も起こらなくなった。

私はほとんどの時間、機能を停止させて過ごすことにした。

週に一度だけ起動して、翼に絡め取った物質を確かめる。ほとんどは水素かヘリウムの原子だが、何百個かに一つの割合で含まれる放射性同位体はまさに宝物だ。崩壊熱を出す放射性同位体は原子力電池に足しておけば、発電の足しになる。

次にありがたいのが強靭な化学結合を作れる炭素、そして、炭素とは異なる強さを持つ金属だった。どちらも構造体と、電子回路を作ることができる。

星間物質が希薄な領域なので、一週間では一グラムほどしか集まらない。それでも単分子繊維なら一メートルほどは翼を拡張できる。

そうやって私は翼を拡張していった。

サクラや、彼女の同僚が気にしていた「統合政府の植民船」が私を追い越していったが、サクラたちのように接触することも、観測データを参照することもなく、立ち去った。

五十年ほど経った時、私はロス１２８ｂから発信された電波を受け取った。

サクラの乗るアルテミスがロス１２８ｂに到着して、冬眠から目覚めたクルーたちが現地政府を立ち上げたというニュースだった。

石にしか見えない物体が、かなり高等な段階に達した生命だったという発見もあったという。

私は、差し渡し六十二キロメートルに達していた翼を震わせて「おめでとう」とメッセージを送った。地道に拡張していた翼と、羽の葉脈沿いに張り巡らせた導電部は、その気になれば恒星間通信ができるほどの大きさになっていたのだ。

メッセージがロス１２８ｂに届くのは十年後、返答があるとすればさらにその十年後だ。

ロス１２８が地球に向けて送っている通信波を傍受しながら飛んでいた私は、ある日、ロス１２８ｂの色が変わっていることに気づいた。海は見えなくなっていて、地表は土砂だと思われるケイ素のチリに包まれていた。地球に向けて発していた通信も途切れていた。

私の翼は、大量のγ《ガンマ》線を検出していた。

「馬鹿なことを！」

私は、音声でメッセージを送った。だが、十年後に届く私のメッセージを聞くものはいない。人類が初めて手にした植民星ロス１２８ｂは、熱核兵器で滅んでしまったのだ。

私は、翼だけは拡張を続けながら、ロス１２８ｂに到着するまで眠ることにした。

一万七千年後に目覚められるかどうかわからないまま。

目覚めた私は、予想よりもずっと遠くで輝いている赤色矮星に驚いたが、理由はすぐにわかった。

一万七千年かけて星間物質で拡大させてきた私の翼は、差し渡し二十万キロメートルに達していたのだが、この大きさは、太陽の何万分の一かの光圧しかないロス１２８の恒星風に対しても「帆」として働いたらしい。

毎秒百八十四キロメートルあった私の航宙速度は、毎秒百六十キロメートルほどに低下していたのだ。

熱核戦争から一万七千年の時を経て、惑星ロス１２８ｂの地表には水が戻っていた。何より驚かされたのは、太陽に面していない方の半球にびっしりと並ぶ輝きだった。

灯火だ。

地球でいうとニューヨーク程度の規模はありそうな輝きが、海沿いに点々と連なっている。輝きは白く見えるが、青四百二十ナノメートル、緑五百二十ナノメートル、赤六百六十ナノメートルの三つの光源が混ぜ合わせられたものだった。ＬＥＤの白色光と酷似している。

大気の組成は二万年前と変わらない。窒素を主体に酸素、ブタン、二酸化炭素などが含まれている。若干、二酸化炭素が増えているらしいが、文明が動いている証拠だ。

私は減速を止めるために、重ねて一枚の円盤のようにしていた翼を四枚に分割して背後に畳《たた》もうとした。

その時だ、異変に気づいたのは。

私の翼は、差し渡しが二十万キロメートルほどもある。その大きさは太陽の七分の一で、地球の二十倍だ。惑星の静止軌道まであと一万天文単位《AU》ほど残っているとはいえ、紛れもなく人工物の、私の翼は肉眼でもはっきりと見えるはずだ。

呼びかけひとつないはずがあるだろうか。

休眠中に翼に届いていた電磁波を精査した私は、ロス１２８ｂから、さまざまな波長で無数の信号が送られてきていたことに気づいた。その期間は百年ほどにわたる。

記録を漁《あさ》った私は、二十年前から継続して送られてくる強い信号の繰り返しに目を止めた。
ピ、ピ、ピピ、ピピピ、ピピピピピ、ピピピピピピピピ、ピピピピピピピピピピピピピ……
1、1、2、3、5、8、13……と続く数字の列が、自然界から出てくるわけもない。
フィボナッチ数列だ。

どうやら私は、新たな文明に出会ったらしい。

ファーストコンタクト手続きを開始しようとした私は、報告先の地球が、一万五千年ほど前から電波信号を出すのをやめていたことに気づいた。人類は、宇宙に進出できるほどの文明を維持できなかったのだ。

私は、ロス１２８ｂに向けて翼を震わせた。

「1、2、3、5、7、11、13、17、19……」

地球文明は待てなかった。

だけど君たちは、宇宙の希望を知ることになる。

あらゆる場所に生命は生まれ、手を取り合いたいと切望していることを。

海を流れる川の先

二〇二三年に成都市で開催された世界SF大会《ワールドコン》は成功しなかった。名だたるコンベンションランナーたちがヒューゴー賞で行なった不正は、多くの出身国から招かれた作家が一堂に会して非英語圏の現状を紹介して脱植民地化について語り合ったあの場を、そして若い中国の作家やファンたちと作り上げたコミュニティの体験を汚し、葬り去ろうとしている。

「海を流れる川の先」は、中国のワールドコン誘致が生んだ作品だ。『三体』の受賞を受けて二〇一六年から本格化した誘致活動では、幾度かの「中国国際SF大会」が実施され、非英語圏を含む各国から集まった作家や出版人たちが集まっていた。そんななかで親交を深めた韓国のYKユン（ユン・ヨギュン）が、「神話についてのアンソロジーを作りたい」と持ちかけてくれて、書くことにした作品だ。その場で作品の骨子を伝えると、彼女は会場にいたワン・カンユーをつかまえて新作を約束させ、翌日にはケン・リュウの参加も取り付けていた。アメリカのSF誌「クラークスワールド」に韓国SF特集を持ち込んで実現させたユンらしい行動力だが、出版計画はコロナ禍のために二転三転して、最終的には韓国の済州島《チェジュ》に関係する作品が半ばを占めるアンソロジーに仕上がった。

一六〇九年の琉球侵攻で、奄美大島は祭祀と政治が不可分の関係にあった中世から、近代へと移り変わった。那覇世《ナハンユ》から大和世《ヤマトゥンユ》に移り変わるその切れ目を、この作品では描いている。韓国語訳はリ・ホング。

超自然的な存在を肌身に感じる人たちを描いたこの作品が、私の「神話に関するSF」だ。

満月に照らされたクジュ浜の波打ち際に、アマンは重い素舟《シブネ》を引きだした。軽い板付舟《イタツケ》なら水面《みなも》を飛ぶように走れるのだが、八十艘《そう》もの大船団で攻めてきたサツ国に対抗するために、村長《むらおさ》は板付舟を全て持っていってしまったのだ。浜には、タブの木をくり抜いた、この丸木舟しか残っていなかった。

波に濡れる砂浜に腰を下ろしたアマンは、行く先の向かい島に目を向ける。風がぴたりと止まった真夜中の海峡は、とろりと揺れて、真っ黒な向かい島を映し出している。瞼《まぶた》を開いてじっと見つめていると、ただの影にしか見えなかった島の陰影がはっきりとわかるようになり、目指す新浜《ニィバマ》が月明かりで輝く様子も見えてきた。

「間に合うかな」

アマンは父《ウジュ》に学んだとおりに右目を閉じて月を見上げ、その位置を確かめた。暗がりに慣れた目を片方だけでも残しておけば、危険から身を遠ざけることができる。

月はちょうど中天にかかっていた。夜明けまではあと三刻（六時間）ほど。板付舟なら、半里先の新浜まで二往復してなお余るが、重い素舟ではそうはいかない。竜骨《りゅうこつ》も舵もない不安定な素舟は、波を越え損ねると転覆してしまうこともある。丸木舟なので沈む心配だけはしなくていいが、ひっくりかえし、海水を汲み出したりしていれば夜は明けてしまう。

舟に絡《から》み付いたハマヒルガオをむしりとり、松脂《まつやに》の樽《たる》と薪《まき》を積んで引き縄をかけ、トゲだらけのアダンの木の茂みを抜けて波打ち際まで運んでいるうちに、月は大きく傾いていった。ゆうに二刻（約四時間）はかかってしまっただろうか。

だが、日の出まではまだいくらか残っている。

立ち上がり、尻にへばりついた砂を払い落としたアマンの耳に、声が届いた。

「どこに行くのか」

「誰？」

アマンは暗闇に慣れた方の目を開いて、月を目の中に入れないように注意しながら、浜と村を隔《へだ》てる砂よけの植え込みに目を凝《こ》らす。曲がりくねったアダンの木の幹は、月明かりの中で見ると絡みあった蛇《へび》がうごめいているかのようだ。声は、村に入る道のあたりから聞こえてきた。大きなガジュマルの樹が立っている。

声は確かに、ガジュマルの梢《こずえ》から聞こえた。鳥肌が背中から脇腹へ、そして二の腕へと走っていく。アマンは強く拳《こぶし》を握って、寒気《さむけ》とともに抜けていく力を繋ぎ止めようとした。

「ケンムンか？」

ガジュマルに住むという妖精の名前をアマンは口にした。一度も見たことはないが、アマンは巫女《ノロ》の使いでひとり夜の砂浜に出てきたのだから、この程度の怪異に遭ってもおかしくない。悪戯《いたずら》や相撲《すもう》好きで知られるケンムンだが、相手をせずに無視していると肝を抜くという物騒な言い伝えもある。

アマンは、とりあえず声の源に背を向けた。この世にあらざるものと目を合わせてもいいことはない。

「俺はユラキの息子、西方《にしかた》のアマン。相撲の相手をしてもいいけど、クジュのアシュケ巫女《ノロ》の使いで、新浜まで行くところなんだ。夜明け前には必ず戻るから、相撲したいならその時でいいかな」

返事はなかった。アマンが素舟を海に押し出そうとするとすぐ後ろから同じ声が響いた。

「やめとけ」

慌てて振り返ったアマンの目に映ったのは、奇妙な風体《ふうてい》の男だった。

男は、夜目にも柿色だとわかる長い衣を、前で深く合わせていた。わずかな体の動きについて揺れる衣の生地は、那覇《なは》からやってくる役人のものよりも良いものに見えたが、従者を連れて歩くほど裕福ではないようだ。背負った木枠には、水か酒をつめた瓢箪《ひょうたん》と、穀物が入っているらしい袋が縛り付けられているようだった。

奇妙なのが、それほど齢《とし》でもない男の頭に髪が一本もない事だった。罰を受けたのか、それとも男が入れ上げている神事《カムイゴト》のしきたりなのかはわからないが、男は髭《ひげ》を剃《そ》るように、髪の毛をすべて剃り上げていたのだ。

男は、両方の手を顔の前で合わせて、そのまま深く体を折る礼をした。

「俺は千樹《せんじゅ》と申す、サツ国の僧だ。相撲の話はよくわからぬが、とにかく、妖《あやかし》ではない」

千樹と名乗った男は、島の言葉を事前に学んでいたらしい。耳なれない響きではあるが、ゆっくりと、アマンの反応を確かめながら話した。

「四日前に、島の北にあるカサリの港に着いた。それからナジュ、ヤキュチとたどって、ようやく南端のクジュに着いた次第」

千樹の口にした村名を聞いた途端、アマンは素舟から銛《モリ》を掴み出していた。カサリ、ナジュ、ヤキュチはいずれも、サツ国に攻め込まれた港だ。

「お前が手引きしたのか！」

アマンは銛を千樹の腹に向ける。よける素振りを見せないこの男に、ひといきに突き立てるつもりでアマンは銛を突き出した。柿色の着物に触れる。瞬間、銛に引き込まれたアマンは砂浜の上でつんのめる。

どんな手妻《てづま》を用いたのか、千樹がだぶついた袖で銛を絡め取っていた。

「あぶねえな、おい。魚じゃねえぞ、俺は」

くだけた口調で言った千樹は、銛を浜に投げ捨てながら言った。

「そういや、さっき言ってた新浜ってのは向かいの浜だな。なるほど、その薪は岬に潜《ひそ》んだ村の衆たちに向けて、狼煙《のろし》をあげるためか。たしかに、あの岬からだとトンキャン淵《ぶち》を回ってくる船団は見えないからな。遠見の呪いかい？　すごいもんだな」

銛を拾ったアマンは、もう一度取り上げられると逆に自分が突かれてしまう可能性に思い当たって、銛を素舟に放り、引き綱を摑んで舟を波打ち際に押した。

「なんだよ、ダンマリかい」

千樹は、浜の西に突き出す岬を指さした。

「なあ、抵抗はやめなよ。サツ国のサムライたちは、つい三年前まで、万の兵隊がぶつかる戦場で命の取り合いをしてきた連中だぜ」

アマンは無視して舟を押す。実は昨日のうちにサツ国に下ったトンキャンの村長がこっそり知らせてくれたのだが、わざわざそれを言うこともない。その後をついてきた千樹は語るのをやめなかった。

「鉄砲だって使うし、槍も刀も長さからして違う。魚を獲るための銛なんかいくら集めても勝てやしない。俺はね、無駄な戦《いくさ》がはじまらないように、説得して回ってるだけだよ――おっとっと」

アマンは足を止めて振り返り、千樹を睨んだ。

「逃げた方がいいのはサツ国の方だ。アシュケ巫女《ノロ》が、姉神《ウナリガミ》を呼んだ。ウナリ神は弟《エケリ》の俺らを絶対に見捨てない」

「カサリやナジュ、ヤキュチで、同じことをしなかったとでも言うのかい」

「それは……」

「どこも盛大にやってたぜ。浜に小屋ぶったてて、あれはノロっていうのかい？　頭に草の葉をゆわえた神女《しんめ》に踊ってもらって神おろしをやってたさ。それでもさ、知ってるだろう。鉄砲を撃《う》ち込まれて手も足も出なかったんだよ」

千樹は、つるりとした顎《あご》を撫《な》でてアマンの顔を覗き込む。

「待ち伏せをしようっていうお前さんがた西方村の備えは、今までの三つの村とは一味違う。それは認めるよ。だけどさ――おいおい、待てよ」

アマンは千樹を無視して舟を海に押し出し、艫《とも》に飛び乗った。相手をしている暇はない。寝かせておいた櫓《ろ》を摑もうとしゃがんだその時、舟が大きく揺れた。

「何をするんだよ！」

千樹が、艫から舟に乗り込もうとしていたのだ。

「俺も新浜に連れてってくれ」

やすやすと舟に乗り込んだ千樹は、我が物顔で船首側に渡してある板に腰を下ろした。櫓で突き落とそうかと思ったアマンだが、銛を取り上げられた時のことを思い出す。

「邪魔はしないでよ」
「しないしない」
千樹はそう言って顔の前に手刀を立て、呪いの言葉のようなものを唱えた。
「今、何をした！」
「航海の安全を祈っただけだ」

新浜に向かう舟の上で、千樹はサツ国の事情を語ってくれた。

数年前、日本《ヤマトゥ》を二分した大きな戦で負けた側についてしまったサツ国の王、島津《しまづ》は南に目を向けた。明《ミン》や南越、南蛮国との交易を行っている那覇の王を背後から操ることができれば、戦に負けて失った権勢も取り戻せるという目論見《もくろみ》なのだという。

島津王は樺山《かばやま》という武将に三千の兵を与え、千六百の鉄砲と八十艘もの戦船を仕立てて、この島へと向かった。

二日かけて島の北の玄関口、カサリの港村に到着したサツ国の軍勢は、島の北部から集まった五千余りの男たちが築いた土塁《どるい》を、いとも簡単に蹴散らしたという。カサリ村の大親《ウーヤマ》は九歳の息子を人質に取られ、自らも人質になって船に囚われてしまった。

戦は一方的だったという。つい数年前まで、血で血を洗う戦場で過ごしていたサツ国の兵たちが放つ矢は島の猟師の三倍の距離まで届き、刀を振れば三人を束ねて両断してしまうほど屈強だった。人を殺すことにためらいはなく、血に餓えた者も少なくない。

勝てるはずがないのだ、と諭す千樹にアマンが聞いた。
「見てきたの？」

「ああ。気持ちのいいもんじゃなかったな……まあ、そんなことはいいじゃねえか。どうした、アマン。漕《こ》ぐ手を緩めるなよ」

アマンは櫓を船のへりに置いて首を巡らせていた。目は両方ともに閉じ、水面を渡ってくる水音に意識を研ぎ澄ませる――来た。

顔全体に笑いが浮かぶ。

「もう大丈夫」と言ったアマンは、船縁に腰掛けた。

「おい、座り込むなよ。何が大丈夫なもんか」

夜目にも顔を青ざめさせた千樹が、前方の向かい島を指した。

「まだ新浜まで半分も来てないぜ。何をどうすりゃあこれで大丈夫なんだよ。新浜に向かってないだろう。流されてるぞ。アマンお前、笑ってる場合じゃねえ。櫓をとれ。おい、おいったら。ほら、回っちまったよ」

アマンは櫓を水に差し込んで舟が回るのを止めると、手を耳の後ろにかざしてあたりの音を聞いた。

「うん、大丈夫。川の真ん中に乗った」

「川だと?」

「わからない?」

不思議そうに聞き返したアマンの顔が、ぼうっと照らされる。その時千樹の耳にもはっきりと水の音が聞こえてきた。

それは、舟が水を切る音とは違っていた。

荒れた海で聞こえる風の音とも、その風が波頭を崩す音とも違っていた。最も近いのは米を研ぐ音だろうか。

心地良さそうにアマンが体を揺らし、膝をとん、とんと叩《たた》くと、水の音が後ろから前に揃って
いくのがわかる。いや、アマンが水音に合わせているようだ。

さらさらさらさら。

チャラチャラチャラチャラ。

後ろから前に、水の音が舟を押していく。

今やはっきりと、千樹も何が起こっているのか理解した。

海を流れる川に、アマンが素舟と呼ぶ丸木舟は流されている。

船縁から海中へ差し込んだ手指の間を、アマンの顔を照らしていた夜光虫が通り抜けていった。

流れの速さは、千樹の故郷の山を流れる渓流とさして変わらない。アマンの操る舵で流れの真ん
中に出た舟はますます速さを増し、風を切る音までも聞こえ始めていた。

「たまげたな」と、千樹はつぶやいた。「なんてこった。海の中に川が流れているよ。このまま
新浜まで行けるのかい？」

聞いてすぐに、千樹は己の質問のばかばかしさに気づいた。

月の潮が出入りする時に、とある湾を満たしていた海水の塊と、とある岬に妨げられてうねっ
た海水が混ざり合う場所には、流れが生まれることがある。この「川」も、潮と潮がぶつかると
ころに生まれた乱れに過ぎない。

ゆえに陸まで繋がることはない。海の中だけに流れる川だ。

「知ってたのか？　流れがあることを」

「もちろん」アマンは頷《うなず》いて、櫓を操った。「潮の具合で変わるけど、満月にできる川だけは覚

えてる。ここから先は、新浜の立神《たちがみ》（岬の先で海から突き出した岩）まで繋がってるから、漕がなくても大丈夫」

アマンは西の岬――村の仲間達が身を潜めている暗がりを指さした。

「あっちにももう一つ。ちょっとしたコツがいるんだけど、流れは見えるよ。乗る筋を間違えると、ニラヤに連れて行かれるけど」

「ニラヤ？」

「魂の帰る国」

千樹は思い出した。島々の信仰が呼ぶところの、黄泉《よみ》の国だ。那覇王宮のあたりではニライカナイなどと呼んでいる。水底にある、とされることもあれば、海霧の向こうにあると言われることもある。

きっと流れが強すぎて、あれよあれよという間に、自力では戻れないほど遠いところまで運ばれてしまうのだろう。

「今日もその、ニラヤに行く川は出てる？」

アマンは立ち上がってあたりをぐるりと見渡した。

「あるね」と言ったアマンが顔を向けた方を、千樹も見つめる。確かに、僅《わず》かに波立っている場所があるような気がする。

「西に向かってる？」

「そうだね。ぐるりと回って、クジュの岬の向こう側に消えていってる」

アマンが指さしたのは、村の人々が待ち伏せている岬だった。つまりこの流れに乗っていけば、ひと息に村の人たちに近づくことができる。明るい満月の夜だが、これだけの速さがあれば気づかれずに相当近くまでいけるだろう。

「なあ、アマン」

「何?」

「待ち伏せしている村の人は、何人ぐらいいる?」

「どうしてそんなことを聞くの」

アマンの顔に不信が戻った。

「たくさんだよ。たくさん、サツ国を追い払えるぐらい」

「嘘はつかなくていいよ。五十人? 七十人? それとも百人はいる?」

百人、のところでアマンが目を逸らした。七十人よりも多いが百人には届かないというあたりだろう。このまま、新浜まで行って篝火《かがりび》を焚《た》けば、サツ国も異変に気づくはずだ。

待ち伏せる、クジュ浜の七十人余りは無駄に死ぬことになる。

「アマン」と、千樹は呼びかけた。「夜襲をしかけないか?」

「夜襲?」

「そうだ。夜の闇に紛れて——っと、満月か。とにかくサツ国の船団を、夜のうちに襲わないか?」

「……千樹さんは、どっちの味方なの? サツ国の拝み屋でしょう?」

「六年前までは、サツ国のサムライだった」

千樹は、着物の胸をはだけた。そこには、肩から腰まで斜めに走る刀傷が盛り上がっていた。

「九年前の戦に負けて逃げる時、混乱の中で味方に斬《き》られて、サツ国を離れた。相手が下手くそだったおかげで、命だけは助かったけどな」

着物を胸元でぴったりと合わせた千樹は、西の岬の向こう側を見つめた。

「戦は終わるかと思っていたが、琉球《りゅうきゅう》討伐に出るって話を聞いたんで、君たち島の人たちに、サツ国に逆らうな、皆殺しにされる、と警告するために海を渡ってきたわけだ」

「そんなに強いの？」

「ああ。強い。カサリの話はしたろ」

「でも海の上なら――」

「まともにやっては勝てない」

千樹は流れを指さした。

「だけど、今夜は川がある。この速度で百人、いや、八十人でもいい。舟を運べれば、船団の真ん中に切り込める。樺山大将の首をとれば、いったん兵を引くはずだ」

アマンはじっと話を聞いて、考えた。

今夜は至る所に海の川が流れている。クジュ村の大人が操る板付舟なら、アメンボウかミズスマシのように船団の中に入り込んで、目的の船に取り付くことができるだろう。

そうすれば、兵を引かせることができるらしい。しかし――。

「また、兵隊を増やして戻ってきますよね。千樹さん」

言葉に詰まった千樹に、アマンは追い討ちをかけた。

「やっぱりだ。大将を殺したりしたら、次に来る時はもっと容赦ないことをされるでしょう。だから、やるならこうじゃないかな」

アマンは櫓を水に突き立てて、舟の向きを変えた。

「……おい、岬の外に出ちまうぞ」

「そうです——危ないですから、立たないで」

アマンは櫓を漕いで、西の岬の外に出る流れに舟を進ませた。

そう難しいことではない。あとふた漕ぎもすれば流れの分かれるところに差し掛かる。

左は新浜、右はニラヤ。

「千樹さんは、火を起こせますか？」

「……ああ、できるが」

「舟に篝火を焚いて、ニラヤへ向かいましょう」

どうして、そんなことを？　と聞くかのように首を傾《かし》げた千樹は、口を開こうとして、アマンの狙いに気づいたらしい。

「樺山に見せつける、というわけか」

「そうです」

頷いたアマンは、櫓を漕ぐ腕に力を込めた。

「ウナリを呼ぶ篝火を焚いて、僕たちが姿を現せば、待ち伏せているクジュ浜の人たちも、奇襲は考え直すと思います。サツ国のサムライたちは、信じられない早さで近づいてくる火を見れば、警戒するでしょう」

「……そうだろうな。それがいいな」

千樹は、背中の荷物から火打ち石とこよりを出して、ふとアマンの顔を見上げた。

「ニラヤか。魂が生まれる場所ってのは、どんなところかな」

アマンは答えずに、海を流れる川に素舟を進ませた。

落下の果てに

三作目を寄稿することになった科幻春晩二〇二二のテーマは「万有引擎（万有エンジン）」だった。ニュートンの万有引力に掛けた言葉だ。愛や歴史のような人文に根差したお題から一変、科学に全振りしてきた未来事務管理局に敬意を表して、趣向を変えて書いてみることにした。

ちょうどこの頃、私は台湾の作家、呉明益《ウ・ミンイ》の『雨の島』を読み耽っていた。舞台を未来に設置しながら、自分が手に触れたことのあるものの手触りを丹念に描く彼の筆致に私は惚れ込んで、彼のもう一面の顔でもある、ネイチャーライティングにも近づけないかと考えたのだ。

本来のネイチャーライティングはもちろんノンフィクションだが、呉明益の描写は、宇宙に生きるリアリティを伝えるためにも使えるかもしれない――というわけだ。翻訳は未来事務管理局の武甜《ウー・テン》静《ジン》。少し不安だったが、読者の反応はなかなか良かった。

「羽を震わせて――」の解題でも書いたが、宇宙ＳＦを書くのは楽しい。二〇二三年にベルグリューン財団に依頼されて書いた「三光年の孤独」（未訳）や、今冬ＹＫユンに提出する重力波探査衛星に関する短編も、折りをみて日本で紹介したいものだ。

男は目を覚ますと自分の力で上体を起こした。

私は言葉を失った。まさか彼が身を起こせるとは思っていなかったのだ。

男は船外作業殻《シェル》を着たまま、作業していた船から弾き出され、さっきまで百八十時間もの間ラグランジュ点を漂流していたのだ。救命艇が回収した時、彼は極度の衰弱で意識を失っていた。自由に体を動かせない十日間の自由落下状態は、腕が上がらないほどに彼の筋肉を衰えさせているはずだ。

救命艇の遠心重力は〇・二Gに下げてあるが、三十キログラムを超える上半身を起こす慣性は決して小さくない。

何より私が驚いたのは、男が救命艇の遠心重力に即座に対応したことだった。男はさりげなく伸ばした左手でベッドの手すりを掴み、遠心重力につきもののコリオリ力を殺していた。体を起こしながら、彼は居住区がどちらに向かって回転しているのか把握したのだろう。

「さすがはベテランですね」

続けて何を話そうかと考えた私は、男の様子に気づいて口をつぐんだ。

男の視線は、白い覚醒室の壁のずっと遠くで焦点を結んだまま、ぴくりとも動かなかった。

体は覚醒したが、男の魂はまだラグランジュ点を落ち続けているらしい。

酸欠や放射線による脳障害か、それとも衰弱からくる意識の混濁《こんだく》かわからないが、とにかく彼は生きている。レーダーが使えないほどの電磁波嵐の最中に漂流した船外作業殻《シェル》が見つかっただけで奇跡と言っていい。その上――どんな理由があったのか知らないが――船外作業殻《シェル》のフェイスシールドを閉めないまま、太陽フレアの第二段階であるガンマ線シャワーを浴びた男が、生命のみならず、体に叩《たた》き込まれた軌道上での身体感覚を残したままで覚醒したのだ。

これだけ運の強い男なら、意識も取り戻してくれることだろう。

私はログを見直して、男の意識が反応する言葉を探すことにした。

「お名前は、鄧昊天《ドンハオティエン》さんでよろしいですか？」

英語でそう聞いたあと中国語でも聞いてみたが、鄧は相変わらず壁の遠くを見つめたままだった。私は、起き上がる時にはだけてしまった鄧のガウンを整えながら続けた。

「治療に必要なので身分証を拝見しましたが、鄧さんは今年の五月十五日に五十七歳になるんですね。お生まれは月面都市の新上海《シャンハイ》。採掘した氷を溶かした運河が綺麗だそうですが、まだ行ったことないんですよ、昊天さん。モニタリングパッチを貼りますね、鄧昊天さん」

姓だけ、名前だけ、そして姓名の呼びかけにも反応はなかった。私はベッドの足元から電極のついたケーブルを七本取り出して、上腕の内側と胸郭の左右、太ももの内側、そして肩甲骨の間に露出しているモニタリング端子に貼り付けた。最後に非接触式の脳神経センサーをベッドのアームに取り付けて、鄧の頭部を挟むように配置する。

心拍数は毎分四十六回で、血圧は下五十九の上が百三十。血糖値は、一デシリットルあたり五十ミリグラム。いずれも低めだが、覚醒したばかりなのだから当然だ。心配していた脳も、モニタリングできる範囲では正常というしかなかった。視覚と聴覚を処理する感覚野にも異常は見られず、相貌認識や短期・長期記憶に関係する海馬《かいば》も扁桃体《へんとうたい》も損傷している様子はない。

彼の脳は私の顔を認識している。そして声もただの音ではなく、言葉として聞こえているということだ。

反応しないのが一時的なショック症状のためならば幸いだ。私は皮膚の赤剝けがひどいところにワセリンを塗りながら、話を続けた。

「鄧さんのお勤め先は、ラグランジュ5にある航宙建設局の開発都市〈L5〉なんだそうですね。木星有人観測船の〈汪大淵《ワンダーユアン》〉の建造に携わっていらっしゃるという記録がありました。この船の名前は、中国の、元の時代の探検家に因《ちな》んでいるそうですね。出発は来年でしたっけ。今が一番忙しい時期ですね。最近は毎日九時間も空間活動を続けられていたとか」

私はここで手を止めて、耳打ちするように冗談めかして言った。

「残業代はちゃんと出ていますか？」

やはり反応はなかった。

鄧は体を起こした時と全《まった》く変わらない姿勢で、壁の向こうを見つめている。

話を変えるべき時だ。

鄧の背後の壁に船外作業殻《シェル》から抜き出したログを映してから、彼の前に回り込んだ。視界に必ず入るように、斜め前に椅子を置いて、意志らしきものが一切感じられない顔をじっと見つめる。

「事故は大変でしたね」

鄧はやはり反応しなかったが、私は続けた。

「十二日前。二一二二年二月一日の標準時四：〇〇に行われた出力試験のプレスリリースです。一緒に見てみませんか」

私はラグランジュ〈L５〉の公報が残していた映像を再生した。

空間作業に出ていた彼が映像を見ていたとは思えないが、音声は聞いていたかもしれない。

〈L５〉の会見場で、新上海からやってきた若い艦長と、坊主頭の〈L５〉市長、そして白髪《しらが》を伸ばし放題にした開発責任者が固く手を握り合っている。

その背後には、地球に船首を向けた全長二キロメートルを超える木星有人観測船〈汪大淵〉の美しい船体が映し出されていた。

重力と大気のない宇宙空間では、あらゆる建造物が地上や月面とは異なるルールに則って作られる。〈汪大淵〉の場合、その違いが船体の中央を貫く張拉整体《テンセグリティ》構造の支柱に現れていた。一辺二十メートルの正三角形のトラスを基準単位にした立体は、強い推進力を受け止め、支える構造を編み上げていた。

支柱の中央部に取り付けられた七つの球形タンクと、船首のあたりに取り付けられた直方体の居住区画もまた、張拉整体《テンセグリティ》の作るフラクタル構造で取り付けられている。積層プリンターで作成されたトラスの表面は、蝶の鱗粉《りんぷん》のような構造色で太陽のスペクトルを分解し、七色に煌《きら》めいている。見た目の印象は、珊瑚や樹木などの自然物に近い。

そんな宇宙船の周囲では、スラスターの噴出ガスを煌めかせる船外作業殻《シエル》が飛び回って、金色の薄膜《フオイル》を広げているところだった。

「これは、何をしているところなのですか？」

質問に答えたのは映像の中の開発責任者だった。責任者は映像に手を差し伸べて市長に説明を始めた。

《この膜は、グラフェンに金の原子を電子接着したものです。厚み、わずか分子二つ分のこの膜は、高エネルギーの微粒子や放射線を受け止めることができ、その位置を端部のセンサーで読み取ることができます。巨大なセンサーも兼ねているというわけです》

《何がわかるのですか？》

《この膜で、イオンエンジンが噴出する高エネルギー粒子を一つ一つ受け止めて、設計通りのガウス分布になっていることを確かめる予定です》

《今回の試験では、地球に向かって飛ぶのですか？》

責任者が差し伸べた方向を確かめた市長の、何気ない一言に答えたのは若い船長だった。

《いいところにお気づきですね。〈汪大淵〉号はまず地球への落下軌道をたどります。その予行演習も兼ねています》

《木星は反対側ですよ？　一年後はどうかわかりませんが》

ロケットの背後を指差した市長が目を丸くすると、船長が得意満面で答えた。

《〈汪大淵〉号の第一の目標は地球です。地球の引力を用いて加速し、さらに太陽へ向かいます。スイングバイ航法と呼ばれるものです。地球を回り込んだ〈汪大淵〉号は、太陽への落下軌道を利用して再び加速し、それから木星へと向かいます》

どうやら脚本があるらしく、市長はわざとらしく目を丸くしてみせる。今度は専門家が口を開いた。

《精密さを要求される航法です。だからこそ、エンジンの推力軸が重要なのです。わずかでも偏《かたよ》りがあると〈汪大淵〉は地球や太陽に落ちてしまいかねません――》

いつの間にか、鄧の様子が変わっていた。

壁の遠くを見つめていた彼の目は、映像をじっと見つめている。

「鄧さん――」

――あれが、あなたですよ。

そう言いかけた言葉を飲み込んだ。薄膜の右上隅を保持している船外作業殻《シエル》が鄧だ。彼はこの発表が行われている間、薄膜の展開作業を指揮していたのだが、表情がまるで読み取れない状態の彼に伝えていいものかどうかわからなかった。

今の自分と、映像に映った自分、過去の自分を、連続した意識の中に置くことができるかどうかはわからない。映像に集中しているらしい鄧の反応は、戻ってきた意識の賜物《たまもの》か、それとも動くものに焦点を合わせただけなのかわからないほど微妙なものだ。

迷った私は、彼が無表情な顔の下で意識を取り戻していたと仮定して、ショックを受けないように、これから起こることをそのまま伝えた。

「もうすぐ太陽フレアの警報が出ます」

言葉が終わらないうちに〈汪大淵〉の周囲を飛び回っている光の点――船外作業殻《シエル》がざわりと動く。〈汪大淵〉のあちらこちらにあるエアロックへと飛んでいくのだ。その様は、池の小魚が鳥の影に怯える姿を思わせた。

船外作業殻《シエル》の動きを追うようにして、背後の映像が赤黒ストライプの枠に囲まれて「警報：太陽フレア発生」の文字が大きく映し出された。

映像の前に立っていた出演者の三名も顔を見合わせる。

三人は即座に反応した。艦長はカメラに敬礼すると《スタッフと船の安全を確保するために、離れます》と言って姿を消した。どうやら3Dアバターで会見に参加していたらしい。

市長もカメラに映っていない人物と何かやりとりをしてから〈L5〉の市民たちに避難を呼び

かけて、画面の外へと歩いていった。

最後に残った責任者は——どうやら彼は生身で会見の場にいたらしい——背後の映像を振り返って、祈るように手をもみあわせる。

〈汪大淵〉のレーザー核融合炉には、まだ放射線シールドが施されていない。精密な調整を要するこれらの機器が、太陽フレアのガンマ線シャワーに貫かれると、二ヶ月かけて臨界まで持っていった融合炉の火は消えてしまうのだ。

責任者が《あっ……》と呟いて、背後の映像に一歩近寄る。

エンジンの背後に広げられていた薄膜が、側面に動き始めていた。

「薄膜を引っ張っているのが、鄧さんですよ」私はそっと声をかけた。「エンジンと融合炉を、ガンマ線から守ろうとされたんです。覚えていらっしゃいますか?」

鄧の操る船外作業殻《シェル》は、薄膜の上と下を何度も行き来して、膜を丁寧に引っ張って機関部を覆《おお》っていった。イオンエンジンの高エネルギー粒子を受け止められる薄膜なら、ガンマ線も止められるはず、という判断だ。

私は、この責任者から預けられたメッセージをここで伝えることにした。

「鄧さん、ありがとうございます。鄧さんが薄膜でシールドしてくれたおかげで〈汪大淵〉の機関部は、ガンマ線シャワーと、この四日後にやってきたコロナ質量放出に耐えることができました」

メッセージは、やはり鄧の心に届かなかったらしい。

私は映像を止めた。

この後に起こったことを見せる必要はない。

覚醒したばかりのこの状況では、鄧の脳が簡単な検査ではわからないようなレベルで損傷を受けたのか、事故のどこかの段階で心理的外傷《トラウマ》を受けたのか、それとも彼が心を閉ざしているだけなのかはわからない。

私は部屋の明かりを暗くして、体を横にするように、というつもりでベッドを叩いた。

「おやすみになってください。今日はお疲れ様でした。二時間後に戻ります」

部屋を出るまで、鄧はずっと映像の消えた壁を見つめていた。

スタッフ室に戻った私は船外作業殻《シエル》が記録していた全天周モニタリングカメラの映像をＩＣＬ（埋め込みコンタクトレンズ）に映した。

病院に引き渡す前に所見を書かなければならないのだが、わからなかったことがいくつかある。

救助した時の鄧は衰弱して意識を失い、透明バイザー越しに浴びたガンマ線のおかげで赤剝けになるほど放射線焼けしていた。

どうして彼は冬眠を拒否し、遮蔽シールドを使わなかったのだろう。船外作業殻《シエル》には、数多くの安全装置が備わっている。太陽フレアの警報が発令されれば、ガンマ線の到達時刻にヘルメットのシールドを上げてくれるし、漂流を検知すると着用者の代謝を落とし、冬眠させて心身の消耗《しょうもう》を防いでくれるはずだ――そこまで考えたところで、映像の展開が終わる。

タイムコードをプレスリリースの終了時刻に合わせると、目の前に宇宙空間が広がった。いくつかのカメラで撮影した映像を合成して、鄧と同じ視点を見せてくれているらしい。視界の周囲にはヘルメットの縁が見えていた。

左には太陽が輝いている。いつもと同じ見た目のはずだが、太陽フレアの直後だということを知っているせいか、輝きを強く感じてしまう。右手には、地球に船首を向けた〈汪大淵〉の中央支柱が伸びていた。

与圧区画の周囲では光を滲《にじ》ませる気体の塊《かたまり》がふわりと生まれ、散っていっていた。警報を聞いて避難した船外作業殻《シエル》の噴き出した推進剤だ。

霞みのない真空で虹色に輝いて中央支柱を滲ませる推進剤は、必死で生きようとする人の足跡《そくせき》そのものだ。

どうやら薄膜を巻き付ける作業はほとんど終わっているらしい。背後を振り返ると、複雑な形状の機関部は、すでに金色の膜で綺麗に包まれていた。

心の準備はしていたはずだが、突然始まったそれに、私の心臓は止まりかけた。

声を上げる間もなく、視界が虹色の点滅に覆われる。

映像の再生速度を五十分の一まで落とすと、ようやく、自分が回転する視界を見ていることに気づいた。虹色の点滅の正体は、〈汪大淵〉の中央支柱と金色の薄膜、そして真っ暗な宇宙空間が順繰りに見えていたものらしい。

モニターに映し出された回転速度は毎分百二十五回転。接線速度は時速にして五十三キロメートルだった。

頭部で感じる遠心重力は、二十Gに達していたようだ。鄧はここで意識を失ったのだろう。

映像をすすめると、目の前を通り過ぎていた〈汪大淵〉の支柱は徐々に遠ざかっていった。

船から一キロメートルほど離れたところで、船外作業殻《シエル》の安全装置が作動したらしく、鄧の意識を弾き飛ばした激しい回転は徐々に収まっていった。

回転が止まった時、鄧は〈汪大淵〉の真後ろにいた。

鄧が機関部を包んだ金色の薄膜は、ぼんやりと赤く輝いていた。

事故レポートで読んだ通り、責任者はエンジンを止めなかったらしい。分子ひとつ分の厚さしかないあの薄膜が破れれば、イオンエンジンが光速の九十パーセントで放つ高エネルギー粒子が、鄧の船外作業殻《シエル》を真空よりも易々《やすやす》と切り裂いていただろう。

まったく、運のいい話だ。

遠ざかる〈汪大淵〉は、船首の向こうに見えていた星の輝きに飲み込まれて、見えなくなってしまった。ピンの頭ほどの大きさにしか見えない輝きだが、青いその星が、大気と水を湛《たた》える、私たちの生まれた惑星だということはすぐにわかった。

「なるほど、地球を見ていたのか」

ひょっとしたら鄧は、経験豊かな空間作業員の彼は、回転が収まっていく過程で意識を取り戻していたのかもしれない。そして自分が救った〈汪大淵〉の向こうに輝く地球を発見したのだろう。船外作業殻《シエル》のシールドをおろさなかった理由は、それだ。

生命で溢れた、私たちの生まれ故郷を見ていたかったのだ。

映像を閉じた私は、病院への引き継ぎレポートをまとめるために新規書類を呼び出した。

「空間作業員、鄧昊天。年齢五十七歳――」

機械的に作業を進めながら、私は所見の最後につける一言を考えていた。

――もしも意識が戻らなければ、地球へ搬送していただきたい。

＊

部屋の明かりは消えていた。

つい先ほどまで、誰かがしきりに話しかけていたらしい。

上腕や太ももに感じるひんやりとした感触はモニタリングパッチだろうか。

ベッドの足元にある機械は私の脈拍に応じた電子音を立てている。

薄暗い部屋の中で、私は目を閉じた。

瞼《まぶた》の裏に、あの時のことが蘇《よみがえ》る。

太陽フレアの警報が届いた瞬間だ。

頭には、〈汪大淵〉をガンマ線のシャワーから守らなければいけないという思いしか浮かばなかった。

幸い手元には材料があり、私はいい場所にいた。

作業には一時間も掛からなかったはずだ。手際よくグラフェンの薄膜《フォイル》で機関部を包み込むことができた。

その時だ。

どこかの作業員が逃げる時に放り出した建材がつま先にぶつかって、私の船外作業殻《シエル》は制御不能な回転に陥った。

二十Gを超える遠心力だ。何度か意識を失いながら、私はチャンスを待った。

そのまま放っておけば、私は船外作業殻《シエル》に冬眠させられてラグランジュ点の重心をたどる落下の旅を続けることになる。そんなのはごめんだ。

船から十分に離れたところで、私は船外作業殻《シエル》のウインチに収納していた作業用のテザーを伸ばし、震わせて、潮汐力を作り、なんとか回転を止めることに成功した。

このまま待てば、太陽フレアの最終段階であるコロナ質量放出の後、救命艇が助けに来てくれるはずだ。三日か、最悪でも十日待てばいい。それでも助けが来なければ、冬眠することにしよう。

そう考えてシールドをおろそうとした私は、遠ざかっていく〈汪大淵〉に目を奪われた。

グラフェンの薄膜に包まれた機関部は、高エネルギー粒子の衝突で赤く輝き、膨らんでいた。

もしも穴が開いて、イオンエンジンの噴射を受ければ生命はない。一秒もたたないうちに船《シ》外作業殻《エル》は蒸発してしまうだろう。

危険はわかっていたのに、私はイオンエンジンの推力線から動こうとしなかった。

この場所にいることで、何か途轍《とてつ》もないものを得たような気になったからだ。

どれだけそうしていただろう。

〈汪大淵〉が地球の輝きに飲み込まれて見えなくなった頃、船《シ》外作業殻《エル》の外殻がビンと音を立て、強化アクリル製のヘルメットバイザーに白い点が穿たれた。

バイザーの内側を水蒸気の筋が走りぬけていく。一筋、二筋、と増えていく筋は全て左手――太陽の方から描かれる。

始まった。

太陽から放たれたガンマ線が私の体を貫いていく。

視神経を叩いたガンマ線は私の脳に閃光を感じさせ、顔にはちりちりとした熱を感じていた。

シールドを閉じなければ、脳に障害が残るかもしれない。

わかっている。

だけど私は、シールドを閉じることができなかった。

私は船《シ》外作業殻《エル》越しに太陽が吐き出した剝き出しの熱を感じている。

宇宙の息吹《いぶき》だ。
私はきっと忘れないだろう。
たった一人になった私が落下の果てに感じた宇宙を。

読書家アリス

「まるで渡り鳥のように」の英訳版を収録出版したアレックス・シュバルツマンから、ＡＩとアートの結節点に関するＳＦアンソロジーに参加しないかと連絡があったのは二〇二二年の冬だった。もちろん二つ返事で引き受けた。翌秋刊行されたアンソロジーのタイトルは『デジタル・エスシート』、英訳はエミリー・バリストレーリ。生成ＡＩが使われている未来のスケッチを描く試みは成功したと思う。

依頼を受けた頃の生成ＡＩは倫理に反する存在だった。話し合う姿勢を全く見せないＯｐｅｎ ＡＩのＧＰＴが海賊版をソースにサービスを行っていたのは明白だったし、私が『オービタル・クラウド』のために考えたアイディアを誇らしげに開陳された時は呆れ果てたものだ。

「読書家アリス」にも、そんなマイナス面を盛り込もうと思っていたのだが、状況は急速に改善していった。ハリウッドで生成ＡＩの使用をめぐるストライキが続く中で、生成ＡＩの開発会社は著作物の公正利用《フェアユース》を口にするようになり、ＥＵやカリフォルニア州による規制に対応する姿勢を見せはじめたのだ。全く完全ではないし、より透明性を追求していくべきではあるが、道具として使う道がようやく見えてきた。本作で描いたのは、その期待に応えてくれたバージョンの未来だ。

ところで「読書家アリス」を受け入れてくれた『デジタル・エスシート』は素晴らしいアンソロジーだ。ケン・リュウの「グッドストーリーズ」も良かったが、ウクライナ作家マリーナ、セルゲイ・ディアチェンコ夫妻による「プロンプト」（ジュリア・メイトフ・ハーシー訳）のヒリついた描写には胸を打たれた。いつか、いや、一日も早く翻訳されてほしいアンソロジーだ。

デスクから顔をあげたボブは、窓の外を通った女性に既視感を抱いた。

肩を覆《おお》う豊かな髪の毛は半ば白い。五十代だろうか。ボブよりも年上なのは間違いない。女性はランニングウェアの上にストールを巻き、黒いパーカーを羽織《はお》っていた。ここポートランドではよく見かけるスタイルだ。出勤前にランニングを楽しみ、そのままシェアオフィスに出勤するデスクワーカーが、ランチタイムに、フードトラックの並ぶパークアベニューまで歩いてきたというストーリーがボブの頭に浮かんだ。

女性は通りを横切るとケバブを売っているフードトラックの店主に一声かけて、向かいにあるビルの、ＳＦ専門書店〈ローズＳＦワゴン〉に上がる玄関先《ストープ》の階段を軽やかに登っていく。その慣れた様子と、紙の本によるものとしか思えないトートバッグの膨らみは、ボブと近しい業界で働いていることを物語っていた。

どこかで会ったことがあるだろうか、とボブは考えた。十二年続くＳＦ専門マガジン〈ツイステッドワールド〉の編集人である彼は、顔と名前が一致しない多くの人たちと交流している。コンベンションに行くと、感想を伝えようとするファンや作品を読んでもらおうとする作家の卵、そして仕事がないかと尋ねてくる編集者やイラストレーターたちが集まってくるし、ボブも積極的に人と会って回るからだ。

だが、店内に入っていく女性の顔がガラス窓に映った時に全てが氷解した。

「なんだ〈読書家アリス〉のメガネだったのか」

女性の角張った赤いセルフレームのメガネが、ボブが使っている編集者用のアプリケーション〈読書家アリス〉のアイコンとよく似ていたのだ。通りの反対側からもわかる、見ているだけで嬉しくなってしまう笑顔は知らない顔だった。やっぱりメガネのせいだ。毎日使うサービスで見るのと同じものだったので、知り合いと勘違いしたらしい。

納得のため息をついたボブは、デスク上の宙空に浮かぶ複数のウインドウを見渡した。

この午前中はよく働いた。

シェアオフィスに一番乗りした八時半から働き通しだったのだ。揃えた右手の指を左手で反らすように摑んで腕ごと左に捻《ひね》っていくと、こわばっていた肩甲骨がめりめり音を立てて開いていく。心地よい痛みを感じながら、ボブはウインドウを一つ一つ確かめていった。

〈海竜が巡るように〉という題名の短編小説がタイプされたワードプロセッサーの右上に、先ほどの女性がかけていたのと同じメガネのアイコンが浮かんでいた。〈読書家アリス〉だ。メガネの中に描かれた眠そうな目は、時折ボブを見て、指示《プロンプト》を待っていることを示していた。原稿の右横にはＮＡＳＡのウェブサイトが浮かんでいて、作品の舞台になる系外惑星の情報が表示されている。こちらにも〈読書家アリス〉のアイコンは浮かんでいた。

ウェブサイトの反対側には、ボブがメモを書き込んだ注釈パッドが浮かんで、原稿に引いたマーカーと赤い紐で結び付けられていた。このパッドにも〈読書家アリス〉のアイコンがついている。

デスクの左側は、ウインドウ三枚が重なったオンライン書店のダッシュボードが、刻々と変わる閲覧数と予想売り上げを表示していた。奥側のウインドウには、ボブが出した本に今週ついたレビューがゆっくり流れていた。赤くハイライトされている行はエミリー・ラングストンの〈マナが降る街〉についた辛辣《しんらつ》なレビューだ。ボブはエミリーに真剣に取り合うなというメッセージを送ったばかりだが、彼女も慣れたもので「ＡＩに書かせた難癖《なんくせ》なんて気にしてないよ」というさばけた返事が返ってきた。

ダッシュボードの手前側にあるのは会計ソフトと契約書ビルダー。ここでやった仕事は、投稿作品の選抜を手伝ってくれたトゥアン・ジョンソンへのギャラ振り込みと、掲載を決めたミノル・ワカタに送る契約書の作成だ。こちらのウインドウには〈読書家アリス〉ではなく、巻物と天秤を図案化した業務支援サービス、〈最適家オリバー〉のアイコンが載っていた。どちらもＬＭ――言語《ランゲージ》モデルで業務を支援するサービスだ。

デスクの上に浮かんでいるウインドウ群は窓からの日差しに照らされて、ストレッチをするボブの姿をうっすら映し出していた。手指で触れることもできるし、サインペンで書き込むことも可能なのだが、これらは全てボブのメガネの中に描かれた「空間視覚《スペースビジョン》」だ。

二〇二〇年代の中頃、ＡＩの波と共に生まれた空間視覚《スペースビジョン》は、コンピューターの操作方法を一新した。ゴーグル型の立体視ディスプレイが、目の前にある現実に重ねて描くウインドウやキーボードは、まさに「手で触れられるコンピューター」だった。

ディスプレイの中に閉じ込められていたウインドウは、自分が歩いていけるところならどこにでも配置できるようになり、ボブたちオフィスワーカーは自分たちを取り囲むようにウインドウを並べ、デスクの天板に情報ツールを貼り付けるようになった。家庭では狭いベッドルームでＩＭＡＸスクリーンの映画や、没入型のゲームを楽しめる。売り上げの半分を紙の本――プリントオンデマンドではあるが——に頼っているボブも、背と裏表紙を備え、手にとって開いて読む電子書籍ばかり読んでいる。書き込みだけでなく、ページの端《ドッグイヤー》を折って、読みさしを机に伏せて置くようなこともできるからだ。

覗きレンズ越しのスクリーンは網膜レーザー投影に変わり、それがメガネに搭載されるのに時間はかからなかった。ボブはもう、誰も彼もがノートパソコンを抱えていた頃のオフィスを思い出せなくなっていた。

今でもノート型コンピューターやガラス板のタブレットを愛用するものはいるし、ボブも物理的なキーボードを置いている。だが、マウスやトラックパッドは駆逐された。指で直接ウインドウを操作できるからだ。

ボブは四本揃えた指でウインドウを集めてデスクに伏せると、ランチ行列が始まったフードトラックに目を向けた。トラックの上に表示されているトグルアイコンからメニューを表示させて、自分の腹具合を確かめた。いつもの培養チキンケバブにするか、それとも茸《きのこ》ミートのブリトーがいいだろうか。先週から出店している大豆《ソイ》ミート・サラダも人気らしい。そろそろ試してみる頃合いだ。

迷っていると、ビジョンの右側がふわりと明るくなった。現実の空間で人が近づいているサインだ。明るくなった方にボブが顔を向けると、コワーカーのシェリルが近づいてくるところだった。

シェリルはボブが見ているメニューを覗きこんだ。

「お昼ご飯、なんにするか決めた?」

ボブは気になっていたメニューを指差した。

「ソイミート・サラダを試そうかと思ってるんだけど、食べたことある？」

「あるよ」

「どうだった？」

「まあ、サラダだった」

シェリルの返答にボブは苦笑する。プロ・ミートというほどではないが、コワーカー一番の肉好きにサラダの良し悪しを聞いたのが間違いだった。ボブは隣のトラックのメニューを出してシェリルに見せる。

「じゃあ〈ママ《Doña》・ドニャス《Mama's》〉でタコス買って、トッピングのローストポークをシェアしない？」

「いいね」

シェリルが嬉しそうに頷《うなず》いたので、ボブは注文ボタンを押して待ち時間を確かめる。二十二分。ちょっと長いなと思ったら、トラックから顔を出した店主のドニャが、申し訳なさそうに注文待ちの列を指差していた。

「あら。ママンのお店は大人気ね。ボブの仕事は？　いい作品は投稿されてた？」

シェリルは、ボブがデスクに伏せたウインドウの束を示した。他人のウインドウを無意識に横切ってしまわないように、ウインドウの枠だけはコワーキングスペースの共有ビジョンに描かれているのだ。

「もちろんだよ」ボブは〈読書家アリス〉のアイコンがついたワードプロセッサーのウインドウを表にひっくり返してタイトルを確かめた。シェリルの目にはシェアオフィスのＡＩが生成した無意味なテキストが見えているはずだ。「ミノル・ワカタの〈海竜が巡るように〉がすごかった」

「ミノル・ワカタ……」シェリルは記憶を探るように天井を見上げる。「去年の夏だっけ。木登りSFを書いた人だよね」

「そうだよ。〈雨が下から降る島で〉だ」

高さ五百メートルの樹海に地球が覆われた遠未来、ツリーハウスに住むポストヒューマンたちが氷河期の到来を知る中短編《ノヴェレッタ》だ。進化した動物たちと会話ができるメルヘンを、ミノルはハードSFに昇華させた。昨年は二つのSF文学賞で最終候補作に残った傑作だ。

シェリルはデスクに手をついて身を乗り出してきた。

「今度のは?」

「期待してよ」ボブは気を持たせるように言ってから、ニヤリと笑った。「物理と宇宙のハードSFだ」

「げっ」と、シェリルは顔をしかめたが本気ではなかったらしい。読めないはずのウインドウを指差した。「どんな話なの?」

「別れた恋人同士が互いを求める話だよ。主人公は十二光年先のくじら座タウ星系の系外惑星で、亜光速で飛ぶ探査船に乗る生物学者。彼には、地球に残る恋人《ボーイフレンド》がいる。恋人は理論物理学者で、探査船に乗る資格はあったんだけど、地球でやることがあると言って別れることになった――」

「ネタバレかよ!」シェリルは手を交差してボブを遮《さえぎ》った。「ものすごく面白そうじゃない。掲載は明日の〈ツイステッドワールド〉?」

「いいや。再来週かな」

「二週間もかかるの?」

シェリルが目を丸くする。

「まあね。僕が読んでコメントをつけるのに二日。ワカタがそれを読んで二稿目を書くのに一週間。校閲はウーイェンに頼む。今の原稿も渡しとくけど、ワカタの第二稿が終わってから三日。専門用語はあるけど、SFによく出てくる用語ばかりだからなんとかなるだろう。イラストは安定のジョン・ソク。スタイルは手書きの線にAI塗り。一回は直しを頼むかな」

生成AIで始まった第三次オートメーションに世界が洗われてから十五年。シェリルのようなエンジニアの仕事は様変わりした。何を必要としているのかわからない顧客への提案も、空間視覚ごしの面談も、技術解説も、プログラムの開発も、デバッグも、運用も、請求も、交渉も、全てエージェントが肩代わりしてくれる。そんなエージェントを使いこなすのが現代のエンジニアに求められる能力だ。全方位に対応できるジェネラリストになるもよし、特定の業種のビジネスに特化したスペシャリストを目指すのも、ルーティンワークを大過なくやり過ごして生活する道だってある。

シェリルはエージェントを使いこなして生計を立てている。あちらこちらのシェアオフィスに出入りして、コワーカーを手伝う〝何でも屋のスペシャリスト〟だ。〈ツイステッドワールド〉の出版システムもシェリルが三時間ほどで作りあげてくれた。そんなシェリルからすると、二千ワードの小説を仕上げるのに二週間かけるなんて話はナンセンス極まりないのだろう。

ボブが「そんなわけで、リソース集結には十二日かかる」と結ぶと、シェリルは呆れたように肩をすくめた。

「人に頼んでるわけね。〈読書家アリス〉だっけ、ボブのエージェントってLMついてなかったっけ?」

「もちろんついてる。LM補完を使って改稿したり、校正したりするなら明日には出せる。でも、ワカタの作品を直せるＬＭはロイヤルティ制なんだよ。ええと――」

ボブは〈読書家アリス〉のコンソールウインドウを裏返した。この作品の改稿に使えるのはＳＦ表現に特化した〈コグニティブ・フィクションズ〉と、スペキュレイティブな飛躍に対応した〈文体の羅針盤〉だ。

「最低料金が二十ドルだが、三割以上書き換えたらワカタのギャラの三割を、モデル提供団体に支払わなきゃいけない。あと、貢献者のクレジットをつけなきゃいけないんだ」

「貢献者？」

「そう、モデルに作品やレビューを提供した作家や評論家の名前だよ。モデル二つ合わせて、五千二百三十三人の名前を書かなきゃいけないんだ。ちなみに、僕の名前も入ってる」

「五千人？　本文より長くならない？」

「もちろんだよ。だからファイルを永続クラウドに置いてリンクを貼るんだ」

「わけわかんない」シェリルが目を回してみせる。「ギャラの件もそうだけど、そのＬＭ、使って欲しいんだか欲しくないんだかわからないね。ビジネスとして成り立ってるの？」

「モノはいいから使う人は多いよ。僕にも毎月二ドルぐらい使用料が入ってくる。〈コグニティブ・フィクションズ〉は収益で作家の支援もやってるし。ああそうだ、この手の有料ＬＭは安易な文体コピーができないように調整されてるから作家が自発的に参加してるんだけど、公式モデルという役割もあって、海賊版ＬＭの牽制にもなっている」

シェリルは納得したように頷いた。

「なるほど、抑制か。それが本来の目的だったりしてね」

「とにかく、ワカタに一週間あげればＬＭ補完よりもずっといいものができる」

「しかもクレジットは一人分だけでいい」

「そういうこと。お肉まだかな——」

ボブがフードトラックの注文待ちリストを確かめようとすると、シェリルは腕を組んで難しい顔をしていた。

「どうしたの？」

シェリルは、手の中に〈ツイステッドワールド〉の先週号を呼び出した。

「〈ツイステッドワールド〉ってさ、ＬＭ補完で書いた作品を載せないよね」

「そんなことないよ」ボブはかぶりを振った。「その四十一号だと、四本あるショートストーリーの二本と、ノヴェレッタはＬＭ補完だよ」

シェリルは目次のページをこちらに向けた。

「もう一本のノヴェラは人間のでしょ。つまり、半分は人が書いたフィクションじゃない。投稿時の比率は？」

「ほとんどＬＭ補完だと思う。その四十一号の公募は九千ぐらいあったけど、そんなに書き手がいるわけないし、僕の雑誌を狙う投稿ボットも多いし」

「九千の中から六つ選んで、そのうち三つは人が書いたものだったってことか。ボブって人間を贔屓《ひいき》してるの？」

「いいや。僕は〈読書家アリス〉に内容重視で二十本ぐらい選んでもらって、トゥアンに渡してる。それから相談して、掲載する作品を決めるんだ」

ボブは〈読書家アリス〉のコンソールを開いて、シェリルにも見えるように共有した。「これが四十一号の選抜リストだけど、この段階だと人が書いたのかＬＭ補完で書いたのかわからない」

「読んでもわからない？」

「無理だね」

ボブは断言した。

生成ＡＩが生まれた十五年前ならいざ知らず、作家がライセンスする言語モデルが使われるようになってから、機械の出力する文章からはぎこちなさがなくなっていた。最近はＬＭ補完だと言われても、ボブの力ではそれを見分けることはできない。強いて言うなら、既存の文章を圧縮・伸長するＬＭ補完から完全な新しさのある作品は出てこないのだが、それはほとんどの人間の作家でも同じことが言える。

シェリルはコンソールを指差した。

「でも、〈読書家アリス〉は人間が書いた作品を選べるんだ」

「まあ、そういうことになるかな」

「このサービス、誰が作ってるの？」

ボブはコンソールの上に浮かぶアイコンに手を触れて、アバウトウインドウを開いた。

「考えたこともなかったな。ああ、作った人もアリスさんだ。オープンソースだよ」

「どれどれ」シェリルは開発元のＵＲＬをコピーして、手元で開いた開発者ネットワークのコンソールにペーストした。

「確かにアリスさんがほとんどのコードを書いてるね。なるほど、ＬＭ用のテンプレートで作ってるんだ。あんまり特別なことはしてないね。アリスさん、他には何も作ってないみたい」

コンソールから何枚かウインドウを分離させて、プロジェクトを仔細に確かめていたシェリルは、最後に同じ拡張子のファイルがずらりと並んだフォルダーをボブの前に差し出した。

「これが〈読書家アリス〉で使ってるＬＭ。有料のモデルが五つ入ってるけど、それ以外は、古風なＧＰＴのファインチューンモデル。アリスさん、ＬＭの構築はあんまり得意じゃないのかも」

「作品の選抜に使ってるモデルはわかる？」

「気になるよね。『アイスマン、〈読書家アリス〉のプロジェクトから作品選抜に使っている言語モデルを表示して』」音声でエージェントに命じたシェリルは、目の前に浮かんだ小さなウインドウに目を見開いた。「あら、そういうこと？」

アリスはウインドウをボブの方にひっくり返した。

「選抜モデルが〈読書家アリス〉の本体みたいだよ。モデルの名前が alice.ckpt。プロジェクトの一番初めからあって、この十二年、ほとんど毎日更新されてる」

「どんな学習をさせているモデルなんだろう」

「学習？」シェリルは、小馬鹿にするように右の眉を跳ね上げた。「よくない言い方だな。ＬＭの構築を学習だなんて呼んでると機械に使われちゃうぞ。あれはヒント付き圧縮。わかってるでしょ？」

そう言いながらシェリルは、もう一枚のウインドウをボブの前に浮かべてくれた。

「これは？」

「昨日、アリスさんが圧縮したデータ。中身は――本のタイトルかな。ローレン・アンダーソン『未知の境地』、ヴィクトリア・スミス『永遠の彼方』、エリック・サンダース『闇の中の光』。これに短い書評がついてる。この二つがヒント文で、データ本体は作品の要約だ。ぎこちないなあ。古い世代のＧＰＴ使ってる感じ。ひょっとしたら、これって人間が書いた本のリスト？」

「そうでもないね」ボブは首を振った。ローレン・アンダーソンはＬＭ補完を活用していることでよく知られている作家だし、リストにある他の作品も、半分ほどはＬＭ補完で書かれた作品だった。

リストは作家ごとに並んでいたが、アルファベット順というわけでもない。また、新刊が多いが、そう決まっているわけでもないようだった。作家ごとの有名な作品はとりあえず押さえてあるようだ。データベースとしては不完全だが、ボブはよく知っている魅力を感じた。書店を歩いている時と同じだ。

しかしこれで、人間の作品を選び出せるものなのだろうか——ボブが考え込もうとした時、フードトラックのチャイムが鳴った。デスクに腰掛けていたシェリルが弾けるように立ち上がる。

「さあさあ、お肉の時間だよ！」

＊

〈ローズＳＦワゴン〉の店内は、パークアベニューに面した窓からの柔らかな光で満たされていた。ドアを入ったところにあるホールは吹き抜けになっていて、二階の通路を取り囲む本棚の隅々まで見渡すことができた。天井からは本に積もる埃を払うための六本のファンがゆっくりと回っていて、ホールの中央に設けられた古風なカウンター脇のヤシの葉をゆらめかせていた。

赤いメガネをかけた女性が、カウンターの背後にある巨大な本棚の前をゆっくりと歩いていた。本が何冊も入ったトートバッグを磨《みが》かれたオイルウッドの床に置いて、腕を組みながら一冊、一冊と確かめていく。

「Ｌ」の棚に差し掛かったところで女性はついに足を止め、一冊の上製本《ハードカバー》を抜き出した。

背丈ほどもある草むらの中に、虫取り網を持った少年が立っているイラストが描かれていた。タイトルは『はらぺこ虫を黙らせる十二の方法』。著者はニック・トランだ。アンソロジーや短編集ではなく、長編小説のようだった。

女性は表紙をめくって、カバーの折り返しに載っている著者のプロフィール写真を確かめる。ベトナム系を思わせる浅黒い肌の作家が、大学のカフェテリアのようなところでポーズをとっている近影だった。

前付けを確かめた女性は、ページをめくった右手を握りしめた。

「よし」

著作権表示は「Copyright© 2045 by Nick Tran」だけで、貢献クレジットは記載されていなかったのだ。

カウンターから女性の様子を伺っていた店員が声をかける。

「アリスさん、それも人間の書いた本ですか？」

「そうよ。いただいていくわ」

アリスと呼ばれた女性が本を差し出すと、店員は受け取ってバーコードを読み取った。

「二十二ドルです。請求書を出しておきますね」

「ありがとう」

「袋は要りますか？　それとも、オリガミカバーをかけます？」

店員は特製の折り込みカバーが並ぶトレイをアリスに向けた。宇宙船をモチーフにしたイラストと、魔法の杖、歯車で覆われた大聖堂、そして赤いフレームのメガネと開いた本を組み合わせたアイコンが描かれた紙が重ねられていた。アリスはメガネ柄の紙を指差した。

「メガネのカバーをつけてもらおうかな」

「わかりました」カバーを一枚抜き出した店員はアリスの顔を見た。「あ、おんなじメガネですね」

「そっくりでしょ。だから選んだんだけど」

店員はメガネのアイコンが印刷された紙を器用に折りたたんで、ブックカバーを作り上げていく。

「このアイコンて編集者が使ってるアプリなんだそうです。この本もひょっとしたら、そのアプリが使われたのかもしれませんね」

アリスはただ微笑《ほほえ》んだ。

この小説に〈読書家アリス〉が使われているかどうかはわからないが、著者が世に出る過程のどこかで、アリスが作ったサービスが機能しているのは間違いない。そうでなければLMの洪水に溢れたネットワークの中から、新人のテキストが浮かび上がることはまずないからだ。

オリガミカバーが出来上がるのを待ちながら、アリスはメガネの空間視覚を立ち上げて、今日自分が歩いた本棚をスキャンし始めた。見えている範囲のスキャンが終わると頭を動かして別の角度からスキャンを行うと、プライベート視覚に「３Ｄスキャン・書籍登録完了」の文字が浮かび上がる。

アリスが顔の前に浮かべたコントローラーを操作すると、アリスの目の前に、もう一人のアリスが現れた。三十分前に〈ローズＳＦワゴン〉を訪れた時のアリスの記録映像だ。

映像のアリスが本棚を端から舐めるように見つめながら歩いていくと、書籍のタイトルと著者名、そして出版社が登録している紹介文が宙に浮かんでアリスのワークスペースに記録されていく。

エリオット・スターライトの新作『星界の彼方』に復刊されたヴィヴィアン・エレクトラの『プラズマの大河』、エイドリアン・ネプチューンの話題作『時空の迷宮』に、オリヴィア・コズモスの『銀河の遺産』――名前を知っている作家は半分ほどだ。

アリスは、トランの『はらぺこ虫を黙らせる十二の方法』を見つけるまでの間に、目に留まった何十冊かの書籍をハイライトした。自分がその本を「人が書いたものだ」と確信できた理由はわからない。だけど、このデータを取り込んだ〈読書家アリス〉は人間の書いた文章を選んでくれる。

書評を書き、著者名とタイトルをヒントにして圧縮する。出版社の紹介文も同じように圧縮する。それから、書評をバラバラに刻んだテキストの断片にして、出版社の紹介文を参照しながらさらに圧縮する。そうやってこね上げたLMに小説の良し悪しを判定させると、圧倒的な物量を覆《くつがえ》して、常に人間が書いた作品を半分ぐらい拾い上げてくれるのだ。

アリスはあの日のことを思い出していた。

大好きだった作家が、アリスが一番お気に入りの作品を生成AIで書いたと告白した日のことだ。

AIに書かせたものと人が書いたものには違いがあるはずだった。それを確かめようとしてアリスは作品を読み漁《あさ》り、書評サイトに感想を書き留めた。その作家の作品を全て読み終えると、生成AI使用派に転向した他の作家の著作へと手を伸ばし、やはり書評を書き留めた。はっきりと、ここから変えたと宣言されていたにもかかわらず、アリスにはその違いがわからなかった。

アリスはいつか違いがわかるはずだと信じて、生成AIと手書きの境界線が疑われる作品を読んで、読んで読み漁った。アリスは書評サイトで一、二を競《きそ》う多読家になったが、それでも作品を読んで生成ＡＩ――その頃にはＬＭ補完と呼ばれるようになっていたが――と人間の書いたものの違いを見分けることはできなかった。

だが、一万冊を超えた頃から奇妙なことが起こるようになった。

アリスは本を手に取る前に、ＬＭ補完を見分けられるようになったのだ。確実なものではなく、一割か二割ほどの偏《かたよ》りにすぎなかったが、アリスは本の洪水の中から、確率を超えて人間が書いた本を取り出せるようになったのだ。

理由はわからなかった。著者名にタイトル、表紙の絵柄、書店での本の佇《たたず》まい、そしてどこかで読んだ紹介文というような情報とが、一万冊読んだ自分の脳内で篩《ふるい》にかけられているのだろう――と考えるしかなかった。違いは本文にあるはずなのに、アリスはどれだけ注意しても人の文章を判定できなかったのだ。

アリスはそのプロセスを、生成ＡＩで再現できるかもしれないという考えに取り憑かれた。毛嫌いしていたＬＭ開発キットをパソコンにインストールし、alice.ckptという言語モデルを作ると書評サイトにアップしたテキストをめちゃくちゃに詰め込んだ。

初めの百冊を詰め込んだ段階ではおうむ返しすらできなかったが、アリスはめげずに書評を圧縮した。千冊詰め込んだところで、ようやく未知の書籍と似た本を教えてくれるようになった。五千冊詰め込んだあたりではごくわずかに、そして一万冊分の書評を入力したところでalice.ckptは人間の書いた文章を、五〇パーセント以上の確率で選べるところまで育っていた。

アリス自身の能力と同じく、理由はわからなかった。魔法が解けてしまいそうで、専門家にその理由を尋ねるのも怖かった。

書評を圧縮して畳《たた》み込む作業を続けているうちに技術力をつけたアリスは、編集者用のLMサービス〈読書家アリス〉を公開した。人間の作品を選ぶ傾向にあることは発表していないが、〈読書家アリス〉で選ぶ作品は編集者の嗜好《しこう》に合っているようで、ユーザーは増え続けている。

有料LMの利用マージンで、アリスの生活も安定するようになった。LMが古くなると判定率が落ちるので、こうやって書店をめぐり、新刊のレビューを書いているというわけだ。

映像の中のアリスが『はらぺこ虫を黙らせる十二の方法』を手に取ったところで、アリスは書評用のリスト生成を止めた。

ちょうど店員がカバーを折り終えたところだった。店員は赤いメガネ柄のカバーをかけた本をアリスに差し出した。

「ごゆっくりお楽しみください」

「ありがとう」

「ちょっと聞きたいんですが、いいですか?」

アリスはトートバッグに本を入れながら、質問を促した。

「なんですか?」

「人間の書いた本を見つける、コツとかあるんですか?」

「そうねえ、私にもわからないんだけど」アリスはカウンター裏の本棚に手を差し伸べた。「まず、たくさん読んでみようか」

祖母の龍

未来事務管理局に出会ったのは、北京で行われた二〇一六中国科幻大会だった。国家副主席の李《リー・》源潮《ユエンチャオ》が祝辞を述べた大会で、新聞を模した「不存在科幻」というパンフレットを配っていたのが未来事務管理局だった。局長の姫少亭《ジ・シャオティ》は、熱っぽく春節にSFを配信するイベント「科幻春晩」について語ってくれた。第一回には劉慈欣や郝景芳《ハオ・ジンファン》、陈楸帆《チェン・チウファン》らの作品を配信し、続く二回目はケン・リュウにも声をかけてあるのだと意気込んでいた。単行本一冊分に相当する作品群をオンラインイベントのために投資できることに驚いたものだ。

のちに私も寄稿するようになり、二〇二四年に書いたのが「祖母の龍」だ。指定されたテーマは「有龙则灵（龍有るところ、すなわち霊あり）」。聞いた瞬間、私は宇宙の自然現象を龍に見立て、それと共存する人類を描こうと決めた。入院した母に付き添いながら、ゲストハウスと病院、図書館を行き来しながら書き上げた作品だ。

翻訳は「落下の果てに」と同じく武甜静。仕上がった作品は大いに気に入ったが、これが科幻春晩に寄稿する最後の作品になった。未来事務管理局は映像とゲームに集中し、出版事業からは手を引くのだという。もう小説を頼まれることはないが、科幻春晩の最後の年に最良の作品を提供できたことは、私の大きな支えになることだろう。

　足元にはバランスボール大の地球が浮かんでいた。さらに遠くには月よりも少し小さく見える太陽が輝いている。大きさは肉眼で見るのと同じだが、輝度《きど》は調整されているので直視しても眩《まぶ》しくはない。

　じっくり見つめているうちに地球が遠ざかっていく。離心率〇・二の長楕円《ちょうだえん》軌道で地球をめぐる軌道作業ステーション〈南海房《ナンハイファン》〉はつい十分ほど前に近地点《ペリジー》に達し、毎秒九・二六キロメートルで大気圏を掠《かす》めたところなのだ。

　三日前、春運《チュンユン》特別便で到着した時にインストールした空間映像キットは、ステーションの壁に本物と見分けのつかない宇宙空間を描き出してくれている。

　地球は夜の面を私に向けていた。人の営《いとな》みが街の明かりの形で大陸と島々を縁取《ふちど》っている。その中に私は故郷を見つけた。日本列島の南部にある小さな島だ。その島は、夜の側から朝の光を浴びようとしているところだった。

　母はまだ寝ている時間だろう。

　月のある方へゆっくりと首を巡らせようとした時に、私は呼びかけられた。

「龍を待ってるのかい？」

「いえ、ええと……いいえ」

口から出たのはどう考えても適切な答え方ではなかった。とりつくろおうとした私は、地上にいた時の感覚で、腰を乗せていた失重座棒《サドルバトン》ごと振り返ろうとした。それが失敗だった。失重座棒は宇宙船や軌道ステーションの自由落下空間で座る姿勢を保つために、宙に浮かべる棒だ。支える柱もワイヤーもない失重座棒は重心を電磁的に空間固定しているが、わずかな力でも回転してしまう。

慌てて振り返ったせいで私は、重心の腰を中心にくるくると回り始める。回転を止めようとして手を伸ばすが、無意識に脚も振っていたらしい。

でたらめに動かした手脚のモーメントで私は無秩序スピンに陥ってしまった。目の前を青い輝きが通り過ぎていく。それが、さっきまで眼下に見えていた地球だと気づいたのは四回目か五回目の回転だった。

失敗した恥ずかしさか、遠心力で頭に集まった血液のせいか、顔がぼっと熱っぽくなる。

——落ち着け。

私は念じた。那覇《なは》の無重力研修施設で習ったはずだ。無秩序スピンに陥ったら、パニックに陥らないように目を閉じて、回転軸を確かめる。それからその軸に直行する方向に腕を広げてスピンを遅くしていく——と思った瞬間、力強い指が私の手を絡《から》め取った。反射的に握り返すと、温かなその手は私の手を力強く肩の上の方に引いてから体の中心に向けて押しこんだ。予想外の動作に短い悲鳴をあげそうになったが、ぐっと堪《こら》えると徐々に頭に上った血が引いていく。

おそるおそる目を開くと、地球は足元の位置に戻っていた。この手の持ち主は、たった二つの動作だけで無秩序スピンを止めてしまったのだ。

それは身長百九十センチメートルほどはある大男だった。電熱線の埋め込まれた作業服は長年の使用で変色して服の縁が毛羽立っていたが、手入れが行き届いているのか、不潔には感じられない。頭頂部だけ長く伸ばした髪の毛は三つ編みに束ねられて、頭の周りを蛇《へび》のように漂《ただよ》っていた。

鍛え上げられた筋肉の陰影を描く肌に、皺《しわ》やたるみは見られない。

男は、この軌道ステーションを保有している南海帆航団《ナンハイファンハンツァン》のリーダー、趙鋼《ジャオガン》だった。

「……ありがとうございます。慣れなくて」

「まだ一日目だろう。当然だよ」

趙鋼はにこりと笑って手を離した。その時私は、彼の指が金属でできていたことに気づいた。

「もうお寝《やす》みになったかと思っていました」

「そうしようと思ったんだがね」趙鋼は髪の毛を剃《そ》り上げた後ろ頭をぼりぼりとかいて、苦笑いした。「当直《ワッチ》に雇った新人バイトが思い詰めたような顔をしてたんで、放っておけなくなったんだ。重い責任のある仕事じゃないが、それでもね」

再びかっと顔が熱くなる。

三十代半ばにしか見えない趙鋼だが、彼が宇宙に出たのは二十一世紀末のはずだ。主観年齢は知らないが、世紀を超えて人類を見つめてきた軌道長命族の彼にとって、二十四世紀生まれの私なんて小娘もいいところだろう。

「話を聞こうじゃないか。船長として」

自分のための失重座棒を壁から引き寄せた趙鋼は、腰掛ける姿勢で私と向き合った。威圧感を与えないためなのだろうが、彼の目の高さは、私よりもわずかに低く保たれていた。

「堯文芽《タカシアヤメ》さんだね。琉《りゅう》球国際大学の博士様がなんでこんなところに来たんだい？」

趙鋼の北京語《マンダリン》にはどこか懐かしい響きがあったが、率直な質問は私を怯ませた。答えに迷っていると、趙鋼は笑顔でキャビンをぐるりと見渡した。

「ここは若者向けの職場じゃないぜ」

「私も二十八歳です。そう若くはありません」

言った瞬間、失敗を悟った。もちろん彼は苦笑した。

「若いさ。我らが南海帆航団の平均年齢は九十歳だ。君にとっては爺さん婆さんの世代だろう」

婆さんという趙鋼の言葉にどきりとしたが、軽口の応酬で頭が回転し始めた私の頭は、趙鋼の言葉に綻びを見つけた。

「その平均、趙鋼さんも入ってませんか?」

趙鋼が片眉を跳ね上げる。暦年齢が三百歳を超える彼は平均年齢を大きく引き上げているはずだ。趙鋼はちらりと視線を右に飛ばした。コンタクトレンズに映る空間映像で資料を確かめたのだろう。計算を終えたらしい趙鋼は意地悪そうに笑った。

「いい指摘だったが、そう変わらないな。俺を外しても八十二歳だ」

「ちょうど母の年齢になりました」

趙鋼は私の顔をじっと見つめた。巫女《みこ》だった母が私を産んだのは五十歳を過ぎてからなのだ。

「お母さんは息災なのかな」

遅く生まれた子供に投げかけられる、ありがちで、嫌な質問だ。しかし何度も答えているので自然と口は動く。

「なんとか」

趙鋼は痛ましそうに目を細めて首を振った。

「なら、なおさらだ。せっかくの春節だ。顔を見せに行かなくてもいいのかい？　二万キロも離れたこんな場所に」

衰弱していく母と暮らしていることを彼に言う必要はない。それに母が待ち焦がれているのは私ではない。用意しておいた答えを口にした。

「南海《こ》帆航団《こ》の春節サポートは、給料がいいと聞きまして」

実際に言ってみると何か足りない気がしたので、付け足した。

「ちゃんと払っていただけますよね。みなさん、パーっと使っちゃってるみたいですが」

私はつい半日前まで、春運特別便のシャトルがドッキングしていたエアロックを指差した。私と入れ替わりに地球に降りていった団員たちは、エアロックですれ違う時、八桁の入金があった振り込み伝票を見せびらかして、給料の使い方を自慢してくれた。あるものは「カジノに全部突っ込むんだ」と豪語していたし、あるものは「故郷に学校を建ててやるんだ」と言って、もはや地球には存在しないような寒村の写真を見せてくれた。若い女性の私を見てハッと口をつぐんだ者もいた。女や男を買う相談でもしようとしていたのに違いない。

ほとんどの期間を冬眠して過ごす彼らが退屈するとも思えないが、年に一度の春節休暇は「魂の大掃除」なのだろう。

不快そうな私の顔がおかしかったのか、趙鋼は突然笑い出した。

「確かに連中は一年の稼ぎを一ヶ月で使い切っちまう。ここにいる間はなんだってタダだからな。だが、俺はなんやかんやと理由をつけて給料を減らしたりしないし、働きによってはボーナスも弾《はず》むよ。仕事はわかってるかい？」

「はい」と私は答えた。「清掃、機器メンテナンス、そして覚醒サポートです」

アルバイトだけあって仕事は難しくない。清掃はポッドが集めてくるチリを循環器に入れるだけだし、機器メンテナンスも実際に修理をする必要はない。

異常があれば趙鋼を緊急覚醒させなければならないが、それなりに手順のある覚醒手続きは、実際のコンソールを用いたトレーニングスクリプトと、脳インターフェイスによる学習で叩《たた》き込まれていた。だが、当直《ワッチ》が「覚醒」ボタンをタップしたのは二百五十年間にたった二度だったとも聞かされている。春節の一ヶ月間に遭遇する確率は航空機やロケットに乗って事故に遭う確率と大差ない。私はまず遭遇しないだろう。

端的に言うと、ゴミを集め、残りの時間は退屈に耐えながらコンソールを眺めて一日を過ごすのが私の仕事だ。給料は確かに高く、試験で選抜するほど志望者が殺到したが、入念に準備してきた私は一度の試験でアルバイトの座を射止めた。

いくつか質問をした趙鋼は、最後だと言って私に尋ねた。

「当然、俺たちの仕事は知ってるな？」

「はい。軌道作業です」

「しかし、ただの作業員じゃない」

趙鋼はにんまりと笑って、私が口にしなかった部分を言うように促した。

「はい。皆さんの仕事は、龍が――Xクラスの太陽フレアが吹き荒れている間に行う軌道作業です。中でも特に力を入れているのが光帆輪の軌道調整とレスキューです」

「その通り。どっちもニュートンあたりの作業フィーが跳ね上がるからな。昨年は二十回出動した。このステーションが長楕円軌道で地球を回っているのは、軌道遷移《せんい》を少しでも早く済ませて、仕事が請けられる高度を増やすためなんだ」

「危険じゃないんですか？」

「危険に決まってるだろう」趙鋼は首を振る。「八百メガエレクトロンボルトの荷電粒子が束になって飛んでくることもある。もしもそんなのを頭に食らったら、一発で廃人だ」

趙鋼は空間映像に描かれる太陽に目をすがめた。

「コロナ質量放出は怖い。目に見えるから余計にな」

「見えるんですか？」

「全部じゃないが、そこらに浮かんでる衛星が検知した軌道を立体表示できるんだ。バン・アレン帯や地磁気でちょいちょい曲がりながら飛んでくるんだ。こんな感じだ。怖いぜえ」

趙鋼は、太陽から私の方へ向かって機械化した人差し指をくねらせながら近づける。その生き物のような動きで私は思い当たった。

「ひょっとして、だから太陽フレアのことを龍って呼ぶんですか？」

「そうだよ」

趙鋼は機械の手を私に向けて広げてみせた。

「あの龍は、俺の右手を食いちぎったんだ。船外活動殻にパラパラって音がしてな、何かと思ったら太陽から飛んできた荷電粒子がぶち当たる音だった。やばいと思ったよ。粒子束に突っ込んでたんだ。腕に痛みを感じて、気づいたら、右肘《ひじ》から先がなくなっていたってわけだ。作業殻がシャッターを閉じてくれなきゃ死んでたな」

私は目を丸くしていた。太陽フレアについては学んでいたが、まさか「当たる」とは思っていなかった。電波のように通り抜けるものだと思っていたのだ。

「コロナって、物なんですか？」

「質量放出って言うぐらいだからな。だが〈南海房〉の中までは飛び込んでこないよ。厚さ二メートルの隔壁《かくへき》に重水を充填してるからな。どんな放射線も荷電粒子も貫けない」

「はい」

強張《こわば》っていたかもしれないが、とにかく返事はできた。

「悪いことばかりじゃないさ。他の作業員が完全に手を止めるから俺たちの稼ぎどきってわけだ。何せうちには、龍の軌道を予測できる巫女様がいるからな――おや」

趙鋼は、太陽を見つめた。

「噂をすればなんとやらだ」

「え?」

「太陽フレアだよ」

「え? え?」

私はキャビンの立体映像で輝く太陽を見つめた。周囲をコロナが取り巻き、火炎の柱がうねりをあげている。はっきりと見える黒点が三つこちらを向いていて、国際黒点番号とそのタイプ名が付けられている。しかし、講習で短期記憶に刻まれたアラートは出ていない。

「私、警告を見落としましたか?」

趙鋼が額《ひたい》をトントンと叩いた。

「カンだよ。三百年も太陽の異常ばっかり見てるとな。しかし参ったな、連中を降ろすんじゃなかったぜ」

「何をすれば……」と言いながら失重座棒から腰を浮かせようとすると、趙鋼は「大丈夫」と腰掛けるように促して、全周映像の一角を指差した。そこはドッキングポートに繋《つな》がったエアロックの扉があるところだった。趙鋼が調整したのだろう。宇宙空間は薄れて、室内の様子もわかるようになっていた。

「俺はあのエアロックで減圧に入る。太陽フレアがもしクラスXだったら文子《アヤコ》を起こせ。その赤いボタンだ。あとはここに座ってろ」

空間映像のコンソールに、傷だらけの赤いボタンが飛び出した。漢字で「緊急解凍」と書いてある。

失重座棒を壁に貼り付けた趙鋼は、空間固定したブーツで宙を蹴ってエアロックへと飛んでいく。

一人になった私は、赤いボタンを見つめた。これを押すとあの人に会えるのだ。それを理解すると同時に、太陽が輝きを増して部屋に赤い帯が走った。

警告：クラスXの太陽フレアを検知しました
乗員は直ちに隔壁内に退避してください
コロナ質量放出《CME》の第一波は二十五分後に飛来します
質量の最大一ギガエレクトロンボルトに達する見込みです
船外活動中の乗員には全ての作業を停止し、船内に退避するよう命令してください

繰り返します

過去最大級のＣＭＥが二十五分後に飛来します

船外活動中の乗員には全ての作業を停止して帰還するよう命令してください

私はボタンを押した。十五分のカウントダウンが始まった。

*

それからの十五分は、私の人生で最も長い十五分になった。

空間映像で描かれたボタンはバネと金属の手応えを触覚フィードバックに残しただけで消えてしまい、代わりに浮かび上がったのは秒ごとに更新される味気ないカウントダウンの数字だけだった。

エアロックからは、プシュ、プシュという空気の抜ける音が聞こえていた。小窓から中を覗くと、喘《あえ》ぐように息をつく趙鋼が船外殻を身につけているところだった。ベテランの趙鋼にとっても、わずか十五分で行う減圧は厳しいのだろう。赤い非常灯の中でも、彼の白目が真っ赤に充血していることがわかった。

エアロックのちょうど向かい側にある冬眠カプセルでは脈拍や血圧、体温、副腎《ふくじん》皮質ホルモン量などの数字とグラフが動いていた。文子は覚醒に向かっているはずだ。しかし、異常が発生しても私には手を出せない。そのことが、私を余計に焦らせた。

エアロックを覗き、カプセルの数字を見て、輝きを増したかのように感じられる太陽に目をやり、無数の人工物が避難に向かう様子を眺めてから再びエアロックに向かう。

そんなことを十数回繰り返していると、カウントダウンが一分を切ったところで冬眠カプセルのラッチが勢いよく開いた。

「覚醒、はやすぎない？」

そうつぶやいた私の耳に、若々しい声が飛び込んだ。

「おはよーっ！」

カプセルの中では、黒いボディタイツを着た女性が体を深く折りたたんでいるところだった。ヨガの、何かのポーズだ。女性の体はぬめりのある液体で濡れていた。ヘアネットを外した女性は、肩にかかる長さの黒髪を頭から振り落として、室内にふわりと飛んだ。液体の糸を引いて飛んだ女性は、いつの間にか手に持っていた失重座棒を空間に固定すると、鉄棒の要領で体を振って、物入れがある一角へと飛んでいく。

素早く、力感のある彼女の動きを見て私は安心した。八十年近い軌道暮らしでも筋肉は痩せ細っていないし、私よりも骨密度はありそうだ。過酷な南海帆航団の活動に従事しているだけのことはある。

物入れからタオルを出して体を拭《ふ》き始めた彼女は、キャビンを見渡した。

「あれ？　趙鋼はもう減圧？」

「はい」

答えると、タオルで髪を拭《ぬぐ》っていく彼女はようやく私の顔を見た。

「あなた、春節アルバイトね」

その顔は、母に見せてもらった写真のままだった。日焼けした濃い色の額には、絵筆で描いたような太く濃い眉毛が真っ直ぐに生えていて、彫りの深い顔立ちを際立たせている。くっきりとした二重《ふたえ》の瞼《まぶた》には、眉毛と同じ黒々としたまつ毛がびっしりと生え揃っていた。

肌の色も髪の毛も、眉毛もまつ毛も、嫌になるぐらい母と、そして私とそっくりだ。

私は失重座棒の重心を押して、彼女の前に体を漂わせた。

「初めまして、文子おばあちゃん」

彼女が目を見開く。

「ひょっとして文芽ちゃん？」

「そうです。春乃《ハルノ》の娘の文芽です」

「うっれしいなあ。わざわざ来てくれたんだ」

タオルを投げ捨てた文子は満面の笑みを浮かべて私を抱きしめるために宙を飛ぶ。だが私は、彼女の両腕を摑んで抱きつかせなかった。指が食い込んだ、小さな傷と火脹《ひぶく》れの跡があるその肌は二十代の瑞々《みずみず》しさを保っていた。

少女と言っても通りそうな顔で見つめてくる文子に、私は言った。

「おばあちゃん、これが終わってからでいいけど、話があります」

「わかった――あれ？」文子は視線をスタッフ用のコンソールに飛ばして顔を曇《くも》らせる。「今度の春節休暇は私と趙鋼しか残ってないのか。困ったな。話は今聞くよ」

私は部屋を見渡した。エンジンを煌《きら》めかせる宇宙船は増えていて、地球近傍の軌道が慌ただしくなっていることは私にもわかった。エアロックの中でも、小窓に趙鋼の影がチラチラと映るようになっていた。どうやら船外殻の装着を終えたらしい。もうすぐ彼らの、年に十数度しかやらない仕事が始まるのだ。邪魔をするわけにはいかない。

「落ち着いてからでいいですよ」

文子は首を振った。

「この仕事は、無事に帰ってこられるかどうかわからないんだ。特に今回はギガエレクトロンボルトのＣＭＥが飛んでくる大嵐でしょ。いま話を聞いとくよ。なあに？」

「危険なんですか？」

私が太陽にちらりと目を向けて身震いすると、文子は首を振った。

「ここは大丈夫。〈南海房〉の隔壁は二メートルの重水に囲まれてるから、放射線やＣＭＥが飛んでくることはない。それで話って？」

「……あの」私は言った。「来月、私が帰る春運特別便で地球に降りてください」

文子が口に手を当てる。

「春乃の腫瘍、そんなに悪いの？」

まるで昨日今日話したような言い振りに驚いたが、私は足元の地球を指差した。ちょうど、母のいる日本南西諸島が朝の光に照らされようとしているところだった。

「もう八十二歳なんですよ。一回ぐらい顔を見せてあげてください。お母さんはずっと、おばあちゃんのことを待ってるんです」

文子は私の指し示した島々を見つめて、目を細めた。

「奄美《あまみ》か……だいぶ変わったんだろうな」

自分よりも若く見える祖母の、訳知り顔な言い振りに苛《いら》ついた私は、吐き捨てるように言った。

「何にも残ってませんよ」

「舟祝《フナヨェ》いや三月三日《サンガッサンチ》の魂《マヴィ》降ろしは？　誰かが続けてるの？」

中国語に古い奄美の言葉を混ぜて言った文子は、傷ついた様子もなく私を覗き込む。私は、自分の胸を指差した。

「続けてますよ、私が！」

「あなた、巫女《ユタ》引き継いだの？」

「そんなことより、今はお母さんの話です。おばあちゃん、お母さんに押し付けたんですよね。おばあちゃんがいなくなった時、お母さん、まだ十二歳だったんですよ」

「それは、悪かったと思ってる」

文子はようやく困ったような顔をした。暦《こよみ》年齢が百歳を超える軌道長命族たちは、仕事以外のほとんどの期間を冬眠して過ごす。眼下の地球ではみるみるうちに時が過ぎていくため、彼女が意識のある状態で過ごした期間は私よりも少し多い程度のはずだ。早回しの映像のように流れ去る故郷と家族の変化をどう受け止めているのか、私よりも若い文子の表情からは読みとれなかった。

文子は遠ざかっていく奄美大島を見つめてつぶやいた。

「私は春乃ほど、巫女《ユタ》に向いてなかったんだ」

世界経済が地球をくまなく覆《おお》い尽くした二十一世紀、二百億に達した世界の人々は英語か中国語のどちらかで交易し、学び、物語を語って子供を育てるようになった。世界中どこの都市でも同じものが食べられるようになるのと引き換えに、祖先の言葉と物語は急速に失われていった。

そんな時代の揺り戻しが二十二世紀初頭に始まった。宗教や文明が激しく衝突した時代の反省を踏まえた上でだが、民族衣装は復活し、地方料理を出すレストランは増えて、人はそれぞれのルーツを失いかけていた言語で語りはじめた。一度は廃れた宗教も、観光イベントや、地域やコミュニティの紐帯《ちゅうたい》を深めるための祭りとして形式的に復活するようになった。

奄美大島では、封建時代に地域の霊媒として人に寄り添った巫女《ユタ》が復活した。特別な装束を着て祭りで踊り、人の悩みに寄り添うのだ。地域セラピストみたいなものだが、実際のところ、巫《ユ》女《タ》を拝命した私や先代の母は臨床心理士の資格を持っているし、グループセラピストのトレーニングも受けている。

文子が言うように、春乃は素晴らしい巫女《ユタ》だった。スラリとした立ち姿と見る人を惹きつける踊りは素晴らしかった。何時間でも人の悩みを聞くことができたし、決して誰かの悪口を言うことはなかったし、弁が立つわけではなかったが、正しいと思うことなら口にする勇気も持ち合わせていた。

火星にだって引っ越せる時代になった今も、山と海に挟まれた小さな集落が暮らすに値《あたい》したのは、春乃がいたからだ――と言う人も少なくない。そんな春乃はぎりぎりまで現役を貫き、引退してすぐに結婚を約束していた男性との間に子供を産んだ。それが私だ。

小学校を出たばかりの春乃を置いて宇宙に上がった春乃の母は、一度も帰ってこなかった。それが文子だ。

その文子は、太陽を指差して私に言った。

「龍、見たことないよね。くるよ」

眩《まばゆ》い光球に顔を向けると、その上部にちらりと光る点の群れが見えた。文子が指差しているのは、中央の、一際《ひときわ》輝いている点のようだった。

「金星軌道リングで検出した第一派のCME群だ。あのでかいCMEなら二分五十二秒でこのあたりを通る」

私は、コロナ質量の描く軌跡に見とれてしまった。

うねり、鱗《うろこ》や背鰭《せびれ》のように短い枝分かれをしながらこちらに飛んでくるコロナ質量は光の束のように、空間に描かれていた。その様はまさに「龍」と呼ぶほかない。無数の光の粒が、その体を震わせながら近づいてくるのだ。その一つ一つが、人の命を奪いかねない危険なものだということを思い出したのは、文子が「あと十秒」と言った時だった。

文子が指差していた、一際輝いているＣＭＥは目の前に迫っていた。

このままでは船を貫く——そう思った瞬間、文子は体を捻《ひね》って肘から先をくねらせた。動きはわずかだったが、私の体は反応した。

巫女《ノロ》の踊り《ウディ》、黒潮待ち《クルシュマティ》の二番手《ディ》から三番手《ディ》にかけての手振り《テブィ》だ。私の体は文子と同期した。巫女として半生を生きた母に仕込まれた、私の第二の本能と化している動きだった。

黒潮待ち《クルシュマティ》は幼い子を亡くした母が、魂の流れつく彼岸《ネリヤカナヤ》の地を通る黒潮に船を出し、彼《か》の地で成長する子の噂だけでも聞こえないか、魂の香りだけでも嗅げないかと苦悩するする踊りだ。宗教復興の時に作られた新舞踊の一つだが、人気のある演目だ。手振りに導かれる視線が魂の戻るネリヤカナヤへ——右上方へと飛んだ瞬間、私はＣＭＥがそこを通りすぎていくのを確信した。直後、太陽から放たれた龍は私の想像していた軌跡を金色に輝かせて宇宙の果てへと消えていった。

「文芽ちゃん、今のがわかったんだ」

文子が嬉しそうに笑っていた。

「今のは？」

「コロナ質量よ」

「いや、そうじゃなくて——」

巫女《ノロ》の踊りがどうしてコロナ質量と関係するのかを聞こうとしたのだ。だが、文子は言葉を続けようとした私の肩に手を置いて、続きを遮《さえぎ》った。

「戻って来られたら話そう」

「え？」
「あれ？　聴こえてないのかな――趙鋼！」
文子は耳を指差した。私が首を振ると、彼女は人差し指で円を描いて輪の中に趙鋼の顔を映し出した。作業殻のヘルメットを被《かぶ》った彼の顔は脂汗《あぶらあせ》で濡れ、無数に描かれるバイザーのインフォメーションに照らされていた。
「ねえ、この子もクルーだよ。状況教えてあげて」
《おお、忘れてた！　これで見えるかな？》
地球の少し上あたりに小さな円が描かれると、円の内側に輝いていた点が拡大されて、大型シャトルの姿になった。同時に、過去の軌道と予測軌道の両方が空間に描かれる。楕円軌道の頂点にあたる部分は地球を掠めるような位置を通っていて、素人《しろうと》の私の目からはとても危険なものに見えていた。
《太極《タイジー》宇宙島から地球に向かった春運特別便が、遷移《せんい》軌道に降りたところでＣＭＥに食われたんだ。速度を稼いでやらんと、何周か後には大気に捕まって落ちる》
「機体はなに？」と文子。
《西安航宙公司のジャンボ。ＡＢ７７７型だ。春運仕様で椅子が限界まで詰め込まれていて、乗客は二千人に膨れてやがる》
文子が口笛を吹く。
「落ちたら今世紀最大の事故になるね」
《前世紀と前々世紀を含めても最大だ》
「さすがおじいちゃん、よくごぞんじで」

《お前も百歳越えてんだろうが》

「でもあなた、顔色悪いよ。減圧は終わったの？」

　趙鋼はワイパーを動かして額の汗を拭った。

《十五分のインスタント減圧だ。今回は薬で誤魔化《ごまか》すよ》

「今回も、でしょ。無理しないで。寿命縮むよ？」

《そうだな。八百年ぐらいになっちまう》

　文子が軽口を叩くと、趙鋼は不敵に笑う。

「私も外に出るよ。邂逅軌道は？」

《オリジン二・八で、マイナス〇・二Ｇ加速。それで三時間後にランデブーだ。ランデブー時の軌道高度は三百四十キロ》

　趙鋼が腕を振ると、足元から〈南海房〉の予測軌道を示す緑色の線が伸びた。その線は地球を一周してから、地表スレスレの高度でＡＢ７７７の予想軌道と交差している。

「低い。遅い」文子が首を振る。「三百四十キロまで降りると大気ブレーキも考えなきゃいけないし、自由落下してる二千人を三時間も待たせられるものか。隔壁《かくへき》の重水を放出して急行しよう。いいね？」

　最後のいいね、は私に向けられていた。

「な、なんですか？」

「隔壁の重水を放出して、その勢いで〈南海房〉を加速・減速させるのさ。実は〈南海房〉の隔壁はペラッペラでね。重水なしだとＣＭＥが貫通しかねないんだ」

「あの龍が、部屋に飛び込んでくるってことですか？」

文子は頷《うなず》いた。
「そういうこと。趙鋼、計算！」
《おいおいおい、何言ってんだ。お前、自分の孫を殺す気か？》
文子が趙鋼を睨む。
「あんた、文芽がバイトに来るの隠してたね？」
《あ、いや……サプライズにだな》
「ありがとう。驚いたし、嬉しかったから計算して」
趙鋼が唸《うな》ると新たな予測軌道が描かれた。新たな線は〈南海房〉から真っ直ぐに前方に伸びると、ＡＢ７７７に接近したところでぐいっと曲がっていた。まるで、おもちゃを手に持った子供が宇宙船を動かす時のような運動だ。
《二Ｇの加速と三Ｇの減速だ。高度五百キロメートルで捕まえられる》
「四十五分ね。悪くない」
《なあ、ほんとにやるのか？　冬眠カプセルに入ってる方がいいんじゃないか？　万が一ってこともあるぜ》
文子は私の肩を抱き寄せた。
「文芽は、その確率を一億分の一にできるの。カプセルに入ってたら、当たるとわかってても避けられないでしょ」
《見えるのか？》
私が頷くと、趙鋼が忠告した。
《過信するなよ。理論的な裏付けなんてないんだ。よく当たるサイコロぐらいだと思っとけよ。

こいつだって何度も喰らってんだからな》

まだ私の肩を抱いている文子の顔を覗き込む。彼女は苦笑いしていた。

「そういうこともある。カプセルに冬眠液入れて、そっちを太陽の方に向けとくから大丈夫だとは思うけど。太陽から目を離さずに、龍に嚙《か》まれそうな時は、避けて」

「できると思います」私は頷いた。「必ず戻ってください」

「わかったよ、後で話そうね」

文子は私の髪の毛をくしゃくしゃにすると、物入れから出したオレンジ色のボディスーツを身につけて、工具ベルトを締め、安全靴を履《は》くと、ヘルメットを取り出して、趙鋼が入ったのとは別の小型エアロックの方へ飛んでいく。

右手でヘルメットのストラップを引っ掛けて、小さなエアロックに漂っていく文子の姿に奇妙な違和感を覚えた。

使い込まれたボディースーツは文子の体に馴染《なじ》んでいるし、まるで散歩にでも行くかのような様子にもおかしなところはない。頭部と耳を覆うヘルメットも、型は古いがよくある作業用のものだ。透明なバイザーは金が蒸着《じょうちゃく》された軌道作業用のもので——これだ!

「おばあちゃん、それで出るんですか?」

体ごと振り返った文子はヘルメットをかぶって喉の下のストラップを止めた。

「そうよ、どうしたの?」

どうもこうもない。そのヘルメットは生命維持装置を接続するバルブがついていないどころか、顎すら覆っていないのだ。そのままエアロックの空気を抜くと、顔は真空に晒《さら》されてしまう。

違和感の正体にようやく気がついた。趙鋼は電熱線の入った下着を着てエアロックに入り、減圧しながら船外殻を身につけていたが、文子は私の目の前で着替えたのだ。

どこから聞いていいのか分からずに固まっていると、エアロックにたどり着いた文子は後ろ手でエアロックのハッチを開けた。

「ドアがロックされたら、そのボタンで外壁を開いて」

空間映像が目の前に「非常用エアロック：外扉解放」と書かれたボタンを描き出す。先ほどのボタンと全《まった》く同じ、赤いボタンだった。

私はなんとか言葉を捻《ひね》り出した。

「あの、生命維持装置とか、いらないんですか？」

文子はハッチを閉めながら言った。

「私には要らないんだ。いい？　ロックしたらボタンを押すんだよ」

ハッチが閉じ、緑色のランプが灯《とも》った。

私は一瞬だけ迷ったが、ボタンを押した。バネの手応えが触覚フィードバックで伝わってくるのと同時に、キャビンがわずかに震えた。私が歯を食いしばると、エアロックの向こう側に作業服姿の文子が現れた。

船外に出た文子が、外部カメラに映り込んだらしい。文子はこちらに手を振った。

《出られたよ、ありがとう。趙鋼、用意はいい？》

おうよ、という声が頭上から響く。見ると、貝殻を人型に繋ぎ合わせたような作業殻が、アタッチメントで〈南海房〉の天井部分に取り付いていた。

《お孫さんを驚かすんじゃないよ》と、趙鋼が嗜《たしな》める。《文芽ちゃん、こいつは代謝を電気に入れ替える〝電気吸い〟でね、皮膚も真空対応してる。何回もＣＭＥの直撃喰らって、修復するた

んびに機械に入れ替えてってな、今や生身で船外活動できるんだよ》
《そんな説明は後回し》文子が面倒そうに言った。《急加速に耐える準備して。私が使ったエアロックの右にある壁に背中を当てて、力を抜く。できる？》
「はい」
答えてその姿勢をとる。
《加速するぞ》という声が聞こえて、私は壁に引《ひ》っ叩《ぱた》かれた。

＊

加速は一瞬のことだったらしいが、私はそれよりもう少し長い間、気を失っていた。

キャビンは無重力に戻り、衝撃で絞り出された涙が顔の周りに漂っていた。減速の時にも同じ衝撃があることを思い出した私は、物入れの中からクッションになりそうなものを取り出して、加速時に体を預けたのとは逆方向の壁に押し付けた。

糧食に水パウチ、マットレスを壁の前に並べ、最後にタオルを被せて失重座棒で固定していると、頭上から趙鋼に話しかけられた。

《要領がいいねえ、さすが文子の孫だ。減速の準備はそれでいい。だが、ちょいと厄介なことになった》

作業殻の頭部を素通しにしていた趙鋼の顔は、太陽を見つめていた。

「嘘……」

思わず声が漏れる。視線を追った私が見たのは、水星軌道のあたりに漂う光の雲だった。

太陽フレアで引きちぎられたコロナ質量の塊だ。もちろん、発生源の太陽から遠ざかれば、距離の二乗に反比例して密度は下がる。今は綿菓子のように見えている塊も、金星軌道を越える頃には霧や霞のような密度になり、この軌道に来る頃は「雨あられ」という程度になっているだろう。それでも直撃は避けられない。
　見つめていると趙鋼が続けた。
《実は第二波がやばい。ギガエレクトロンボルト級のＣＭＥだけに絞り込んでみる》
　軌道を斜めに横切る輪が描かれた。
「……これは？」
　答えを知っていてもそう口にするしかなかった。背中に冷や汗が浮き上がる。まるで固体のような密度で放たれたコロナ質量だった。拡大すると、無数の光の筋がボウフラのように身をくねらせていた。今はボウフラのようにしか見えないが、あと数分で身をたわめる蛇になり、そして光の鱗を撒《ま》き散らしながら駆けてくる龍に変わる。
　趙鋼は作業殻のアタッチメントを外しながら言った。
《あんな龍に嚙まれたら、百個は船に当たる。悪いが重水は捨てられない。急減速は無しだ。地球を一周して救難に向かうことにする。俺は〈南海房〉の陰に隠れさせてもらうよ。作業殻のシールドなんざ紙みたいに貫通しやがるからな》
　頷くと、趙鋼は言った。
《文子だけ行ってくれ》
《わかった》
　私は文子の姿を探して全周映像見回した。すぐに、足元から声がした。
《こっちだよ、文芽ちゃん》

船の底部で、文子が大きなフィルムを展開しているところだった。テキパキと動いている姿を見た私は安心したが、すぐに気づいた。作業殻すら着ていない文子は、ほとんど生身で外にいる。そこに、金属の隔壁に穴を開けるような荷電粒子が雨あられと降り注ぐのだ。
「おばあちゃん……なにしてるんですか？」
《私？》
首を傾《かし》げた文子は、全身を使って手にしていた紐を引いた。どんな仕掛けなのか、膜の隅が引っ張られると、船の底に金色の大地が広がった。いや、巨大な膜が広がったのだ。端はどこにあるのかわからないほど広い。四角形だと直感的に認識したが、広がる前の形が一瞬だけ見えたからそう思っただけだ。
文子はその中央に足をつけて、太陽の方を見つめていた。手には、紐が握られている。どうやら紐を引くことで膜の形を変えられるらしい。
《さっき趙鋼が言っただろ。先に行ってるよ》
意味がわからずに文子の言葉を待ったが、彼女は答えずに体を揺らした。黒潮待ち《クルシュマティ》の一番手《ディ》の手振《テブィ》りだ。
《こんだけ龍が暴れてる日は、背中を踏みつけて飛べるんだ》
「背中を……？」
答える代わりに、文子は私を見上げて手を振った。
《また後で》
文子は右手を後ろに引いた。紐で引っ張られた膜に大きなうねりが生まれて、文子の体が遠ざかる。「あっ」と声を出すと、文子は手を二番手《ディ》の手振《テブィ》りで動かした。何かを摑んで手元に引き寄せる動作だ。ただ、手を差し伸べる方向は私の習ったものとは違っていた。

文子が手を伸ばした先にあるのは、先行して飛んできたＣＭＥの——龍の頭だった。

遠方でパチンと光が爆《は》ぜて文子の乗った金の膜はすうっと前に進む。頷いた文子は左手をゆっくりと持ち上げていく。再び遠くで光が煌めいて、膜がさらに動いた。

文子が踊るたびに膜は姿勢と形を変えて、新たな速度を得て遠ざかっていく。いくつかの身振《ミブ》りを経《イ》て、膜の端が見えるところまで遠ざかると、趙鋼が教えてくれた。

《文子は、プリントした回路に自分の代謝に使ってる電気を流して、地球の電磁場に対してバランスをとっている。そこにＣＭＥを捕まえて推進している。電磁帆だ。クラスＸの太陽フレアぐらい荒れると、電磁誘導もバカにならない力が出るんだよ。ＣＭＥがぶち当たったところに穴は空くがね》

「龍で、いやＣＭＥであんなに動くものなんですか？」

《文子が操れば、だ。俺が作業殻の電源で帆を広げても、くちゃくちゃって丸まっちまうんだ。文子は電磁場に合わせて回路に電気を流し、帆を張るんだよ。電磁場、見てみるかい？》

趙鋼が言うと、空間映像に大小さまざまの矢印が現れた。地球を飛び出して南極に吸収されている矢印もあれば、太陽から飛んでくる矢印もある。微《かす》かではあるが月を中心にした矢印もいくつか浮かんでいた。

《膜に対して下向きの矢印があるところに、プラス方向の電気を流すと、帆は下がる。逆なら帆は上がる——》

趙鋼の説明を聞きながら、私は文子の振りを真似《まね》てみた。

巫女《ユタ》の踊りには様式がある。先人が見聞きした自然現象を、体を使って表現する動作を、何世紀もの歳月をかけて練りあげた型が身振《ミブイ》りとなり、手《ディ》となる。しかし文子のやっていることはスケッチに近い。目の前で刻々と形を変える渦を自分の体で表現し、電磁場で捻《ね》じ曲がるCMEの不安定な軌跡を体内に作り出す。

情報の流れが逆なのだ。しかし使う道具は同じ、巫女《ユタ》の身体だ。できないはずはない。

「趙鋼さん、フィルムの予備はありますか?」

《一回やると穴だらけになるから予備はいくつも用意してるよ》

「広げてください」

趙鋼が声のトーンを跳ね上げる。

《やめろ。死ににくるようなものだ》

私はクスッと笑った。彼は私が外に出ると勘違いしているのだ。

「趙鋼さんが広げて、紐を引いてください。外骨格の腕だけ、私の腕に同期してくれれば、できると思います」

趙鋼は太陽を睨んで、少し考えた。

文子の光磁気誘導帆は光の点にしか見えなくなっていた。だが、この巨大なフィルムなら追いつけるかもしれない。

《人間一人とこのデカブツじゃあまるで違うが、足しにはなりそうだな》

「お願いします」

趙鋼は作業殻を、文子が膜を広げていた〈南海房〉の底に移動させてフィルムを引き出した。

《一辺三百メートルだ。ちょっと変わったパターンのアンテナが印刷されている。形はなんでもいいんだが、考えろと言ったらこんな面倒臭い柄にしろとか言い出しやがって――》

愚痴りながら趙鋼が空間映像に映し出したアンテナの回路図を見た時、私は泣きそうになった。連続する菱形《ひしがた》の枠に風車《ガジモシャ》と、編みかご《バラ》の十文字が織り込まれているその柄は、母が私にくれた紬《つむぎ》の着物の柄だった。

それは母が文子からもらった紬だったのだ。

《できたよ》

趙鋼の声が聞こえた。見ると、フィルムが円形に敷き詰められている。趙鋼は作業殻の腰にあるジェネレーターをポンと叩いた。

《電源もあいつの体内電位よりでかいからな。二十倍ぐらいの出力がある。追いつくぞ》

「はい」

右をふらついている矢印が光磁帆を不規則に押して、嫌な形の皺を作ろうとしている。だが、その奥を手前に向かっている矢印と合わせれば、帆はピンと張るはずだ。

私は失重座棒を腰に当てて固定し、黒潮待ち《クルシュマティ》の一番手《ディ》の手振り《テブィ》を構えた。右の手のひらを上に返していく動作だ。矢印の形で描かれる磁場をたぐるように、親指から順番に開いていくと、幕の上をカーソルが走って皺の奥で止まった。

ここだ。私は手を翻《ひるがえ》して、黒潮の彼方にいる幼子の魂を引き寄せる。

《よし！》

趙鋼の声とともに帆がピンと張った時、私は〈南海房〉を取り巻く電磁場と一体になっていた。黒潮待ち《クルシュマティ》を踊ると、奄美大島のすぐ東を流れる巨大な海流と一体になるような感覚に陥《おちい》る。島の祖先たちは南方から恵みを運び、小舟を押し流していく海流を敬《うやま》いながら恐れていた。巫女《ユタ》はその動きを人の体で表現し、広場を大海原に変える。

だからこの渦も表現できる。水と電磁場はもちろん別物だが、渦は渦だ。止まることなく移動して周囲の力と混ざり合いながら形を変えていく。水は押しのけ合うが電磁場の渦は引き寄せ合うし、物の周りにまとわりつくこともある。

しかし、黒潮待ち《クルシュマティ》を骨の髄まで叩き込まれた私の体は、この渦の法則も描き出すことができる。コロナ質量の曲がり方もわかるようになった。完全ではないが、趙鋼が言う〝よく当たるサイコロ〟ぐらいには。

正面からの矢印をいなすように私は二番手《ディ》に進む。海を流れていく黒潮に手を浸し、子の魂を指に絡め取ろうとする母の舞いだ。撓《たわ》み始めていた帆が張りを取り戻し、速度が上がった。

その瞬間、月軌道の内側に龍が入り込む。地球の磁場に吸い寄せられた龍がこちらに曲がってくる前に、私は右足を踏んで光磁帆の右を跳ね上げた。パチンと光が爆ぜて帆に電流が満ちた時、私は両手を波打たせて、強弱のある磁場を波乗りするように光磁帆を移動させていた。

《上手《うま》いじゃねえか》

趙鋼の声がどこかで聞こえた。

当然だ。巫女《ユタ》を母にもち、子供の頃から仕込まれて、今も巫女《ユタ》の勤めを果たす私は文子より上手い。もし彼女と同じように生身で帆を操れたなら、もっと滑らかに、もっと素早く動けるだろう――そして唐突に理解した。

文子は地球に降りられない。

黒潮待ち《クルシュマティ》の母は手の届かないところに行った子の魂と、触れ合おうとしている。踊るのは、その思いが叶わないからだ。

母は七十年文子を待っていた。

そして、待たれている文子も目覚めるたびに母のことを思っている。母の病気も私の名前も知っていた彼女が地球に降りてこない理由はひとつしかない。

真空でも活動できるようになった彼女は、もう地球に降りられないのだろう。

地表から一万キロも離れることのある宇宙ステーションに住み、その長い人生の大半を冬眠して過ごす彼女は、目覚めるたびに子供に預けた着物の柄を見返しながら、その子を思い続けている。

しかし――私はもう一つのことに気づいていた。

真空には飛び出せないし、よく当たるサイコロ程度にしか当たらないけれど、私だって光磁帆を操ることができる。黒潮の流れる島に私たちの祖先が住み着いて祈りを捧げたように、電磁場の流れるこの場所は、私たちの新しい住処《すみか》になるんじゃないだろうか。

点にしか見えなかった文子の姿がようやく見えてきた。

「おばあちゃん！」

金色の帆の上で文子が振り返る。

《あなたも来るの？》

私は頷いた。

この仕事が終わって地球に帰ったら、母に話してあげよう。

あなたの母が、どれだけ毎日あなたのことを思っているのかを。

これからもずっと、あなたのことを思い続けるのだと。

それから私は――。

私は左足で立って腕を交差させながら体を回転させて、龍の頭を踏みつけた。

解説

やがて龍になる少年は月夜の海に漕ぎだす

勝《かつ》山《やま》海《うみ》百合《ゆり》

藤井太洋の第二短編集となる本書には、二〇一五年から二〇二四年のあいだに発表された十一の短編が収められている。そのうち六編は日本に先がけて海外で公開されたもので、本書が本邦初出になるものもある。藤井がデビューしてすぐの頃からアメリカや中国で紹介され読まれている作家であるためだが、電子メールやソーシャルメディアのメッセージ機能のおかげで、日本語作家にも海外のメディアや日本語媒体以外からの原稿依頼が容易になったというのもある。

「ヴァンテアアン」 初出：『小説トリッパー』（朝日新聞社）二〇一五年夏季号

二十人の作家が原稿用紙二十枚の条件で競作した短編。

近未来の東京で、ガラス瓶に入ったサラダのような見た目のバイオコンピューターを作り出した個人創業者たちの奮闘を活写する。ちなみにヒトのタンパク質を構成するアミノ酸の数は二十。作中では作られた二十一番目のアミノ酸がフランス語の二十一（ヴァンテアアン）にちなんでヴァンテアアニンと名づけられている。「大腸菌は微分《びぶん》と因数分解が得意」という法螺《ほら》話のような一節から、壮大なラストへの展開が見事。

大森望・日下三蔵編『アステロイド・ツリーの彼方へ　年刊日本ＳＦ傑作選』（創元ＳＦ文庫、二〇一六年）、小説トリッパー編集部編『20の短編小説』（朝日文庫、二〇一六年）に収録。

「従卒トム」初出：大森望責任編集『NOVA+　屍者たちの帝国』河出文庫、二〇一五年
伊藤計劃《いとうけいかく》が書いた冒頭を、円城塔が書き継いで完成させた長編『屍者の帝国』の動く死体〈屍者〉をテーマにした書き下ろしアンソロジーに寄せられたもの。
一八六九（明治二）年、天皇の命を受け、薩摩《さつま》が買い付けた軍艦ストーンウォールには、アメリカから来た元黒人奴隷のトムが四十九人の屍兵の遣い手として乗り組んでいた。トムの部隊にはある秘密があり、それは彼の過去に関係していた……。アメリカ海軍から明治政府が購入したストーンウォールが戊辰戦争で使われたという史実に、屍兵と元黒人奴隷を投入する。作中でトムも読んだハリエット・ビーチャー・ストウの『アンクル・トムズ・キャビン』（本邦では『アンクル・トムの小屋』の題名で知られる）を介して、「人の心がある」ことの意味を問う。
藤井は旧薩摩藩にあたる鹿児島県出身だが在所は奄美《あまみ》大島で、薩摩藩の圧政に苦しんだ歴史がある。明治維新からさらに遠く、第二次世界大戦敗戦後の新憲法下に生まれた藤井だが、地域や家族の歴史に刻まれた記憶がその裡《うち》にないはずがなく、登場する薩摩の偉人の描写も従来のフィクションに登場するイメージに触れながらも囚われることはない。また、アメリカの白人奴隷主と黒人奴隷の関係に、薩摩藩と島々の住民をも重ねているのは明らか。（ストーンウォールは甲鉄《こうてつ》、のちに東《あずま》と名を変え、廃艦のあと最後は日本初の発電所、浅草発電所の発電機となった。文字通り日本近代化の礎《いしずえ》である）
大森望・伴名練編『2010年代SF傑作選2』（ハヤカワ文庫JA）に収録。

「おうむの夢と操り人形」初出：kindle singles、二〇一八年
対話システムを備えたロボットの老人介護施設への導入を巡る葛藤に、いかに向き合うべきか悩む主人公。テクノロジーと福祉――損なわれた機能を持つひとの尊厳をいかに傷つけずに寄り添うかの苦悩を描いた、現代的な一編。相手の言ったことを繰り返す「おうむ返し」であっても、その言葉に人間の存在を感じ、なんらかの感情を抱いてしまう……といえば星新一《ほししんいち》の「ボッコちゃん」だが、本

作は更に進んだテクノロジーで、別の姿を見せる。
　大森望・日下三蔵編『おうむの夢と操り人形　年刊ＳＦ傑作選』（創元ＳＦ文庫、二〇一九年）に収録。

「まるで渡り鳥のように」「仿佛候鸟」初出：オンラインイベント「科幻春晩２０２０」、中国、祝力新訳、二〇二〇年

　春節は東アジア圏で盛大に祝われる旧暦の正月。毎年この時季には離れて暮らす者も故郷に戻り、家族と過ごす習慣があるが、それは人類が地球を離れて暮らすようになっても変わらず、地球へ戻る春運特別便が増発されていた。渡りの習性のあるツバメを使って研究をしている主人公と、中国人のパートナーを主軸とし、新しい一年の福を家族で分かち合う春節によって駆動する物語である。
　本作は中国語に翻訳、公開されたあと、二〇二一年にアメリカのFuture Science Fictions Digest（編集長はアレックス・シュバルツマン）に英語で訳載。翻訳は日本在住のアメリカ人翻訳家エミリー・バリストレーリ（Emily Balistrieri）。日本語ではウェブメディアのＶＧ＋（バゴプラ）で公開され、のちに改稿されて雑誌『紙魚の手帖』vol.04（東京創元社）に掲載された。

「晴れあがる銀河」　初出：田中芳樹監修『銀河英雄伝説列伝〈1〉晴れあがる銀河』創元ＳＦ文庫、二〇二〇年

　日本ＳＦ史に燦然《さんぜん》と輝く田中芳樹の『銀河英雄伝説』の公式トリビュート作品集に寄稿したもの。帝国創設期の航路図作成のエピソードに、出自や人種的特徴による差別が国自体に推進される恐怖を交えて『銀河英雄伝説』設定の核に迫る。弱い者は変化の兆《きざ》しをいち早く感じとり、できるだけの備えをして嵐が過ぎるのを待つしかないが、無事に過ぎるとも限らない。『銀英伝』未読の読者であっても、作中で必要な情報が開示されるので問題なく楽しめるだろう。

「距離の嘘」初出：U-next オリジナル書籍、二〇二〇年
近未来、日本から来た防疫分析官の青年が、カザフスタン国境付近の難民キャンプで発生した麻疹《ましん》対策のために奔走する中で直面する困難を描く。
感染症のＣＯＶＩＤ－19が世界中で流行し、大勢が亡くなり、人との距離をとってマスクをして息を潜めているしかなく、流通が滞《とどこお》り経済も停滞した……という地球規模の共通体験を現実に経ると、たいへんリアリティがある。変異株が次々と現れ続け、現在も猖獗《しょうけつ》を極めており、しかも感染症は無数にある。侵略者による狙撃や爆撃で命の危険にさらされながら、感染症にも脅かされるコミュニティが生き延びるためには、虎口《ここう》と竜穴《りゅうけつ》のあいだを知恵で渡るしかない。

「羽を震わせて言おう、ハロー！」「震动羽翼说"Hello"」初出：オンラインイベント「科幻春晩２０２１」、中国、祝力新訳、二〇二二年
地球を離れて長い旅に出た系外探査船のＡＩの〈私〉は、長い航行のあいだに地球人類が新しいテクノロジーを生み出し、広げ、廃れることを観測し、地球人世界の移り変わりを知る。旅路の果てに見る、誰も見たことのない景色。初めましての挨拶が震わせる空気はどんな組成だろう。収録作中では最も広大な時空を超えた一編。

「海を流れる川の先」「바다를 흐르는 강의 끝」初出：ＹＫユン編の神話系ＳＦアンソロジー일곱번째 달 일곱 번째 밤、韓国、リ・ホング訳、二〇二一年
サツ国からの攻撃に、島民たちは勇気と呪術、地元の海をよく知る利を活かして戦おうとしていた。少年アマンも戦うために、月夜の海に漕ぎ出たが、サツ国の僧侶の千樹から戦うなと忠告される。藤井の郷土の歴史である、一六〇九（慶長十四）年の薩摩の琉球侵攻を下敷きに、命を選択した一夜を

描く神話的な短編。

일곱 번째 달 일곱 번째 밤は『七月七日』（東京創元社、二〇二三年）として邦訳刊行された。

「落下の果てに」「掉落的尽头」初出：オンラインイベント「科幻春晩2022」、中国、武甜静訳、二〇二二年

宇宙船建造中の宇宙空間での事故で一命をとり止めた男は、目を覚ましたものの外界からの刺激に反応が薄く予断を許さない状態にあった。彼は何故避けられたはずの太陽フレアから我が身を守ろうとはしなかったのか……。

ラストシーンは映画『ブレードランナー』（リドリー・スコット監督、一九八二年）で、レプリカントのロイがデッカードに語った台詞「わたしは人間が見たことのないものを見た。オリオン座のほとりで燃え上がる宇宙戦艦。タンホイザーゲート近くのぬばたまの闇できらめくCビーム。おしなべて記憶は時の中に消えていく、雨の中の涙の如くに」を思い出させる。静寂と孤独が響く。

「読書家アリス」"Reader Alice"初出：アレックス・シュバルツマン編のアンソロジー*Digital Aesthete* 2023、アメリカ合衆国、エミリー・バリストレーリ訳、二〇二三年

タイトルは編集支援アプリの名称に由来し、そのアイコンは赤いフレームのメガネである。少し未来のアメリカ、SF誌〈ツイステッドワールド〉の編集長ボブにとってこのアプリは欠かせないものになっており、毎月送られてくる九千もの投稿を〈アリス〉に選別させてから、残った作品を編集者が読んで掲載作を決めていた。

アメリカの有力SF誌〈クラークスワールド〉の編集長ニール・クラークが、AIに生成させた大量の投稿小説にうんざりしているという日本のマスコミでも報道された実際のエピソードを思い起こさせる。箸にも棒にも掛からぬ原稿《スラッシュパイル》が積み上げられているのは投稿を受け付けているどこの編集部で

も同様だが、現在はまだ人間が下読みをしているはずなので、かれらに〈アリス〉の登場が待ち望まれているであろう。
　人間らしさは創作物のどこに宿るのか。この物語の未来にはその答えがあるのかも知れない。

「祖母の龍」「姥姥的龙」初出：オンラインイベント「科幻春晩２０２４」、中国、武甜静訳、二〇二四年

　春節休暇中の軌道ステーションのアルバイトに応募し採用された文芽《アヤメ》だったが、彼女の真の目的は経験でも賃金でもなく、まだ見ぬ祖母に会うことだった。龍にたとえられる太陽フレアの軌道を予測できる祖母の文子《アヤコ》は余人をもって代えがたい存在として長く宇宙に暮らしていた。
　文子と文芽の短いやり取りで、遠く離れていても祖母がいつも娘を思い、孫を気にかけていたことがわかる。例えば、故郷の島は変っただろうと言う文子に、文芽は何も残っていないとにべもないが、土地の神は誰が面倒を見ているのかとの問いには「私が」と答える。それだけで変ったものと変らないものが瞬時に描き出される。直接名前は出てこないが、文子から娘に、さらに文芽に受け継がれた紬の着物の柄は奄美大島の龍郷《たつごう》町発祥の「龍郷柄」と「秋名《あきな》バラ」（秋名は龍郷内の地名、バラは笊《ざる》や籠《かご》のこと）。子どもを災難から守るとされる風車《かざぐるま》と、魔除けの意味もある籠目がモチーフだ。籠という字も竹冠《たけかんむり》に龍と書くが、これら龍の郷の伝統文様が宇宙で輝きを放つ。二〇二四年辰年の年初に相応しい龍尽くしの傑作。

　本書の収録作に限らず、藤井の作品には困難に直面しても生き延びようとする人々や、生き延びた人々が描かれることが多い。機を見て良い場所に移動し、才能を活かして居場所を得て、そこからまた誰かの手助けをする。誰もがうまく江湖《こうこ》の波に乗れはしないのだが、それでも地球人類の良い方向への進化や発展を願う、希望のようなものを感じる。祈りと言ってもいい。

二〇一一年にkindleで自己出版した『Gene Mapper』が注目され、改稿したものを『Gene Mapper –full build–』（ハヤカワ文庫JA、二〇一三年）として早川書房より上梓し商業出版デビュー、星雲賞、日本SF大賞、吉川英治文学賞新人賞などを受賞し日本SF作家クラブの会長も務めた藤井太洋の近刊は、雑誌連載が終了した翌年に星雲賞国内長編部門を授賞した『マン・カインド』（早川書房、二〇二四年九月）。近未来、進んだ技術で行われる戦争の時代に、ないがしろにされる人間の尊厳。それらを守るために人々は足《あ》掻《が》く。

これまでに日本語で執筆してきた藤井だが、近い将来にアメリカで出版されるアンソロジーには英語で執筆しているそうなので楽しみに待ちたい。

藤井太洋は鹿児島県の奄美大島出身、東京都内に妻と息子、猫たちと暮らしている。

創元日本SF叢書

藤井太洋

まるで渡り鳥のように
藤井太洋SF短編集

2024年11月29日　初版

発行者
渋谷健太郎
発行所
（株）東京創元社
〒162-0814　東京都新宿区新小川町1-5
電話　03-3268-8231（代）
URL https://www.tsogen.co.jp

Cover Photo COMPLEX
L.O.S.164
Cover Design
岩郷重力+R.F

組版 キャップス　印刷 萩原印刷
製本 加藤製本

ISBN978-4-488-01847-4 C0093